成田ハーレム王
Narita HaremKing
illust: アジシオ
逆転異世界で最強勇者が無双ハーレム！
KiNG novels

お疲れ気味の聖剣使い
小山内保成
心優しい神官少女
リーシェ

技巧派な女騎士
エーデル
名家のお嬢様魔法使い
ルシア

「あうっ！　わたしの中で
元気よく動いてますっ、　はうんっ！」
リーシェは興奮で白い背中一面に
汗を浮き上がらせながら喘いでいた。
先ほどの絶頂の余韻は消え去り、
新たな興奮に身を焦がされているようだ。
「一突きごとにわたしの体が
変えられちゃってるっ！
ヤスノリ様のために変わっちゃいますっ！」

逆転異世界で最強勇者が無双ハーレム！

成田ハーレム王
illust：アジシオ

KiNG novels

逆転異世界で最強勇者が無双ハーレム!

contents

プロローグ　召喚された先は逆転異世界

その日の朝も王宮の中庭で、俺こと小《お》山内《さない》保成《やすのり》は聖剣を振るっていた。

昨日、剣術指導担当の女騎士に教えられたとおりに、動きを細かく修正していく。

延々と剣を振るっていても息が乱れはないのは、魔力で身体能力を強化しているおかげだ。

「ふん、ふっ……はっ!!」

一呼吸するごとに十メートルは間合いを詰め、鎧を着せられた案山子《かかし》を両断する。

そのまま勢いに任せ、ランダムに並べられた十体の案山子を数秒で両断すると、やっと一息ついた。

中庭の片隅にあるベンチに腰掛けると、四人のメイドさんがこっちに近づいてくる。

先頭を歩くひとりは、俺と同じくらいの二十代前半。残りは十代後半くらいだろうか、初めて見る顔ばかりだった。

「鍛錬、お疲れ様です勇者様」

「ああ……ありがとうございます」

リーダーらしい年長の黒髪メイドさんにタオルを渡され、それで僅かにかいた汗をぬぐう。

結い上げた髪型とキリッとした顔立ちが相まって、知的な秘書のような印象だ。

「勇者様、よろしければこちらもどうぞ」

反対側からはもうひとりの金髪メイドさんが、砂糖と塩を溶かしたドリンクを手渡してきた。

こっちは朗《ほが》らかな笑顔で明るい雰囲気だ。ちょっと人懐っこい感じが可愛らしい。

これもありがたく受け取って、のどを潤す。

「ふぅ……今朝の練習はこれくらいにしますよ」

そう言うと、最初にタオルを手渡してきた黒髪メイドさんが俺を王宮の中に誘った。

「では浴場のほうへどうぞ。湯を沸かしてありますでの、汗を流されてはいかがでしょうか？」

「ありがとう。じゃあ、お言葉に甘えて……」

「ええ！　どうぞどうぞ！　勇者様の為に用意いたしましたから！」

俺が頷くと彼女はもちろん、残りのメイドさんたちも嬉しそうに笑みを浮かべる。

ただ、その笑みの中には義務感や親切さだけではない欲望が透けて見えていた。


「勇者様、お背中を流させていただきますね」

メイドさんたちに連れられて浴場に移動した俺は、当然のように彼女たちに背中を流されていた。

今は他に利用者はおらず、俺と四人のメイドさんたちだけだ。

俺は当然全裸だし、メイドさんたちも一糸纏わぬ姿でその魅力的な肢体を晒している。

さすがは、地上で随一の領土を誇る聖王国の王宮だけあって、勤めているメイドさんは誰もが美しくスタイルも抜群だった。

彼女たちは俺を取り囲み、腕や背中を丹念に洗ってくれる。

「お加減のほうはいかがですか？」

正面にしゃがみ込んだ黒髪メイドさんが聞いてきた。

「ちょうど良いですよ。でも、やっぱりひとりで入る訳にはいかないんですかね？　なんだか落ちつかなくて……」

「申し訳ございません。王宮の中といえど、人類の至宝である勇者様をおひとりには出来ないのです」

「そうですか……」

もともと日本の一般家庭で育った俺からすれば、こんな王侯貴族みたいな暮らしは肌に合わない。

この世界に召喚されてから一ヶ月、まだこっちでの暮らしには慣れていなかった。

事の始まりは新卒一年目で酷い上司に当たってしまい、自信を喪失してしまっていたときだった。

週末、無気力に自宅でゴロゴロしていたところを、この世界の神官に召喚されてしまったんだ。

そこから先のことも思い出そうとしたとき、背中に柔らかい物体が二つ押しつけられた。

「勇者様、ボーっとしてらっしゃいますけど、のぼせてしまいましたか？」

さっきドリンクを持ってきてくれた、金髪のメイドさんだった。

四人の中でも特に大きな胸をしていて、ギュッと抱きつかれると乳房がつぶれて背中一面に柔らかい感触が広がっていく。

その感触に思わず興奮しそうになり、慌てて頭を振った。

「あっ、いや……ちょっと考え事をしてただけだよ」

「それは失礼いたしました。けど、いつ見ても逞《たくま》しいお体ですね、町の男たちとは大違いです！」

金髪のメイドさんがそう言うと、左右で腕を洗っていた茶髪と赤髪のメイドさんも頷く。

「ええ、普通の男たちは家に籠《こ》もって家事や子守りだけだから、ここまで鍛えられる人は少ないわ」

「それに何といっても、勇者様はこの国で一番魔力のある女王陛下の、更に十倍以上も魔力をお持ちなんでしょう？　見た目だけじゃなく中身まで逞しいなんて素敵だわ！」

彼女たちはそう言うと、泡まみれの腕を自分の胸元に抱いてアピールしてきた。

どうもこの世界は、俺の住んでいた世界と少し事情が異なるらしい。

世界観はＲＰＧゲームによくあるファンタジー世界で、魔法もあれば魔物と呼ばれるモンスターもいるし、更には魔王まで存在するらしい。

ただ一つ大きな違いとして、この世界では男性と女性の役割が完全に逆転していた。

一家の大黒柱は妻で、夫は家に引き籠もって家事や子守りに精を出す。

王宮のメイドさんたちも雰囲気や服装は召使いという感じだけれど、その業務は給仕や掃除だけでなく、政策の企画や事務処理、王族の補佐まで多岐に渡っていた。

お役所の職員みたいな感じらしい。

女性たちにとって、王宮のメイド服は一部のエリートだけが纏《まと》える憧れの制服というわけだ。

そして、この状況を作っている原因こそが『魔力』だった。

魔力は万人に宿るものだが、その量は男女間で絶望的なほどの差がある。

先ほど俺の魔力が女王の十倍以上と言われたが、普通の女性と比べると三十倍以上ある。

そして俺は、この世界の一般的な男性と比べると千倍近い差があるんだ。

そんなわけで、女性たちは身に宿した魔力で常時身体強化を行い、国を守る兵士や魔物を狩る冒険者といった職業に就いている。この国の危険な仕事は、全て女性が占めていた。

ただ、そんな強力な魔力を持つ女性たちだが、一つ弱点がある。

それは、魔力を使っているとだんだん性欲が強くなってしまうというものだ。

現に今も、メイドさんたちは俺の体を狙って自分の肢体をアピールしまくっている。

「こら、あなたたち！　勇者様がお困りでしょう？」

リーダーの黒髪メイドさんが、残り三人のメイドさんたちを諌《いさ》める。

彼女たちはそれにショボンとして、ゆっくりと体を離そうとした。

「申し訳ありません勇者様、わたしたちだけ盛り上がってしまって……きゃっ!?」

「えっ、あんっ！　ゆ、勇者様？」

俺は風呂の椅子に座ったまま両手を動かし、左右のメイドさんの腰を抱いて引き寄せた。

それを見たリーダーのメイドさんも驚いた顔をする。

「勇者様……これは、そういうことでしょうか？」

遠慮がちにそう言った彼女だが、その目はすでに情欲に濡れていた。

たぶん中庭で俺の練習を見ていたからだろう。一見冷静に見えた彼女も、もう我慢できないらしい。

女性たちは日常生活の中で常に身体強化をしているから、弱く発情し続けているようなものだ。

そんな中で男が逞しく鍛錬している姿を見せられたら、たまらないのだという。前に相手をしたメイドさんがそう言っていた。

「他のメイドさんたちともしてるし、断る理由もないですからね」

この浴場でのメイドさんたちとの戯れは、毎朝のように行われている。

始めこそ困惑したものの、俺を誘惑してくるメイドさんたちはみな美人揃いだ。

俺も勇者としていろいろストレスが溜まっていたから、ちょうどよいはけ口だった。

彼女たちは市井《しせい》にはいないような逞しい男とセックス出来るし、俺もいろいろな美女と楽しめる。

その代わり相手にするのは一度きりで、すっきりした関係だった。元の世界では自分に対する自信を失ってしまった俺だけど、名も知らぬ彼女たちとの割り切った関係なら気兼ねなく楽しめる。

これが身の回りの世話をしてくれているメイドさん相手だと、たぶん無理だ。翌日が気まずくなるに違いない。

「では勇者様、改めてご奉仕させていただきます。まずは私が……んむっ」

左右と背後の三方をメイドさんたちに囲まれる中、黒髪のメイドさんが俺の股間に顔を埋めた。

そしてそのまま硬くなり始めている肉棒を口に含み、唇と舌で愛撫し始めた。

「んじゅっ、れろ、れるるっ……んくっ、んむうぅぅっ！」

「うっ、くぉっ……気持ちいいっ！」

たっぷりの唾液が詰まった口内で、機敏に動く舌が肉棒を舐めまわす。

お湯に浸かったような温かさと、ヌルヌルしていて不規則な動きが最高だった。

「メイドさんっ、もうちょっとゆっくり……上手すぎてすぐイキそうだっ！」

「んむっ、ぷはっ……申し訳ありませんがそれは無理です、勇者さまはこれから打ち合わせもあるのですから。私たちも本音を言えば一日中ご奉仕させていただきたいのです。ですが今の時間では、ここにいるメイドひとりに一度ずつというところではないでしょうか」

その言葉に俺が視線を巡らすと、三人のメイドさんたちも頷く。

どうやら今日も、俺を相手にする事前の取り決めは万全らしい。

「じゃあ、その決まりごとの範囲内で楽しませてもらいますよ……まずはあなただ」

俺は椅子から立ち上がると、黒髪メイドさんを引っ張り上げた。

少しキツめの目を見つめると、むこうも僅かに笑みを浮かべてくれる。

彼女の視線が一瞬ガチガチになった肉棒に移り、より発情の色を濃くする。

「とても光栄です勇者様。さて、どうしましょう……前からでしょうか、後ろからでしょうか？

僭越ながら上に乗らせていただくこともできますが……」

「ここじゃ少し冷えそうですね。湯船に行って、そこで縁に手を置いてもらえます？」

「ふふ、承知いたしました。さあ、あなたたちも」

俺は黒髪メイドさんを抱きながら移動し、その後に三人が続く。

湯船に浸かるまでの短い間にも、俺は抱いている彼女の肢体を楽しんだ。

ほどよく肉のついた綺麗なお尻を片手で撫で、もう一方で完璧な美しさを持つ乳房を柔らかく揉む。

女性たちは普段こうして男に積極的に愛撫されることがないらしく、興奮しているように見えた。

「んっ、あ、はぅっ……勇者様、浴室の床は滑りやすいですので……あんっ！」

「万が一滑ったら俺が支えますよ。それにしても触り心地のあるよい体だ……」

わざとらしくゆっくり歩きながら、首筋や背中、お腹なんかも撫でて楽しむ。

浴場の湯気で濡れた肌は触れるだけでも気持ち良くて、しかもそれでメイドさんが悩ましそうに息をするから俺も興奮してしまった。

ようやく湯船の中に入ったころにはもう、黒髪のメイドさんは息も絶え絶えな状況だ。

「ゆ、勇者様ぁ……お願いします、もう我慢できませんっ！」

クールな容貌を歪ませ、浅ましくお尻を突き出してのおねだり。

今さっきまでしっかり者だった彼女が、あっさり快楽に堕ちたことに思わず表情を歪めてしまう。

「じゃあ、さっそくいただくことにしようかな」

彼女の望みをかなえるように腰を両手で掴み、トロトロに濡れた秘部へ肉棒を突き出した。

愛撫と興奮で十分に解れていたそこは、俺のものをぬるりと飲み込んだ。

「んくっ、あぅっ、はぁぁっ！　勇者様のおちんちん、奥まで入ってきましたっ……あぁっ！」

最奥まで到達したのを確かめるように腰を突き出すと、浴場に響くような嬌声を上げるメイドさん。

膣内も待ちかねたように絡みついてきて、肉棒が一瞬で愛液に覆われてしまった。

「ふぅっ、メイドさんの中も気持ちいいですよ……動かしますねっ！」

「はいっ……あっ、んくぅ！　あぐっ、はっ、ふううううっ!!」

がっしりと腰を固定して動いていく。

ゆっくり腰を振ると、彼女も肉棒の形を感じるのかゾクゾクと背筋を震わせていた。

「んぐぅっ……すごいっ、今までのと全然違うわっ！　太いし強い魔力も感じるっ……んくっ、はっ、はっ、あぎゅっ！」

「まだ話す余裕くらいはあるみたいですね。じゃあスピードアップだ！」

「ひぃんっ!?　やっ、待って、待ってください……きひゅっ、あうっ、ひぃぃぃぃぃっ!!」

ピストンのスピードを上げると、メイドさんから聞こえる嬌声も大きくなった。

そんな自分たちのリーダーの様子を、残った三人のメイドさんがぼう然と見つめている。

「あ、あの堅物な先輩があんなに、信じられない……でも、羨ましいっ」

「すごいよ、すごいっ！　やっぱり勇者様とのセックスは凄いのよっ！」

「ううっ、私見てるだけで濡れてきちゃう……あぁっ、でもセックスしてもらえるから我慢……」

それぞれ足をもじもじと擦り合わせながら、羨ましそうに黒髪のメイドさんの痴態を見つめている。

けれど、俺はせっかくこの場にいる彼女たちを、放っておく気はなかった。

「三人ともこっちに来るんだ。ぼうっとしてたらつまらないだろう？　このメイドさんがイクまでも、俺と楽しもうよ」

俺は優しく声を出したはずだったが、メイドさんたちはビクッと体を震わせて近づいてきた。

金髪のメイドさんが上目遣いに問いかけてくる。

「勇者様、私たちはどうすれば？　男性ひとりにご奉仕するのは初めてで……」

「さっきと同じだよ。その魅力的な体を押しつけてキスしてほしい」

「は、はいっ！　よいしょっ……んっ、ちゅうっ！」

彼女は元気よく頷くと横から俺の体に抱きつき、爆乳を押しつけながらキスしてきた。

俺がそのキスに応えると、残りふたりも横から後ろから抱きついてくる。

金髪メイドさんに唇をとられているからか、彼女たちは首筋や胸元にキスしてきた。

「ふぅ……あぁ、最高だよ！」

見眼麗しいメイドさんたちに奉仕され、俺の興奮は頂点に達していた。

腰の動きも速くなり、犯している黒髪メイドさんの嬌声も切羽詰まってくる。

「あくっ、はぁんっ！　気持ちいいっ……あぁっ!?　からだ溶けちゃうっ、溶けるぅぅっ!!」

「ひぅっ！　ま、また激しく……先輩の顔ドロドロですっ……」

キスを続けている金髪メイドさんの表情が、戸惑いと期待に歪んで見えた。

「じゃあ、次は君がこうなってみようか」

「……えっ？」

「今から自分がどうなるか、よく見ておくんだよ……ッ!!」

俺は笑みを浮かべると、彼女に見せつけるように激しく腰を動かした。

「ひぎいいぃぃっ!?　なにっ、ひぃっ！　ダメッ、イクッ、イクゥウウウッ!!」

黒髪メイドさんが激しい刺激にたまらず絶頂した。

背筋を反らし、ガクガクと震えながら健気に膣内を締めつける。

けれど、俺はそれを気にせず腰を振り続けた。

「ひゃぐっ、ああっ！　ダメですっ、もう無理っ、許してくださいぃぃ！」

日常では常に主導権を握っている女性が、快楽浸けになって許しを請う姿はたまらなく興奮した。

けれど、そんな懇願をされても俺は止まらない。

「メイドさん、さっきひとり一回って言いましたよね？　ちゃんと俺のを受け止めてもらわないと困るなぁ……ほら、もっと締めつけて！」

「はうぅぅ！　はひっ、きゃんっ！　無理ですっ、感じすぎて体おかしくなっちゃうっ……あああぁぁっ!?　こんなに激しく犯されるの初めてなんですっ！　男の人に犯されるの凄いぃぃっ!!」

黒髪のメイドさんが嬌声を上げる度、残る三人もギュッと俺に体を押しつけてきた。

その視線は先輩の痴態に注がれているものの、俺から手を離そうとはしていない。

「ほら、後輩たちにも見られてますよ！」

「あうっ？　いやっ、ダメッ、見ないでぇぇぇ！」

黒髪メイドさんの悲鳴は沈痛だったけれど、三人のメイドさんたちの視線は吸い寄せられるように彼女に向かっている。まるで魅了されているようだ。

このままずっと楽しんでいたいけれど、俺も限界が近づいていた。

「メイドさん、このまま中で出しますよっ！」

「ううっ、くっ……はいっ、勇者様の子種、受け止めさせていただきますっ！」

王宮仕えとしての矜持《きょうじ》か、声を振り絞って答える黒髪メイドさん。

一度イカされ、蕩けた姿を後輩たちの目に晒されてなお、プライドを保った彼女を内心で賞賛する。

「くひゅっ、あっ、うぁっ……また、イックッッ……!!」

「ああ、ほんとに最高ですよっ……ぐっ！」

最後のピストンを奥まで打ち込み、肉棒を子宮口に押しつけながら射精した。

同時にメイドさんも二度目の絶頂に至って、強く締めつけてくる。

「ひぃっ、あぁっ……勇者様の子種ぇ……お腹の中で、熱いですっ……」

うわごとのようにか細い声で呟くメイドさん。

彼女を見下ろしながら俺は一息つき、肉棒を引き抜いて介抱した。

「うっ……くっ……」

彼女の体は一瞬グラついたが、なんとか体勢を保った。

力んだ拍子に膣内へ注ぎ込んだ精液が漏れ、太ももを伝って湯に落ちる。

「凄い……もう一ヶ月はこういうことをしてますけど、なんとか余力を残したのはあなたで三人目ですよ」

「はぁはぁ……お褒めいただき光栄です。ですが、勇者様はまだ満足なさっていないのでは？」

フラつきながらも立ち上がった彼女の目が、未だに硬さを残す肉棒に向けられる。

「ええ、まぁ」

「ならメイドとして役目を果たさなければなりませんね。三人とも、次はあなたたちの番ですよ？」

黒髪メイドさんは、一見優しいが向けられた者は威圧感を覚えるだろう視線を彼女たちに向けた。

どうやら自分の痴態を見られたのが、かなり恥ずかしかったらしい。

残り三人も同じ目に合わせないと気がすまないようだ。

まあ、俺も彼女たちを逃がす気はないから共謀といこう。

「は、はいっ！」

三人は期待と不安の表情を浮かべながらも、黒髪メイドさんと同じように湯船の縁に手をつく。

三つのお尻がこちらに向けられ、まさに選《よ》り取《ど》り見取《みど》りな状態だった。

「さあ勇者様、どうぞお好きな子から召し上がってください？」

横に侍《はべ》る黒髪メイドさんが、俺の興奮を煽《あお》るように体を押しつけながら囁いてくる。

「じゃあ、お言葉に甘えて……まずは金髪の君からにしようかな！」

彼女の言うとおり、俺は遠慮なく残るメイドさんたちに襲い掛かるのだった。

† †

自宅でのんびりしていた俺が召喚されたとき、異世界で出迎えたのはふたりの女性だった。

ひとりは萎《しな》びたような老婆で自らを女神聖教の神官長と名乗り、もうひとりは腰まで伸びる豊かな金髪を持つ妙齢の女性で自らを聖王国の女王と名乗った。

聖王国はこの地上でもかなりの大きさを誇る国で、女神聖教は聖王国に広まる一大宗教らしい。

特に女王様のほうは魅惑的なスタイルを持つ美女だったから、思わず見とれてしまったほどだ。

最初は突然の事態に驚いていた俺だけど、彼女たちから状況を説明されてなんとか落ち着いた。

「……つまり、俺は魔王を倒すために、異世界から召喚された勇者ってことですか？」

「うむ、そのとおりだ。落ち着けば物分かりがよいではないか」

俺の質問に女王様が満足そうに頷くが、横から神官長が口を挟んだ。

「正確には魔王の影の撃退です女王陛下。魔王の本体は魔界にあって我々人間では手が届きませぬ。しかし、奴の分け身《わみ》たる影を始末すれば、向こう百年は再度地上に侵攻することはできますまい」

そう言う神官長に続いて、女王様が俺が必要となった一番の理由を語ってくれた。

「魔王の魔力は女の魔力と干渉し合うので、ダメージが与えられない。奴を倒すにはどうしても男性の勇者殿が必要だったのです。異世界の人間になら、女神様が新たに加護を与えて下さいます」

要するにこの世界には強い男がいないから、異世界から召喚したということらしい。

「という訳だ、勇者殿。我々に貴殿の力を貸していただき、この地上の次の百年の平和を確保したい。勇者殿には女神様の加護で強大な魔力が宿っています。それが魔王を撃退する鍵なのです」

老婆の言葉は丁寧だったけれど、その視線は厳しく、否《いな》とは言わせない迫力があった。

(これ、元の世界に還《かえ》らせてくれなんて言っても、受け入れてもらえなさそうだな……)

状況を考えれば、この場で無計画に反抗するのは得策ではないと分かった。

「出来る限りは協力します。でも、俺は今までろくに喧嘩もしたことがない一般人ですよ？」

最後に運動部に所属したのは中学生のときだ。今では百メートル走れば息切れしてしまう俺が、この世界の人々に恐れられる魔王を倒せるのか不安甚《はなは》だしい。

一応その点を強調しておくけれど、女王様は心配ないとばかりに笑みを浮かべた。

「なに、わが国は召喚した勇者殿には最大限の便宜を払う。これから一ヶ月、勇者殿には聖王国の用意した最高の教育を受けてもらおう。女神の加護を受け召喚された勇者殿の魔力は余をも超え、使い方を学べば無双の力を持つだろう。一ヶ月の時間があれば十分に体が戦闘に適応するはずだ」

「はぁ、そうですか……」

こうも自信満々に言われると、そう言って従うしかなかった。

社会の荒波にもまれて自信を喪失してしまった俺からすれば、彼女はまぶしいくらいだ。

心の中に少しだけ、妬ましい気持ちが湧く。

だが、女王様はそんな俺のことなどお構いなしに、こちらへ近づいてきた。

ほとんど体がくっつくほどの距離まで近寄り、至近から見つめられる。

「女王様……？」

「近くで見ると勇者殿はなかなか男前だな。少し自信なさげだが、女を見てもそこまで尻込みしないのが良い。召喚された男たちは皆こうだと聞いてはいたが、実際目にすると確かに良いものだ」

「あの、それはどういう……んぐッ!?」

訳も分からず困惑している俺に対し、彼女は突然キスしてきた。

まさかの事態に混乱して目を白黒させていると、目の前の女王様の目がだんだん熱くなっていく。

「じゅる、はむっ……キスだけでも濃厚な魔力を秘めていることが分かるぞ、素晴らしいなっ！

余は勇者殿を召喚するため魔力を使い切って発情しているのだ。今夜は寝かさぬぞ？」

腕を腰に回して抱きつかれ、豊満な胸を押しつけられる。

「あっ、あのっ、俺はっ……」

「ふふふふ……混乱しているのだろう？　言わずともよい、この世界のことについては余がベッドの中で一から説明してやろう。では神官長、あとの処理を頼むぞ」

「やれやれ、若いというのも考えものですな……せっかく呼び出した勇者殿を腹上死などさせないでくだされよ？　女神様もなぜ加護を与えるのが男なのか……女性の勇者がいれば楽なのですがな」

呆れたような神官長の言葉を聞きながら、俺は見た目からは想像も出来ないほど力強い女王様に抱かれながら、寝室へと連行されるのだった。


その夜、俺は女王様からベッドの上で色々なことを教わった。

魔力量の偏りで女性の力が異様に強い世界観。そして、魔力の使用による発情という副作用。俺のような例外的に魔力保有量の多い男は、女性たちからするととても魅力的に写るから気を付けろとも忠告された。女性たちは内心で、自分をリードしてくれる力強い男性を求めているらしい。

その後は彼女から基本的な魔力の扱い方を教わり、文字通り一晩中交わることに。

永遠に続くかと思えるような快楽に頭が蕩けそうになってしまったが、幸運にも彼女に溺れるようなことにはならなかった。セックスの合間に正気に戻る度、女王様の高貴なオーラを浴びて立場の違いを思い知ったからだろう。

向こうも必要以上に感情を向けてこようとはせず、関係もその夜一度きりだった。

翌日からは彼女の言ったとおり、色々な人物を教師役として紹介された。剣術に体術、魔法に一般常識まで。およそこの世界で過ごし、戦うために必要なことを全て教えられる。

中でも一番厳しい相手は、剣術指導担当の女騎士だった。たしか騎士団の副団長だったか。

かなり勝ち気な性格で、男性である俺が本当に使い物になるのか怪しんでいた。

「女王陛下の命令だから指導するが、ついてこられなくなったら陛下に報告して王宮から放り出してやる！　万が一使えないようなら、騎士団の食堂の給仕にでも推薦してやろう！」

他の指導員もいる中で堂々とそんなことを言うもんだから、さすがの俺も少しイラついた。

幸い女王様から身体能力強化の方法は教わっていたので、その場で実力を確かめることに。

中庭の練習場で俺と副団長が木剣を持って対峙すると、周りに人だかりができた。

「さて、異世界の男っていうのはどんなものか……なッ!?」

俺は合図も待たずに魔力で身体能力を強化し、放たれた矢のような素早さで彼女に接近した。

反射神経も強化されたのか、副団長の動きもしっかり把握できている。

そのまま木剣を振りかぶって奇襲を仕掛けたが、さすがに向こうもプロだった。

副団長は俺の一撃をギリギリで受け止めると、すぐ反撃を加えてくる。

強化された体はその攻撃もなんとか受け止めるけれど、姿勢が悪かったのか踏ん張れず押されてしまう。やっぱり単純に速く強く動けるようになったからって熟練の腕には敵わないか！

「くっ！　でもまだまだ！」

「ビックリしたよ！　どうやら勇者様を舐めてたみたいだね。でも、もう油断しない！」

そこから先は文字通りの激戦になった。

豊富な魔力を使って徐々に体の動きを強化していく俺と、騎士として洗練された剣術と経験でそれを捌いていく副団長。俺は力に任せて押し切ってしまおうとするけれど、副団長の防御を崩せない。

けれど、彼女に反撃させないためにも、とにかく全力で攻撃し続けるしか方法はなかった。

「ふっ、はぁぁっ！　ちっ、またか！　いくら打ち込んでも防がれる！」

「動きが単純だからね！　でも……くっ、この重い一撃を受けるのは一苦労だよっ！」

すぐに終わると思われた戦いは5分、10分と長引き、周りの女性たちは固唾をのんで見守っていた。

「……埒《らち》が明かない、次で決めてやる！」

「はぁはぁ……いいよ、あたしも決着をつけたいからね。行くよっ！」

お互いに木剣を構え、一瞬で振り抜きつつ交差する。

直後、俺の持っていた木剣が砕けて副団長の髪が数本、宙を舞う。

「ぐっ、いたたたたっ！　手が痺れるっ！　武器を砕くなんてアリなのか!?」

「……ふぅ、驚いたよ。とんでもない魔力を持ってるって話は聞いたけど、まさかここまで身体能力の強化ができるなんてね。木剣じゃなくて鉄の剣だったら、破壊出来ずにあたしの頭が叩き割られていたところだよ。危うく恥を晒すところだった……魔力の扱い方をどこで習ったんだい？」

彼女は上着の袖で冷や汗を拭うと、尻もちをついた俺に手を差し出してくる。

俺はまだ痺れている手を振りつつ、彼女の手をとって握手した。

「召喚されたときに、こっちの説明に混じって少し。俺もまさか武器を砕かれるなんて思わなかった」

「あんたの力が強すぎたんだよ。これで剣術を学べばかなり伸びるね」

「ははは、どうもありがとう」

女王様にベッドの中で実践を交えながら教わったと言ったら、さすがに殴られそうだ。

どうもこの副団長は女王様を信奉しているようだし。

「今代の勇者様はなかなか筋が良さそうだ。それに度胸もある。心配しなくていいよ、あたしが一ヶ月で剣を教え込んで魔王にも勝てる剣士にしてあげるさ！　さっきの動きで確信した、あんたにはそうなれる力があるってね」

「本当に？　いまいち実感が湧かないんだけど……お手柔らかによろしく頼むよ」

言葉を交わし、ようやく一息つく。

すると、周囲で見学していた女性たちからも遅れて歓声が上がった。どうやら彼女たちにも認められたようだ。俺はひとまず自分が受け入れられた場所が出来て安心したが、魔王討伐のことが現実に近づいて少し憂鬱になった。

けれど時間は待ってくれない。

副団長の言うとおり、指導員たちはみな俺を一ヶ月で使い物にできるよう授業を始めたからだ。十日に一度ほどの休日を除けば、朝から晩まで実践的な授業ばかりだ。

メイドさんたちとの戯れでガス抜きしなかれば、本当に嫌になっていたかもしれない。

ともあれ、俺は優秀な指導役たちの教えを受けて、みるみる実力をつけていく。

残念ながら魔法のほうはあんまりだったが身体能力強化の精度は上がり、剣術は副団長を負かすことが出来るようになるまでに成長した。

初めて勝ったとき彼女は悔しそうにしていたけれど「自分を楽に叩き切るくらいじゃないと魔王には勝てない」と言って、その後も教えられる知識を全て授けてくれた。おかげで剣術は、聖剣の力に頼らずとも上級の魔物を倒せると評されるまでになっている。

そして、ついに約束の一ヶ月が経った。

「勇者様、女王陛下がお呼びです」

「了解です。いよいよか……」

寝起きに声をかけられ、いつも身の回りの世話をしてくれるメイドさんを前にそうため息を吐く。

すると、いつもは無駄口をきかない彼女が、珍しく言葉を続けた。

「この一ヶ月、勇者様のお世話をさせていただき光栄でした。どうかご無事でお帰り下さいませ。わたくしを始め、メイドたちはみな勇者様のご帰還を心よりお待ちしております」

「俺こそありがとうございます。慣れない場所で困惑していた俺の世話をいろいろしてもらって……お礼が出来れば良いんですけど、何かできることはありますか？」

そう言うと彼女は一瞬迷った後、頬を赤くしながらメイド服のスカートを持ち上げた。

「……勇者様さえよろしければ、わたくしにもお情けをいただけますでしょうか？」

純白のスカートの奥から現れたレース付きの下着は、愛液の染みが分かるほど濡れていた。

まるでこの一ヶ月、ずっと情欲を抑え込んでいたような濡れ具合だ。

いつもはクールな顔が愛欲に崩れ、うっとりとした表情で俺を見つめている。

「……今日は他のメイドさんたちの奉仕もないんですよ。一回じゃ、終わりませんからね？」

興奮に笑みを浮かべながらそう言うと、俺はそのメイドさんをベッドに押し倒すのだった。

第一章　俺は勇者パーティーの紅一点？

何度も子宮に精液を詰め込まれ、幸せそうな顔で気絶してしまった傍付《そばづけ》のメイドさんをベッドに残し、俺は王宮の会議室へと向かった。

扉を開いて中に入ると、奥の席に女王様が座り、その横には神官長が立っていた。

そして、彼女たちの前にも三人の女性がたたずんでいる。

気になったが、ひとまず意識を女王様たちに向けた。

「小山内保成です。ただいま参りました」

入り口で名乗りを上げると、女王様が頷いた。

「よく来た勇者殿。こっちに来るといい、今回勇者殿の魔王討伐に同行する者たちを紹介しよう」

なんとなく予想はしていたけれど、三人の人物は俺の同行者らしい。

何とか使い物になったとはいえ、こちらの世間に疎い俺をひとりで送り出す訳がないもんな。

「でも、彼女たちを合わせても四人だけ？　戦力をケチってないですか？」

その質問に神官長が答えた。

「勇者殿が出発すると同時に、こちらで大規模な陽動作戦を始める予定なのです。勇者殿には戦力の減った敵の拠点を奇襲し、魔王の影を打倒していただきたい」

「なるほど、そういう考えがあるんですか」

確かに正面から決戦を挑んで、俺が乱戦に巻き込まれて消耗するなんてことになったら目も当てられないな。

「さあ、三人とも自己紹介を」

女王様に促され、まずは法衣を纏った少女が一歩前に出てきた。

年齢は十代後半くらい。ゆったりと波打つ黒髪を長く伸ばしており、表情も穏やかで優しい印象を受ける。スタイルも良いが、身に纏う清純な雰囲気が発育の良い体をいやらしく見せない。

「お初にお目にかかります、女神聖教の神官リーシェと申します。この度、勇者ヤスノリ様の魔王討伐にご同行させていただくことになりました」

はっきりした口調でそう言うと、深くお辞儀をするリーシェ。

まだ幼さを残す少女にしてはかなり礼儀正しく、しっかり者な印象だ。

「こちらこそ、よろしくお願いします」

「ゆ、勇者様、そんなに畏《かしこ》まらないでください！　神官長よりお話は聞いております、わたしはこれより勇者様の従者ですので、何なりとお申しつけください！」

急に慌てたような表情になったリーシェに驚く。あの神官長にいろいろ吹き込まれたらしい。

俺が人類を救う希望だとかなんとかだろうが……そんなに大したもんじゃないんだけどな。

「申し訳ありません勇者殿。その子はずっと神殿で修業していて、男性相手に会話したこともないのです。初めて接する異性を相手に緊張しているのでしょう」

神官長にそう言われて、リーシェの緊張具合にも納得した。

「わかった、じゃあ俺はリーシェと。そっちも名前で呼んでくれるかな？」

「は、はいっ！　よろしくお願いいたします」

頷いた彼女に、素直で助かったと一息つく。

すると、今度は年長の女性が自分の番だと自己紹介を始めた。歳は俺と同じくらいだろうか。

「こんにちは勇者様。私はエーデル、あなたを指導した副団長の同輩よ。私もあなたについての話はよく聞いているわ。なんでも初めての手合わせて副団長を追い詰めたとか？」

赤い髪をストレートに伸ばした彼女は、軽装の鎧を装備し、剣を腰に下げていた。

副団長とは鎧が違う……というか、ちょっと露出過剰だから同じ騎士だとは気づかなかったのだ。

そんなセクシーとも言える服装なのに、表情はクールだからどことなくギャップがある。

「副団長に食い下がれたのは恵まれた魔力のおかげですよ。彼女にはいろいろとお世話になりました。彼女と仲の良いご同輩ということは、あなたにも期待していいんでしょうか？」

その問いかけにエーデルは面白そうな笑みを浮かべた。

「私は騎士団でも随一の実力者よ？　人にものを教えるのは不向きだから指導役にはならなかったけど、実力なら騎士団長にだって負けないわ。少なくともあなたを魔王の影のところに連れていくことくらいはできるわ。安心してちょうだい。そこからは勇者様の仕事ね」

そう言うと腕を組み、たわわに実った胸を強調するようにしながら言うエーデル。

つまり、魔王の影を倒せるかは俺次第ってことか。

「まあ、やれるだけやってみますよ」

「よろしく頼むわね。私との間も敬語はなしで良いわ」

「了解、よろしくエーデル」

俺について肯定的でも否定的でもなく、冷静に物事を見極めようとしているように見える。

互いに握手を交わした。騎士らしく真面目そうで、彼女とも良い関係を築けそうだ。

だが、三人目……目つきの鋭い高慢そうな少女の相手は、一見して上手くいきそうもない。

年齢はリーシェと同じくらいの十代後半だが、彼女とは正反対に自尊心に満ち溢れていた。

手に持つ杖からして魔法使いのようだが……ちょっと心配だ。

「勇者だかなんだか知らないけど、魔王を撃退するのはこのボクだよ。他は全員引き立て役さ」

悪い予感は的中してしまったようで、思わず苦笑《にがわら》いになる。

「な、なるほど……一応、名前くらい教えてもらえると助かるんだけど」

「ルシアだよ。まあ、このボクがいれば魔王だろうがドラゴンだろうが問題にもならないね。なんて言ったって、聖王国の魔法学院始まって以来の天才なんだ。この地上にボクより強い魔法使いはいないよ。君は女神様の加護で普通よりちょっと魔力が多いみたいだけど、量だけあっても適切に運用出来なきゃ宝の持ち腐れってやつだよ。あーあ、他人に魔力供給できる技術があればなぁ」

「ははは、それは凄いな……期待させてもらうよ」

反射的に愛想笑いで返してしまった。何で、こんなチームの輪を乱すような少女がパーティーに？

「ふん、やっぱり男は気に入らない……ボクの邪魔だけはしないでくれよ！」

どうやらリーシェやエーデルのように、仲良くとはいかないらしい。

こんな態度で良いのかと女王様のほうを見ると、彼女も苦笑していた。

「ルシア、自分の力を誇るのは良いが、パーティーの輪を乱すのは止めるんだ。影といえど魔王は手強い。奴を撃退するために、王国は過去何度も異世界から勇者殿を召喚して協力を仰いでいる。余の言っている意味が分かるな？　この世界の人間だけではどうしようもない相手なのだ」

優しく語り掛けるように、しかし圧力もある言葉でルシアに話しかける女王様。

さすがのルシアも、ビクッと肩を震わせて頷いた。

「わ、分かりました女王陛下」

「よろしい。近頃魔物どもが活発になっている、魔王の影が地上にやってきたからだろう。だが、居場所はめどがついている。奴は毎回、辺境にある廃城を我が国との橋頭堡《きょうとうほ》としているからな」

女王様がそう言うと、神官長がテーブルの上に地図を広げた。

王宮のある首都と、魔王の廃城の位置関係が記されていた。準備が良い。

「旅の計画はエーデルに伝えてある。では勇者殿、健闘を祈るよ……んっ」

「……ッ!?」

そう言うと彼女は立ち上がり、俺のことを抱きしめ、キスしてきた。

豊満な胸を押しつけられ舌を舐められると、あの夜のことを思い出して体がカッと熱くなってしまう。

神官長は変わらず呆れている様子だし、三人の同行者は目を丸くしていた。

「事を成して無事に帰ってきたら、それ相応の褒美を与えよう。無論、同行した者たちにもな。気を付けてくれ、君たちに聖王国の……いや、人類の存亡がかかっている」

「出発前にストレスになるようなことは言わないでほしかったんですがね……頑張ります」

こうして俺は、三人の同行者と共に魔王退治に出発するのだった。

† †

魔王が橋頭堡としている廃城、略称魔王城を目指す旅は順調に進んだ。

いくつかの町を通過する間は魔物に襲われることもなく、仲間と情報交換や鍛錬などを行った。

リーシェは女神聖教の神官の中でも若手だが信仰心は篤く、すでに神聖系の上級魔法を完璧に使いこなしているという。単純骨折くらいなら瞬く間に治せてしまうらしい。

それが本当なら大神官並……人口が億を超える巨大な聖王国にも三十人ほどしかいない逸材だ。

それにこのレベルの神聖魔法の使い手は、殆どがもっと高齢だった。

俺も魔法についてはいろいろ習ったので、彼女の凄さは理解できる。

エーデルも「噂に聞いた神官長の秘蔵っ子って、あなたのことだったのね」と驚いていた。

けれど本人はずっと教会に籠ってお祈りや修行をしていたので、そういったことに無頓着らしい。

ただ俺を助け、魔王を倒すために全力を尽くそうとしている。

健気なリーシェだが、少し危なっかしい雰囲気もあった。

一方のエーデルは、自ら立候補してメンバーに加わったらしい。

騎士として国を守るという役割はもちろん、百年に一度しか現れない異世界の勇者に興味があったようだ。正確に言えば、異世界の男性がどういうものか知りたいそうだ。

旅の途中にも何度か手合わせし、すでに互いの実力には一定の信頼を置いている。

純粋な当たりの強さなら俺が上だけれど、戦いの駆け引き全体の上手さはまだ、エーデルのほうが一枚上手だった。力押しだけではどうしようもない敵と戦うときに、頼りになるだろう。

ふたりとの関係はこんな具合に良好だが、相変わらずルシアはひとりでポツンとしていた。

女王様の言葉を守っているのか妨害はしてこないが、気安く話しかけると火傷しそうだ。

だが、旅が進むにつれてそうも言っていられなくなる。

いよいよ、魔物の浸透した地域に足を踏み入れたからだ。


「……はぁっ！」

魔力を込めた聖剣を振るい、襲い掛かってきた巨大なコウモリのような魔物を両断する。

隣ではエーデルも、同じ魔物を叩き切っていた。

「ふう、これで今の群れは片付けたわね。ヤスノリ君、やっぱり動きがいいわ」

「ああ、これでひとまず終わりだと思う、騎士団随一の実力者に褒めてもらって嬉しいよ」

剣を下ろして一息つくと、リーシェが駆け寄ってきた。

「おふたりとも、お怪我はありませんか!?」

「大丈夫だよリーシェ、エーデルが背中を守ってくれたから、かすり傷一つないよ」

「背中を守っていれば心配ないほど、ヤスノリ君の動きは良かったわ。本当に素人だったの？」

「魔力で身体能力を強化してるおかげだよ。体術も飲み込みやすくなっているらしい」

「それでも、もう立派な剣士ね。魔王退治が終わったら騎士団に入らない？　史上初めての男性騎士……きっと聖王国の歴史に残るわよ」

「そうだね、考えておく。まずは魔王をなんとかしないと、ゆっくり物を考えることもできない」

「……本当にヤスノリ君はたくましいわね。普通の男は荒事は女に任せて、背中に隠れてるのに」

俺だって本当は危ない真似をしたくはないけれど、やるしかないから覚悟を決めた。

それに、魔力による身体強化は、本当に体のあらゆる部分の機能を増幅してくれる。

この世界が、魔力が使える女性中心の世界になるのも頷けるほどの万能さだった。

そんなことを考えていると、俺の体に傷がないか調べていたリーシェが顔を上げる。

「怪我がないのでしたら良かったです。これでこの辺りの魔物は……むっ！」

辺りを見渡したリーシェの顔が、急に険しくなる。

今戦っていた相手も、彼女の探知魔法で見つけた魔物だ。新しい魔物の気配を察したらしい。

「さっきのものより大きな群れが来ます。しかも、一体一体も力が強いです」

彼女が指さした先、荒地の向こうから数十の魔物の集団がやってくる。

「あれは……ブルオークね。普通のオークより好戦的で耐久力も高いわ」

「見たところ三十体近くいる……手がかかりそうだ」

エーデルの言葉に俺も頷く。しかし、人間の生活圏が近いのに魔物を放ってはおけない。

先手必勝で仕掛けようとしたそのとき、背後から声がかかった。

「ちょっと君たち、退いてくれる？」

そう言って前に出たのはルシアだった。

どことなく鬱憤が溜まっていそうな表情でブルオークの群れを見定め、右手を前に突き出す。

「ボクひとりなら空を飛んでいけるのに、ノロノロと旅に付き合わなきゃいけないなんて……溜まったストレス、お前たちで解消してやる！　我が身より落ちて地を焼き払え、サンダーウェーブッ!!」

詠唱が終わった瞬間、手のひらから眩い雷が発せられて、ブルオークたちに襲い掛かった。

文字通りの雷速攻撃に奴らは逃げることも出来ず、電撃で全身を焼かれ崩れ落ちる。

ものの数秒で魔物が殲滅され、俺を含めた三人はポカンと口を開いていた。

「ふっ、まあこんなものだね。君たち、なに間抜けな顔を晒してるの？」

「いや、やっぱりこの世界の魔力って、理不尽だなって思っただけだよ」

まさに圧倒的魔力の暴力。ちんたら剣を振っているのが馬鹿らしくなってしまう。

女王様が、多少の性格の難はあっても彼女を同行させたのも納得する実力だ。

「少しは魔法のすばらしさが分かったみたいだね。ならボクの邪魔をしないでくれよ。こうして旅に付き合ってやってるだけでも、感謝してほしい」

高慢な態度は相変わらず癪に障るけれど、こうして実力を見せつけられると、頭ごなしに否定するわけにもいかない。嫌な上司に対応するように、抵抗せず嵐が過ぎるのを待つしかないのだ。

「そうさせてもらうよ。切り札の魔術師殿は、雑務は我々に任せてゆっくりしていてください」

「……ふんっ」

こちらを一瞥《いちべつ》したものの、それ以上何か言うことはなく街道へ戻っていくルシア。

社会人一年目で身についてしまった技能が異世界でも役立つとは……少し悲しくなった。

「ヤスノリ様、大丈夫ですか？　ご気分が優れないようですが……」

「ああ、リーシェ。大丈夫だよ。ちょっと気分が悪いだけだから」

「いえ、わたしにお任せください！　女神様、癒しのご加護を。ヒーリング！」

胸に当てられた彼女の手が白く発光し、体中に温かいものが流れ込んでくる。

「お、おおっ……！」

つま先から髪の毛まで傷ついていた細胞が復活し、精神的な苦痛すら吹っ飛んでしまった。

体中を駆け巡った多幸感は数秒で消えてしまったが、生まれ変わったようにすっきりしている。

「凄い、体の中が洗われていくようだ……」

「ふぅ……これでご気分も良くなったでしょうか？」

不安そうにこっちを見上げてくる彼女に頷く。

「ああ、もう最高の気分だよ！　やっぱり魔法の力は凄いな」

「わたしの魔法は、日々の信仰心が魔法の力に直結するんです。ヤスノリ様も一緒にお祈りしてみませんか？　女神様はお心が広いので、きっとお力を貸してくださいますよ」

敬虔《けいけん》であればあるほど魔法の威力が増すということらしい。今度お祈りくらいはしてみるかな。

幸いその日はそれ以上魔物と出会うことはなく、宿泊する予定の町に到着出来た。

四人で宿をとると食事をし、それぞれ部屋に戻って明日の移動に備えることに。

俺も宿の自室で聖剣の点検を済ませた後、ゆっくり休もうと思っていたのだけれど……。

「夜遅くにすみません。ヤスノリ様、まだ起きてらっしゃいますか？」

控えめなリーシェの声が聞こえ、俺はベッドから起き上がると扉を開けた。

「リーシェ、こんな夜中にどうしたんだ？」

不思議に思って訪ねると、彼女は頬を赤く染めて俯いた。

「実は、その……体がっ……」

そう言ってもう一度顔を上げたとき、彼女の目はどうしようもないくらいに潤んでいた。

俺は女性のこういう目を、何度も見たことがある。

例えば王宮の浴室で俺の体を洗っているときのメイドさん。授業で魔法の実演をしてみせてくれた後の魔法使い。

今日のリーシェはいつもより魔力を使ってしまい、近くに男がいるから発情してしまったんだ。

「分かった、とりあえず部屋の中へ。水を用意しよう」

彼女を中に招き入れ、コップに水を注いで手渡す。

ベッドに腰かけた彼女は両手でコップを持つと一口飲み、呼吸を落ち着けた。

「ふぅ……申し訳ありません、ご迷惑だとは分かっているのですが、気づいたら体が熱くなってヤスノリ様の部屋の前まで来てしまっていたんです。わたし、聖職者なのに……」

後悔するような口調でそう呟くリーシェ。

女性社会の神殿で暮らしていたから発情することもなく、今の気持ちにどう対処すれば良いか分からないらしい。俺はそれを黙って聞いて、ときおり相槌を打った。

ひとしきり気持ちを吐き出すと、彼女は何かを振り切るように立ち上がる。

「すみません、お邪魔しました。ヤスノリ様にお話を聞いてもらって決心がつきました。やっぱり婚約もしていない男女がセックスするのは控えるべきです。大丈夫です、女神様にお祈りを捧げればきっと耐えられます」

どこか決意に満ちた表情だった。俺はそんな彼女の手を掴んで引き寄せる。

「えっ、きゃっ！」

「リーシェ、辛いなら協力させてほしい。俺にできることがあるはずだ」

「でも、わたしは……」

「その悶々とした気持ちをずっと抱えて、魔王と戦うつもりなのか？　聖職者の矜持を守っても世界を守れなきゃどうしようもない。大丈夫、女神様も大目に見てくれるはずだよ」

始めから分かっていたことだった。女性たちが俺と旅をして、あまつさえ魔力を使う戦闘までこなすんだから発情しないわけがない。遅かれ早かれ、体の関係にはなるだろうと。

俺という個人の良し悪しはともかく、この世界の女性は魔力を使うと男が恋しくなってしまうのは常なのだから。

リーシェの欲望も満足させられれば、また順調に旅が続けられる。

俺はそう思っていたが、彼女の返答は予想外だった。

「ヤスノリ様、そう言っていただけるのは嬉しいです。でも、わたしはあなたの負担になりたくないんです！　ヤスノリ様の境遇をきかされたとき、胸が張り裂けそうな気持になりました。いきなり常識の通じない異世界に召喚され、魔王と戦うことになってどんなお気持ちだったかと……。召喚した側の人間だからこそ、なんとかお力になりたかったんです。でも、実際は自分の欲望一つ抑えられないなんて……」

俺は彼女の言葉に衝撃を受け、一瞬目を見開いた。

「……リーシェ、君は本当に優しい子なんだね。ありがとう、そんな風に思ってくれて」

リーシェの温かい言葉を受け、心の奥が温まってくるのを感じた。

「俺も始めは魔王退治なんか冗談じゃないって思ったけど、現状を知って仕方ないと思ってやってきたんだ。でも、リーシェみたいな仲間に支えられるなら、何とか頑張れる気がするよ」

「うっ、あ、あっ……」

「リ、リーシェ!?　どうしたんだ！　俺、何かいけないことでも言ったか!?」

突然嗚咽《おえつ》し始めた彼女に、驚いて狼狽してしまう。

「ち、違うんです。男の人にそんなことを言われるなんて思っていなくて……この世界の女性が性欲が強いのは知ってますよね？　だから、普通の男の人からは警戒されてしまうんです」

「そういう話は授業でも教わったよ。体力も精力も男女間でかなりの差があるみたいだしね」

長い間、女性側の強い性欲に晒されたこの世界の男たちは、すっかり枯れてしまったらしい。不幸なことだ。与えられた魔力が均等なら、こうはならなかったはずなのに。

「けど、俺はこの世界の男たちみたいに、まだ枯れてない。魅力的な女性を見れば欲情だってするよ」

そう言うと、リーシェは目を白黒させた。

「ほ、本当にわたしが相手で良いんですか？　まだ経験もない処女なのに……」

「むしろ大歓迎だよ。リーシェの初めての相手になれて嬉しい」

そう言うと、彼女もようやく決心がついたのか頷き、晴れ晴れとした笑みを浮かべた。

「分かりました。わたしの初めて、ヤスノリ様に受け取っていただきたいと思います」

俺はそう言った彼女をベッドへ押し倒し、その上に覆いかぶさる。

予想はしたけれど、リーシェが処女だと知って少し緊張し、それを誤魔化すように唇を落とす。

「きゃうっ！　あっ、ヤスノリ様っ……んっ！」

「俺に任せてリラックスしてくれ、リーシェ。気持ち良くなることだけ考えていればいい」

「はい……んっ、ちゅうっ！」

キスすると一瞬目を瞑《つむ》ったリーシェ。彼女はそのまま、俺の首に腕を回してきた。

受け入れられたと判断し、さらに唇を押しつけ舌を絡ませていく。

「あふっ、ちゅうっ……はむっ、れろっ、ちゅるっ！」

「んっ、意外と積極的なんだな」

「ヤスノリ様が受け入れて下さるから、我慢出来なくなってしまいました……それに、まさか押し倒されるだなんて……」

ああそうか。女性のほうが性欲が強いこの世界では、正常位より騎乗位のほうが一般的らしい。

だから男は皆、受け身が多い。まあ、俺はそんなの知ったこっちゃないし、こうして女性の顔を見下ろしながら行為に浸れるのは好きだった。

「リーシェ、体も触るよ？」

「はい、ヤスノリ様の御心のままに……ん、あっ！」

片手で上半身の服をはだけさせ、発育の良い胸を揉む。

法衣の上からでもはっきりと分かるほどの乳房は、直に触ると温かくて柔らかく、いつまでも触れていたい感触だった。

「んくっ……わたしのおっぱい、弄られてますっ」

「こうして弄られるのは初めて？　それとも、自分でしたことがある？」

「他人に触れられたことはありません。でも、自分で慰めるときに何度か……内緒ですよ？」

恥ずかしそうな表情で言うリーシェ。

普段なら絶対に口にしないだろうに、発情で自制心も少し緩くなっているに違いない。

性感も強くなっているのか、胸を愛撫されるたびに身悶え、乳首は硬くなっている。

「はぁはぁ、はぁっ！　ヤスノリ様、もっと触ってくださいっ！　わたしの全部、ヤスノリ様に捧げたいんですっ！」

「ああ、隅から隅まで味わわせてもらうよ。代わりに、リーシェも満足するまで気持ち良くしてやるからっ！」

胸から手を離した俺は、そのまま今度はスカートをめくり上げる。

聖職者のイメージにピッタリな純白のショーツ、その真ん中あたりに濃い染みができていた。

「うっ、あぁ……ダメです、見ないでくださいっ！」

本人も自覚しているようで、足を閉じて隠そうとしてくる。

けれど俺は、足の間に体を割り込ませてそれを防いだ。

「大丈夫、リーシェはとても素敵だよ。恥ずかしがることなんてこれっぽっちもない」

「ほ、本当ですか？」

「ああ、本当だよ。俺も今すぐ襲い掛かろうとするのを我慢してるんだ」

そう言いながら、俺は彼女からショーツを抜き取って秘部を露《あらわ》にする。

予想通りそこはたっぷりの愛液で濡れ、リーシェがかなりの興奮状態にあるのが分かった。

「まずは、少し触れさせてもらえるかな」

「あっ、んぅっ！　ヤスノリ様の指が、中にっ」

「殆ど抵抗なく入っていくな……おっと、あんまり奥に行き過ぎないようにしないと」

リーシェはまだ緊張しているようだけれど、体の準備のほうはほぼ出来上がっている。

中に入れた指は愛液でコーティングされたように光っていて、肉棒の挿入も大丈夫だろう。

俺はズボンから硬くなったものを取り出すと、リーシェの秘部に押し当てる。

「んうっ……ヤスノリ様の、当たってます……」

熱く息を乱れさせ、頬を紅潮させたリーシェは情欲を込めた目で俺を見つめていた。

「いくぞリーシェ……ッ！」

無言の要求に応じるように腰を進めた俺は、そのまま膣内に入り込んで処女膜を突き破った。

「ッ!?　あぐっ、はっ、ひぃっ！」

一気に肉棒を奥まで進ませると、リーシェも我慢できなかったのか悲鳴を漏らした。

「リーシェ、リーシェ、中に全部入ったぞ」

彼女の膣内はまっさらな状態で相応の締めつけもあったが、なんとか最奥まで到達できた。

「ううっ……はい、ヤスノリ様のが全部入ってるのが分かります。お腹の中パンパン……」

満足そうな、うっとりした表情のリーシェを見て俺も安心する。

彼女が初めてということで不安だったが、どうにか妥協点には収まったらしい。

「中が苦しくないか？」

「少し。でも、お腹の中がいっぱいにされている感覚で幸せです。あぁ……確かにこんな感覚が味わえるのなら、世の女性がセックスにハマってしまう理由もわかりますね……」

初めて味わう感覚に、感動している様子のリーシェ。

どうやら恐れていた痛みはそれほどのものではないようで、ホッと一息つく。

「はふぅ……ヤスノリ様、わたしはもう大丈夫です。ですので……」

「ああ、俺も楽しませてもらうかな……そらっ！」

肉付きの良い太ももに置いた手に力を込め、勢いよく腰を動かし始めた。

「あっ、ひぅぅっ！　わたしの中、ヤスノリ様にめちゃくちゃにされちゃうっ！　わたし、女の子なのにっ……男の人にリードされて気持ち良くなっちゃいますっ！」

「気にしないで気持ち良くなってくれ！　くっ、リーシェの中も最高だ！　狭いくせにドロドロで、奥まで咥えこんでくるっ！」

　これまで味わったものに劣らない……いや、それ以上の快感だった。

　膣内は彼女の興奮を表すように肉棒が蕩けてしまいそうなほど熱い。

　少し肉棒をピストンさせる度に、その動きに反応し、締めつけてくる。

　王宮を発ってから一週間ほど。毎日のようにセックスしていた俺の性欲も、ここ数日の禁欲で限界に達していた。

「はぁはぁ……リーシェ、もっと激しくするぞっ！」

　極上の女体を前に、湧き上がった欲望が爆発する。

　大きく足を広げさせ、露になった秘部に腰を打ちつけると乾いた音が鳴った。

「はぁっ、くっ！　パンパンって、わたしヤスノリ様に犯されてますっ」

「ああ、もう止まれない……リーシェは想像以上に素敵だよ！」

　きゅうきゅう締めつけてくる膣内と、腰を打ちつける度に揺れる乳房。

　肉同士が擦れるのに合わせて上がる嬌声と、体を押しつけ合って感じる体温。

　そして何より、始めてにも拘《かか》わらず男に欲望のまま犯されても、嬉しそうに微笑む彼女の表情。

　そのどれもが、この上なく俺の興奮を刺激していた。

「あうっ、あっ、あああぁあぁぁっ!!　お腹の中が熱いっ、どんどん熱くなっちゃいますっ！　ヤスノリ様に溶かされちゃうっ!!」

「俺もリーシェの中で溶けそうだよっ……ぐぅっ、はっ！　吸い付いてくるっ！」

何度もピストンを続けていると、彼女の体も慣れてきたのか、肉棒をより味わおうと緩急をつけて締めつけてくる。

始めの強い締めつけ一辺倒ではない、新たな刺激に興奮が高まっていくのを感じた。

「リーシェッ！　このまま最後までするからなっ！」

「ひゃひっ、あぁっ！　くださいっ、ヤスノリ様の全部っ！　受け止めさせてくださいぃぃっ!!」

彼女が健気に伸ばしてきた両腕を掴み、ぐっと手前に引き寄せてそのまま腰を振る。

腕の間に挟まれた巨乳が今まで以上に強調されながら揺れ、視覚的にも興奮の限界まで追い詰めていった。

やがてリーシェが、困惑したように表情をこわばらせる。

「ひうっ!?　あっ、ひっ……熱い、熱いっ！　体溶けちゃいますっ、何かくるっ！」

「怖がるな、俺も一緒にイクからなっ！　ぐっ……！」

高められた性感は互いに限界だった。

興奮で赤くなった顔を見つめ合うと、彼女が頷く。

リーシェの両足が動き、俺の腰に巻きつけられる。

「イキますっ！　わたし、もうっ……うひゅうっ！　はうっ、あっ、ひゃあああぁあぁぁっ!!」

絶頂の瞬間、俺は思いっきり腰を押しつけて彼女の最奥を突き上げる。

肉棒とキスした子宮口がざわめき、それに反応する形で白い欲望は破裂した。

「ぐっ、ふぐっ……！」

「あっ、ああっ……ひゃ、ぁっ……温かいです、お腹の中にヤスノリ様の子種が……」

絶頂の快楽にビクビクと体を震わせながら、ぼうっとしたように呟く。

巻きつけられた足のおかげで俺は離れることも出来ず、肉棒で栓をされた形になった彼女の子宮口は、たっぷりの精液で溢れていた。

「ヤスノリ様、わたし幸せです……」

目許は少し赤くなっているが、いつものような優しい笑みを浮かべた彼女に俺も安心する。

「俺も良かった、無事にリーシェの初めての相手ができて。辛くなかった？」

「いえ、最初に少しビリビリッとしただけですので。それより、ヤスノリ様のほうこそ大丈夫でしょうか？」

「えっ？」

何のことだと首をかしげると、リーシェは恥ずかしそうに視線を逸らしながら続ける。

「いえ、王宮にいたときは、日に何人もの女性を抱いていたとお聞きしました。わたしひとりでご満足いただけたでしょうか？」

そのどこまでも献身的な態度に俺は思わず苦笑いし、続けてその黒髪をすくように撫でた。

「今日はもう満足だよ。でも、またリーシェに声をかけることもあるかも。だから、リーシェのほうも辛くなったら、俺を頼ってほしい」

「は、はいっ！　改めてよろしくお願いいたします」

「ああ、こちらこそ」

互いに笑い合った俺たちは最後にキスし、そのままふたりで横になって眠りにつくのだった。

ルシアが魔法一発でブルオークの群れを排除した翌日、私ことエーデルを含む勇者一行は予定どおり旅を再開した。

† †

魔王城への旅の行程は順調で、このまま行けば遅れることもなく前線都市に到着可能ね。

その他にも幾《いく》つか事柄を整理すると、私の前を黒髪の少女と連れ立って歩く青年を見つめる。

オサナイ・ヤスノリ。女王陛下と女神聖教の神官長が協力して召喚した、魔王を倒すための勇者。

勇者については騎士として文献や伝承で学んでいたけれど、こうして実際に召喚されるまでは少し胡散臭いと思っていたわ。だって、魔王を倒すのがか弱い男だなんて、悪い冗談みたい。

でも、こうして聖王国に召喚された勇者は実在していて、しかも男にも関わらず常識離れした魔力とそれを使った戦闘力を誇っている。

実際昨日も、魔物を倒すときの手際はなかなかのものだったし、女神の加護を受けた勇者にしか使えないという聖剣の切れ味には驚嘆したわね。

あれなら本当に、魔王でも何でも倒せるんじゃないかって思えたもの。

「はじめは知り合いのメイドが、凄い男が現れたって話してたから興味本位で勇者一行に立候補したけれど、これは予想以上だわ」

普段はクールに見えるよう振る舞っているけど、実のところ、いい男には目がないのよね！

なにより、毎日のように複数のメイドを相手にしてたって話は眉唾物だったわ。

普通の男は数日に一度のセックスで満足しちゃうし、何より私たちの体力についてこれない。

身体能力の強化もできずに、堪え性のない男ばかりで参っちゃうのよね。

その点、ヤスノリ君には期待できそうだわ。

「……リーシェ、次の村まではどれくらいだったかな？」

「あ、はい！　このまま道なりに進んで、湖の湖畔で一泊してから翌日の夕方には着ける予定です」

「そうか、それは良かった。何日も野宿じゃ、体は休まらないもんな」

「そ、そうですね……」

ヤスノリ君とリーシェ……。いつもどおり会話しているつもりだろうけれど、前より距離が近いのよね。今だってリーシェの持つ地図を確認するのに身を寄せ合っちゃって……まあ、昨夜のことが原因なんでしょうけれど。

そんなことを考えていると、唐突に腕を硬いもので突っつかれた。

「あうっ！　もう、一体なに？」

ちょっかいをかけてきたのは魔法使いのルシアだった。

鼻につく高慢さを持つ可愛くない少女だけど、魔法の腕だけは本物なのよね。

代々王国の高官を輩出している名家の出身だし、私からは強気に出られないのが頭痛の種だわ。

彼女は怪しむような目つきで、前方のふたりを指差《ゆびさ》している。

「あのふたり、昨日と様子が違うけど何かあったの？」

どうやらこの子は、昨日リーシェがセックスしたのは知らないみたいね。

ま、知ると騒ぐでしょうし黙っておきましょう。

「さあ、知らないわ。でもパーティの関係が良くなるのは、それに越したことはないもの。あれでいいのよ。あなたも少しは仲良くしてみたらどうかしら？」

「冗談じゃないよ、男なんか……ふん、なんだか気に入らないけど、そういうことにしておこうかな」

彼女がそう言って引き下がったのを見てホッとする。

それにしても、まさか最初にお手付きになるのがリーシェだったとはね。

先を越されるとは思わなかったけど、神官がセックスしたなら私だって彼を抱いていいわよね？

危険のある仕事だもの、役得の一つくらいなきゃ、やってられないわ。

「さて、どこかでチャンスを作らないとね。彼が隙《すき》をみせてくれればいいけど……じゅるり」

† †

一度の野宿を挟み、次の村にたどり着いた俺たち。

けれど、その村では一つの問題が起こっていた。

近くに魔物が巣を作り、周期的に村の人々を襲って生活を脅かしているというのだ。

すでに被害も出ているようで放っておけなかった俺たちは、魔物が拠点にしているという洞窟に来ていた。自然そのままの部分が多いが、僅かに通路や部屋のようなものが整備されている。

「いざ入ってみたけど、こりゃかなりデカいな……」

内部は人間ふたりが並んで歩ける程度の広さはある。だが、洞窟自体の構造が複雑で迷いそうだ。リーシェの探知魔法でモンスターの居場所を調べつつ進んでいるけれど、まだ半分くらいしか倒せていないんじゃないだろうか。

そのとき、俺の横を歩くリーシェが何度目かの警告の声を上げた。

「前方の広間、魔物がたくさん集まっています！」

「ちょうどいい、チマチマ戦うのも面倒だったんだ。一網打尽にしてやる！」

剣を構えて先頭を進み広間に出ると、リーシェの言葉どおり多くの魔物がいたので戦闘に突入する。

「せいっ、いやああっ！」

得物の聖剣に魔力を込め、立ちふさがるゴブリンやホブゴブリンを倒していく。

「私も負けていられないわね！　ふんっ！」

俺のすぐ横で、エーデルも剣を振るっていた。

次々魔物を倒していっているけれど、相手の数が多くてなかなか減っているように思えない。

「こうなったら仕方ない……はっ！」

俺は魔物たちに手をかざすと、そこから衝撃波を生み出し、一気に吹き飛ばした。

周囲に分散して群がっていた魔物たちが、部屋の一方に固まる。

「今だルシア！　まとめて倒してくれ！」

「ボクに指図《さしず》しないでよね！　氷柱よ数多《あまた》の敵を貫け！　アイスファランクス！」

ルシアの魔法が発動して、無数の氷の槍が床や壁ごと魔物を貫いて決着をつけた。

「はぁ、ふっ……これで終わりか」

周りに動く者がいないのを確認すると、聖剣を下ろして一息つく。

魔力を単純な衝撃波に変換する技は、魔法を碌《ろく》に習得できていない俺の数少ない遠距離攻撃手段だった。ルシアの魔法のように攻撃力は高くないけれど、敵を吹き飛ばしたりで役には立つ。

「お疲れさまヤスノリ君。もう大丈夫みたいよ」

一方、エーデルは慣れているのか呼吸も乱していない。さすがは職業軍人の騎士だ。

「この広間にいる魔物は片付けたようね。リーシェ、他に残っている魔物は？」

「はい、この付近にはもういないようです。被害にあった村で聞いた情報と照らし合わせれば、これで全ての魔物を倒せたと思います」

「そうね、私もこれ以上は他の魔物はいないと思うわ。村に報告して……うん？」

話の途中で、彼女が怪訝そうな表情をして辺りを見渡す。

「エーデル、どうしたんだ？」

「……ヤスノリ君、なにか聞こえないかしら？」

そう言われて耳を澄ますと、確かに小さく音が聞こえる。

何かがミシミシときしむような……。

「ッ！　マズい、洞窟が崩れる!?　脱出しなさいっ！」

「えっ？」

「きゃあっ！」

エーデルが、広間の出入り口にいたリーシェとルシアを通路へと押し出す。

その直後、亀裂が入った天井の一部が落下して、通路との間を塞いでしまった。

「ヤスノリ様！　ご、ご無事ですか!?」

「ああ、俺とエーデルは無事だ！　けど道が塞がれた！」

広間側には俺とエーデル、通路側にはリーシェとルシアで分断されてしまった。

しかも、未だに振動が続いてポロポロと土が落下してきている。

「多分、さっきのルシアの魔法が壁や地面に突き刺さった影響ね。ヤスノリ君、このままここにいるのは危険よ。あなたの力なら、塞いでいる土砂も浮き飛ばせるかもしれないけど、衝撃でさらに崩落が進む危険もあるわ。もしそうなったら、四人とも生き埋めになる可能性が高いわ」

「ああ、分かってるよエーデル……リーシェ、そっちは来た道を戻って、脱出してくれ！」

「ヤスノリ様たちは、どうなさるのですか？」

「こっちはこっちで脱出の方法を探ってみる。いざとなったら聖剣で地上まで道を切り開くさ」

「……はい、必ずご無事で！」

不安そうなリーシェにそう言って安心させると、俺たちはそれぞれ別れて進み始める。

崩落の危険がある広間から進んで奥まで行くと、そこには魔物たちが寝起きしていただろう部屋や食堂のような場所まであった。

このあたりはもう、明らかに自然の洞窟のままはなく、大幅に手が加えられている。

「魔物には、こんなものを作れる知能まであるのか……」

「高位の魔物のほとんどは、人間と遜色ないかそれ以上の知能を持っているわ。下位の魔物でも、ゴブリンみたいな人型の魔物はどれも、物事を考えられる程度の知能があるわね」

「一体一体は非力でも、集まると厄介な相手ってことか」

知恵があるだけに、襲われた人々は悲惨なことになりそうだ。

被害を出さないようにするには一刻も早く魔王の影を倒し、魔物たちの統率を失わせるしかない。

「魔王退治に消極的になってる場合じゃないってことか……」

「魔物の実態を知って、少しはやる気が出てきたかしら？」

俺は小声で呟いたつもりだったけど、どうやらエーデルには聞こえていたようだ。

「少なくとも魔王退治が、サボっていいことじゃないのは肌で実感したよ」

「それはよかったわ、私も女王陛下にいい報告が出来る。でも、ここを脱出する前に一つ問題があるのよね」

彼女はそう言うと、ゆっくり俺のほうに近づいてきた。

「……エーデル？」

いつの間にかその顔は赤くなっており、僅かに息も荒くなっている。

目には情欲が宿り、俺のことを熱の籠った視線で見つめていた。

これまでに何度も見た、女性が発情しているときと同じ状態だ。

「お前、さっきの戦闘で！」

「はぁ、ふふっ……ちょっと魔力を使いすぎちゃったみたい……旅に出てからはセックスもしてなかったし、限界がきたみたいね」

一歩一歩近づいてきて、やがて体がくっつくほどの距離になると、俺を壁に押しつける。

「ねえヤスノリ君、この気持ちを抑えるのに協力してくれないかしら？」

「な、なんで俺が……」

確かにエーデルは魅力的だけれど、俺は動揺していた。

無論、魔王を倒すために女性たちの性欲を発散させなきゃいけないのは分かっている。だけど、今回に関しては少し気が進まなかった。エーデルの雰囲気に、怪しいものを感じたからだ。

だが、彼女は俺の気持ちなどおかまいなしに迫ってくる。

「そんな寂しいこと言わないでほしいわ……もうリーシェとはセックスしたいんでしょう？」

「ッ!!」

「もちろん知ってるわよ。私、勇者様の女関係を監視する役目も仰せつかってるもの。ルシアはまだ気付いてないみたいだけれど」

全部お見通しってことか……王宮でメイドさんを抱いてたことも承知しているだろうし、こっちの世界に来てから、俺にはプライベートってものがないな。

だからこそ素直で純情なリーシェに、少し心を許してしまったのかもしれない。

「……発情してるなら、治める協力はする。でもセックスはなしだ」

そう言って突き放そうとしたが、エーデルは逆に俺の腕を掴んできた。

「つれないわね……私ってそんなに魅力的じゃないのかしら？」

そう言うと、彼女はわざとらしく俺に自分の体を押しつけてくる。

「うっ……」

まず感じたのは、その大きな乳房だ。十分に発育のいいリーシェのそれより、さらにふた周りは大きな爆乳だった。剣士にしては軽装だから、その柔らかさがモロに伝わってくる。

「おっぱい、柔らかいでしょう？　こうしてあげると、普通の男でも少しは乗り気になるんだけど」

経験豊富な女性らしい、余裕の表情で俺を見つめるエーデル。

ぎゅうぎゅうと押しつけられる柔肉の感触に、俺は否応なく興奮を高めてしまっていた。

性欲の薄いこの世界の男でも誘惑されてしまう大きさと柔らかさ……最高だ。

「……確かに魅力的だよ」

「ふふ、そうでしょう？　この太ももだって、みんなしゃぶりつきたいって言うのよ。どうかしら！」

そう言いながら、今度は肉付きのいい太ももを、味わわせるように足を巻きつけてくる。

「うおっ……！」

股間に近い部分に女性らしい柔らかさを感じさせられ、徐々に肉棒が張りつめていった。

「ほらほら、我慢はよくないわ。私のほうから誘っているんだから、ヤスノリ君はただ頷いて、ゆっくりしていてくれればいいの。後は全部、私が気持ちよくしてあげるわ」

さっきまでの戦いで見せていたクールさとは裏腹な、好色そうな笑みを浮かべるエーデル。

それを見た俺は、ようやく彼女の本性を悟った。

「そ、そっちが本来のエーデルか？」

「あら、普段の私も私よ？　他の女性よりエッチなのは認めるけど、オン・オフはしっかり切り替えてるもの」

「この洞窟に閉じ込められている状態が、エーデルにとってのオフなのか？　正気を疑うな」

皮肉るように言うと彼女は苦笑する。

「こういうときだからこそ、一度気を抜くのは大事よ。緊張しっぱなしだといいアイディアも浮かんでこないもの。経験豊富な私の言葉、耳を傾けてみる気はないかしら」

「むぅ……けど、やっぱり俺は……ッ!?」

少なくとも洞窟から出るまでは、のんびりしていられない。

そう言おうとしたそのとき、エーデルのキスで唇を塞がれてしまった。

「おっ、お前なにをっ！」

「ヤスノリ君、意外と身持ちが固いのねぇ……こうなったら実力行使しちゃおうかしらっ！」

彼女はそう言うと、俺の服に手をかけてきた。

「ちょっ、待て！　エーデル、正気か!?」

「正気じゃないわ、発情してるのよ！　もう、これ以上待たされたら本気でおかしくなっちゃいそうだわ！　せっかく都合よくふたりっきりになれたのに、これじゃ閉じ込められ損よっ！」

その言葉に俺もさすがに目を丸くした。

「なっ……この状況を利用して俺を手篭めにしようと!?」

「そんな大それたことじゃないわよ。単にヤスノリ君とエッチしてみたかっただけ。でも、こうも抵抗されると、本能が騒ぎ出すのよね……じゅるっ」

俺はなんとかエーデルを引きはがそうとするものの、彼女は逆に巧みな戦士の技で間接を極めて、俺の動きを封じてくる。いくら身体能力の強化で筋力が上がっても、何年も鍛錬をしているエーデルの格闘技術にはかなわないということか！

「むぅ、そんなに嫌がらなくてもいいじゃない。どのみち、一緒に旅をする以上避けられないことよ？行く先々の町に男娼がいるわけじゃないし、毎回現地の男を誘惑していたらきりがないでしょう」

「……まあ、言っていることは分かるよ」

つまり、仲間である彼女たちの発情をフォローするのも、勇者である俺の役目ということか。

そう言われてしまうと、抵抗しづらくなってくる。

「あまり重く考えなくていいのよ。旅だってストレスがあるんだから、ちょうどいい息抜きになるじゃない？　んっ……すごい、もうこんなに大きくなってる！」

俺の抵抗が弱くなったと見ると、エーデルはすぐにズボンの中に手を入れてきた。

そのまま肉棒を引っぱり出すと、勃起したそれを前にうっとりしたため息を漏らす。

「こんなに立派なおちんちんは初めて！　期待どおりだわ、精一杯ご奉仕しなくちゃね、うふふっ」

嬉しそうに微笑むとその場にしゃがみ、肉棒を両手で握って先端を舐め始める。

「んっ、ちゅるるっ……れろ、くちゅ、れろっ！」

「うっ、くっ……これ……上手いっ！」

エーデルのフェラチオは、今まで経験したどれよりも積極的で巧みだった。

肉棒へ大胆に舌を這わせながらも、ときおり俺の様子をうかがって責め方を変えてくる。

おかげで刺激に慣れる暇がなく、襲いくる快感に耐えるのに必死になってしまった。

「あふっ、んっ、ちゅぶるるっ！　普通のおちんちんならもう限界のはずなのに、素敵だわっ！」

「はぁはぁ……あんまり強くするのは……うぐっ！」

じゅるじゅると吸い込まれるようなバキュームの刺激に、思わず腰を引いてしまう。

油断すると、今すぐにでも射精してしまいそうだった。

「あんっ、ビクビクしてるっ……確かにやりすぎはよくないわね、気持ちいい射精を味わってもらわないと！」

俺の言葉に彼女は笑みを深くし、自分の服に手をやって胸元を露《あらわ》にした。

「エーデル……うっ!?」

「おっぱいどうかしら。大きさも形も素敵でしょう？　リーシェのものにも負けてないと思うわ」

自信満々に胸をさらけ出し、さらにアピールするように太ももへ押しつけてくる。

さっきよりもよりリアルな感触が押しつけられ、視線が爆乳に引き寄せられる。

「ねえ、このおっぱいで挟んであげましょうか？」

挑発的な視線でそう言う彼女に、俺は天を仰いだ。

「それは卑怯だろう……」

こんなにエロい爆乳を見せつけられ、あまつさえパイズリをチラつかされて我慢出来るはずがない。それを躊躇《ためら》う思いはあったけれど、欲望が容易にそれを上回った。

俺は観念したようにつぶやく。

「……パイズリ、してほしい」

「ふふふっ！　ようやく素直になったわね……ご褒美に、思いっきり気持ちよくしてあげるわっ！」

満面の笑みになったエーデルは、さっそく重そうな乳房を自分の手で抱えた。

そのまま深い谷間を開き、そこへ限界まで硬くなっている肉棒を挟み込んでいく。

「くっ、うぁっ……」

「気持ちよさそうな顔……ねぇ、私のおっぱいの感触はどうかしら？」

「さ、最高だ……！」

唾液にまみれ、洞窟内の冷たい空気で少し冷やされた肉棒が、火照った乳房に包まれる。

まるでアイスキャンディーをコタツの中に入れたように、すぐに溶け出してしまうような気持ちよさだった。まさに、まさに天国だ！

「我慢しないでもっと気持ちよくなっていいのよ？　仲間の発情の処理は必要なことだもの、協力しないとね」

自身も発情しながら、それを楽しむような雰囲気のエーデル。

彼女の熱っぽい言葉が伝染したかのように、俺もだんだん気持ちよさが増してきた。

「ほら、谷間に挟んだまま上下にズリズリ……気持ちいいでしょう！」

ふわふわと爆乳に包み込まれたまま、ゆっくりパイズリされ始める。

膣内や口腔のようにトロトロでもなく、手のひらのように刺激が強いわけでもない。

けれど、大きな胸の中にいるという包容感と優しい温かさに、理性が溶かされていくようだった。

「ヤバい……これはヤバいぞ……あぁ、溶けるっ……！」

送り込まれてくる興奮に耐えかねて思わずエーデルの肩に手を置き、ぐっと力を込める。

「素敵よヤスノリ君……私もたまらないわ！　全力で奉仕のしがいのある人は初めてなの！」

彼女もテンションが上がっているようで、自分の乳房を抱くと激しく上下に動かし始めた。

「んっ、きゃうっ！　ヤスノリ君のおちんちん、おっぱいの中で暴れてるっ！　きちんと気持ちよくしてあげるから、大人しくしていなさいっ！」

興奮で俺の肉棒がいくら暴れようとも、エーデルは自慢の爆乳で押さえ込んでしまう。

それでも、ビクビクと震える肉棒を柔らかい乳房で包まれる感覚は最高だった。

次第に先走り汁が谷間にも広がり、パイズリもヌルヌルとした感触に変わってくる。

「ふふ、天然ローションみたいね。もうこうなっちゃったら、我慢できないんじゃないかしら？」

エーデルの言うとおりだった。

最高のフェラとパイズリ奉仕で興奮は頂点に達し、我慢できる限界を越えようとしている。

「ああ、もう無理だっ……！」

「いいわよ、私のパイズリでイっちゃって？　勇者様の貴重な子種、大きなおっぱいで全部受け止めさせてっ！」

「ぐっ……！」

その言葉と同時にエーデルが腕を寄せ、柔肉の谷間が締めつけられた。

肉棒がひと際大きく震え、堰が切れたように白濁液が吹き上がる。

「凄い、凄い凄いっ！　私の胸の中、ヤスノリ君の精子でいっぱいにされちゃう！」

ドクドクと射精を続ける間、エーデルは歓喜の表情で精液を受け止め続けた。

これまでにないほど、うっとりした表情をしている。

分かっていたけれど、こいつはどうしようもないくらいに変態だ！

快感で時間の感覚も曖昧になったが、しばらくしてようやく射精も治まり、思考が落ち着きはじめる。

「はぁ、はぁ、ふぅぅ……」

荒い呼吸を整えていると、目の前でエーデルが、抱えていた自分の爆乳を解放する。

すると、たぷんと重そうな乳房が揺れるとともに、深い谷間に幾重にも白濁した橋がかかっているのが見えた。

「こんなに！　分かってはいたけれど、私の胸が全部、ヤスノリ君の子種で染まっちゃったわね」

嬉しそうに笑みを浮かべながら、からかうような視線をこっちに向けてくる。

結局行為を始めてからずっと、彼女に主導権を握られてしまった気がする。

これでいいんだろうか？　いや、よくないだろう。

仮にも俺は勇者という立場で、このパーティーの中心なんだ。

メンバーにナメられてるような状況は、好ましくない。

それになによりエーデルの、ひとりで満足しているような態度が気に入らなかった。

「そうだ、俺は勇者なんだ。なら勇気を持たないとな」

「……うん？　ヤスノリ君、なにか言ったかしら？」

幸い彼女は胸元の精液をすくって味わうのに夢中で、俺のつぶやきは聞こえなかったようだ。

「エーデル、ちょっと立ってくれるか？」

「ええ、いいけど何を……きゃっ!?」

俺は彼女の肩を掴み、そのまま立ち位置を入れ替えるように洞窟の壁へ押しつけた。

エーデルは咄嗟に壁に手をつくことが出来たようだけど、俺の目の前に肉付きのいい尻が晒されている状況に変わりはない。

彼女が何か行動する前に手を動かし、生尻に肉棒を押しつけた。

「えっ、なに？　硬いのがお尻に……まさか、もう復活したの!?」

驚いた様子で振り返り、自分のお尻に押しつけられているものを見て目を丸くするエーデル。

「そんな、今さっき射精したばかりなのに！」

「ああ、エーデルの奉仕が最高だったから、一度射精したくらいじゃちっとも興奮が治まらないよ」

彼女は口調こそ挑発的だったけれど奉仕は献身的で、俺に最高の快感を与えてくれた。

ならこっちも、それ相応のお返しをしないといけない。

尻に押しつけていた肉棒をズラすと、たっぷりと濡れている秘部に当たってクチュリと水音を立てた。

「おぉ、凄い濡れ具合だ……遠慮はいらないな、もう入れるぞ！」

「ま、待って！　そんないきなり……ッ!?　ひぃっ、きゃっ、あああぁぁっ！」

肉棒の狙いを膣口に定めた俺は、一気に腰を前に突き出した。

そのまま挿入を進めると、肉棒に押し広げられて奥までの道が開いていく。

「あっ、ああっ！　ダメッ、いきなりこんな太いのがぁっ……あぅ、ひぃんっ‼」

エーデルは抵抗しようとしたものの、入ってくる肉棒の感覚に邪魔されて上手く動けないようだ。

「奥まで来てるっ……はぁっ、あうっ！　凄いっ、こんなの初めてぇ！」

「ふぅっ、全部入ったぞ」

自分の腰をぴったりエーデルのお尻に押しつけたところで、一息つく。

彼女は豊満な割に、前衛で戦う騎士らしく全身が引き締まっていて、お尻の肉も無駄なく美しい形をしていた。それでもこうして腰を押しつけると、柔らかい感触も十分に感じられる。

「胸も凄かったけど、こっちもなかなか……でも、ゆっくり味わうのはまた今度にするか」

今はエーデルに、たっぷりお返しをしてやらないといけない。

「さあ、動かすぞ！」

「わ、私まだ心の準備が……あうっ！　あっ、ひぃぃっ！」

彼女の言葉は無視して、容赦なく腰を動かし始めた。

逃がさないよう腰に手を回し、パンパンと肉を打つ音が響くほど景気よく腰をぶつけていく。

「あんっ、あっ、あぁぁぁあっ！　ダメッ、奥までゴリゴリ削られちゃう！　気持ちよすぎるわっ！

こんなに逞《たくま》しいおちんちん初めてなのぉ！」

「いいぞ、もっと声、出してくれっ！」

エーデルが嬌声を上げる度に俺の興奮も高まり、打ちつける腰にも力が入る。

膣内は相変わらずびしょびしょの洪水状態なので、どれだけ激しくしても大丈夫そうだ。

何より、処女だったリーシェと違って彼女の中はある程度は余裕がある。

お尻に腰を押しつけ、そこからさらに押し込んでようやく肉棒が子宮口にキスするくらいだ。

「はぁはぁっ、きゃうんっ！　奥まで広がるっ、ヤスノリ君のおちんちんに広げられちゃううっ！」

「はっ、ふっ……俺のが奥まで、子宮まで当たってるぞ！　分かるか!?」

「ええ、来てるわっ！　私の一番大事なところが突かれてるのっ！　ヤスノリ君も、気持ちいい？」

「ああ、いい具合だ……もっと犯したくなる！」

本能のままに腰を動かすと、エーデルの声にも徐々に余裕がなくなってくる。

「ひぐぅぅっ！　あうっ、あっ、きゃふっ……んんっ！」

俺に腰を打ちつけられる度に、漏らすように嬌声を上げ、興奮で肌を上気させていた。

激しいセックスに爆乳も影響を受け、背後からでも乳房が重たそうに揺れているのが見える。

「くっ、ホントに全身エロいな、この変態騎士は！」

「あうっ、あぁっ……そうなの、変態なのっ！　普通より性欲が強くて、でもどんな男でも満足できなくて……でも、このおちんちんなら……きゃぅぅ！」

「この期《ご》におよんで人を肉バイブ扱いか？　まったく……手の施しようがないな」

「ああっ、嘘ですっ、ヤスノリ君に抱いてほしいのっ！　こんなに激しく抱かれるセックス初めてでっ……ああっ、もっと気持ちよくなっちゃうわっ!!」

歓喜の嬌声を上げながら、彼女は膣内を締めつけてくる。

大きなヒダとたっぷり解れた膣肉で肉棒を刺激され、二度目の射精が近づいていた。

「俺もこんなに抱き心地のいい相手は初めてだ……最後まで気持ちよく犯してやるっ！」

目の前の女性をイカせるために、残る全力を振り絞ろうと腰を振る。

乾いた音が響くテンポが加速し、同時にエーデルの呼吸も荒く速くなっていく。

「はっ、はっ、んくっ！　……っはぁ！　あんっ、あひゅっ！」

「ぐぅっ、最後まで吸いついてくる……このまま出すぞっ！」

限界を感じてそう言うと、彼女もいっそう求めてくる。

「きてっ、きてぇぇ！　今度は全部、私の中で受け止めさせてっ！　熱い精子、たっぷり中出ししてほしいのっ！」

「うぁっ、また締まるっ……このエロ騎士め、望みどおり中出ししてやるっ！」

力を振り絞ってラストスパートをかけると、エーデルの体も限界を迎えたのか急にこわばった。

その瞬間、膣の最奥に肉棒を押しつけながら射精する。

「ぐっ、あぁ……！」

「イクイクイクウウゥゥッ!!　射精っ、中出しぃぃ！　ひぎっ、ひゃうううぅぅぅぅぅっ!!」

ガクガクッと足腰を震わせながら、俺の射精を受け止めるエーデル。

片手を頭に添えてこっちを向かせると、普段のクールさとはかけ離れたトロけ顔が現れた。

目尻は下がり口元はトロけ、開いた口からだらしなく弛緩した舌が見える。

「……これだけでもうエロすぎだろ、また俺に犯させる気かよ」

そう呟くと、焦点の定まらなかった彼女の目がこっちに向く。

「はぁ、はぁっ……私はもう一戦してもいいわよ？」

「さすがにお断りさせてもらうよ。というか、脱出方法も分からないのに俺たちは何を……」

事が終わって冷静になったからか、急に現実を認識して頭を抱えそうになってしまう。

とりあえずズボンを上げていると、地面に腰を下ろして息を落ち着けているエーデルが洞窟の奥の部屋を指差した。

「ヤスノリ君、向こうのほうを見てきてもらえるかしら？」

「いったいなんだ？　脱出の手がかりとか……なっ!?」

指示された部屋の扉を開けた瞬間、俺は思わず目を丸くした。

その部屋の奥に、外に繋がる道があったからだ。

「ふぅ……ゴブリンたちが洞窟にここまで手を加えているなら、裏口の一つくらい用意してあると思ってたわ」

「……じゃあ、なんで最初からここを調べなかったんだ！」

振り返ってそう言うと、エーデルは怪しい笑みを浮かべていた。

「すぐに脱出してしまったら、ふたりきりの時間を過ごせないでしょう？　もったいないじゃない」

「……はぁ、参ったよ」

激しい行為の後でもう怒る気にもなれず、俺はただ呆れていた。

「拗ねないでもらえて嬉しいわ。これからも楽しいセックス、しましょうね？」

狡猾に既成事実を作ったエーデルを前に、俺はただため息をつくのだった。

† †

洞窟での一件から数日が経ち、俺たちは比較的大きな町に到着して旅の疲れを癒していた。

街の戦力も充実しており、周囲に魔物の危険もない。

ここで一日、体を休めて物資を補給し、また旅を再開する予定だ。

一応四人で今後の予定なども確認するはずだったのだが、ルシアは宿に到着するなりひとりで部屋に籠もってしまった。そんな彼女は置いておき、俺はリーシェやエーデルと買い出しに行くことに。

「もともと、馴れ合いはしないって雰囲気だけど、最近とくに避けられてるような……」

そんなことを考えていると、リーシェに声をかけられる。

「ヤスノリ様、どうかされましたか？」

「ああ、いや、最近ルシアの様子がおかしくないかと思って。俺、前にも増して避けられてるよな」

そう言うと、彼女も少し難しい表情になってうなずく。

「はい、そう言われるとそうですね」

「だよなぁ……エーデルに聞いてみるか。エーデルなら察しがいいし、何か分かってるかも」

転移前はほとんど異性との付き合いがなかったので、女性が何を考えているとかはよく分からない。

俺にとってルシアは、近づいただけで爆発してしまう機雷のようなイメージだ。

その点、女性ばかりの騎士団に所属していて対人関係も上手そうなエーデルならいろいろ分かるのではないかと期待していた。

「なあエーデル、聞きたいことがあるんだが……って、あれ？」

振り返ると、さっきまですぐ近くにいたはずの彼女の姿が見えなくなっていた。

辺りを見渡すと、今来た道を戻ったところにある武器屋の前に立ち止まっている。

「あいつ、一緒に行動するって言っておいたのに……」

「わたしは先に買い物をしておきますので、エーデルさんのところへ行ってください」

「そうか？　じゃあ、お願いしようかな」

「はい！」

エーデルとふたりで話したかった俺は、リーシェの申し出をありがたく受けることにして見送る。

そして、武器を物色しているエーデルのほうへと向かった。

「……ふむふむ、この武器は町の鍛冶屋が？　なかなかいい腕をしてるわね」

店主とよろしくやりとりしている彼女に近づき、背後から声をかける。

「エーデル、一緒に行動するって言ってただろう」

「あら、ヤスノリ君。ごめんなさいね、つい良い武器が目に入っちゃって……ヤスノリ君も何か一つどう？　短剣に投げナイフ、目潰し玉なんてのもあるわよ。今なら私が奢ってあげるわ」

「いや、俺はいいよ。まだ自分の剣を扱うので精一杯だよ。いろいろな選択肢を使い分けられるほど戦い慣れてない」

一応、聖剣以外にも槍や弓などの指導も受けたけど、剣一本で精一杯だ。

「そう……でも自分の実力を把握しているのは良いことだわ」

彼女はそう言って満足そうに頷くと、自分の会計を済ませて店から出てきた。

「待たせてしまってごめんなさいね。で、リーシェと合流するのかしら？」

「いや、その前に少しエーデルに聞きたいことがあるんだ」

そう言うと彼女は少し考えるように目を細め、俺の腕を取った。

「なら道の真ん中に突っ立ってるのはよくないわね。こっちに行きましょう」

「あっ、おいっ！」

俺はそのまま彼女に連れられ、町の路地裏のほうへ移動していく。

ある程度、表通りから距離を置くとようやく手を離してくれた。

「何もここまで来なくても……」

「まあいいじゃない。それで、話っていうのは何かしら？」

気にせず本題に入ろうと促してくる彼女に怪しいものを感じたけれど、リーシェを待たせるのも悪いので話し始めた。

事情を説明しルシアのことを相談すると、エーデルは納得したように何度か頷く。

「ああ、そういうこと……まあそうよね、もう旅を始めてから結構時間が経ってるし」

「思い当たることがあるのか？」

「そりゃあもう！　というか、ヤスノリ君のほうこそ思い当たらないの？」

少し呆れたような表情になりながら言うエーデル。

「うぅん……」

「彼女、ここまでの戦闘で結構魔力を使ってるのに発情した様子を見せないでしょ？　変だと思わない？　魔力を使えば発情してしまうというのは、当たり前の常識よ」

「ああっ……そういえば、何でだろう……」

魔力を使うことが少ないリーシェや、剣士のエーデルさえも発情して俺を誘ってきた。

そんな中、魔物の群れを一撃で殲滅するような魔法を使っているルシアが、これまで発情した様子を見せなかったのは、確かに不自然だ。

「多分、発情を抑える魔法を使ってるのね。普通の魔法使いが使うと恐ろしく非効率らしいけど、ルシアほどの使い手なら有効に活用できるんじゃないかしら。でも、平然としていられるからこそ、リーシェと私がヤスノリ君と関係を持ったことで余計に壁を感じているんじゃない？」

「ううん、確かに……」

元から仲良しこよしという雰囲気じゃなかったけど、パーティーで自分以外の三人が肉体関係を結んでいたら、やり辛くもなるよな。

そうなると、一番いい解決法は俺とルシアがセックスすることだ。

体を重ねることで意識が変わるかもしれないし、魔力を使った後の発情もカバーできる。

「かといってルシアを無理やり抱くことは出来ないだろう？　下手したらパーティーが崩壊するし、何よりレイプするようなことは俺には無理だよ」

リーシェは素直に俺を受け入れてくれたし、エーデルに至っては向こうから誘惑してきた。

けれど、明らかに拒絶するだろうルシア相手に平和的なセックスは不可能に思える。

「まあ、これぱかりは慎重に解決していくしかないわね。でも、どこかで関係を改善しないと、パーティー一体となって魔王に挑めないわ。それが凄く危険なのは分かるわよね？」

「ああ、ルシアの魔法の力が必要なのはよく分かってるよ。前衛と回復薬だけじゃどうしたって隙ができるからな」

いつまでも仲が悪いままじゃいけないというのは、ルシアも分かってるはずだ。

「どうにかして切っ掛けを作れればいいんだけどな……」

そう呟くと、エーデルが俺の胸に手を当てる。

「心配なのはわかるわ。でも幸いまだ魔王城へたどり着くまで時間があるし、私からもルシアにアプローチしてみる」

「頼む。男の俺が変に動いたら余計に機嫌を損ねそうだ。うまく立ち回る自信もないし」

情けないけれど、当面はエーデルに頼るしかなさそうだ。

「任せて、こういう調整も私の仕事の内よ。まあでも、少しご褒美は欲しいかしら」

「……エーデル？」

俺が顔を上げると、そこには深い笑みを浮かべた彼女の姿があった。

直前まで真面目そうな顔だったのに、もう洞窟のときのように目に情欲を宿している。

「せっかく人目につかない路地裏にいるんだし、ちょっとエッチしていかない？」

「ちょっ、ちょっと待て！　今日は戦闘もないし、そんなに魔力を使っていないはずだろう!?」

「あら、私はいつでも大歓迎よ？　魔力消費による発情がなくても、ヤスノリ君は十分魅力的だもの……大丈夫、たっぷりご奉仕してあげるわ！」

そう言いながらも俺に体を押しつけ、爆乳を胸に当てて誘惑してくるエーデル。

誘われていると分かっていても、そのあからさまな挑発に手を伸ばしてしまいそうになる。

そんなとき、裏路地に誰かが走り込んできた。

「ヤスノリ様っ！」

「リーシェ!?」

こちらに向かってくる人影はなんとリーシェだった。

ここまで走ってきたのか、少し顔を赤くしている彼女はエーデルの肩を掴んで俺から引きはがす。

「あんっ！　もう……いいところだったのに……」

「エーデルさん、何してるんですか！　ヤスノリ様に無理やり迫るなんて……」

「別に無理矢理じゃないわ。少し誘惑してヤスノリ君のほうから手を出してもらおうとしただけよ」

「それでも十分です！　ヤスノリ様、大丈夫ですか？　変なことされてませんか？」

「あ、ああ。大丈夫だよ」

こうして女の子に貞操の心配をされていると、本当に男女関係が入れ替わった世界に来てしまったんだなと実感する。普通、こういうのは男のほうが女の子を心配する場面だろうに。

「とにかく、こういう無理矢理な行為は許せません！　戦闘の後にどうしても辛いならまだしも、そうでない状況ではヤスノリ様の負担になります！」

「い、いつになく強気ねリーシェ」

珍しく譲らない神官少女の態度に、エーデルも驚いていた。

「当然です！　ヤスノリ様は勇者で、我々の世界の希望なんですから。無理をしていただく訳にはいきません」

「ええそうね、分かったわ。こっちから無理やりはしない」

これ以上の対立は不毛だと思ったのか、手を上げて降参の意を示すエーデル。

だが、彼女はそこで大人しく引き下がるような性格でもなかった。

「……でも、ヤスノリ君のほうから誘われたなら別よね？」

「そ、そんなことは……」

ありえない、とは言い切れないリーシェ。実際に俺とセックスした経験があるからな。

一方、エーデルは何か確信めいた表情で俺のほうを見つめていた。

「ねえヤスノリ君。私たちと発情の処理以外でもセックスしたいと思うかしら？」

「俺はいつでもふたりとセックスしたいよ」

直感に任せてそう言った直後、彼女たちは分かりやすく表情を変えた。

「ふふっ、そうよね！　欲求を押し殺すのはよくないと思うわ」

「ほ、本当ですか!?　ヤスノリ様、無理してませんか？　あの、本当に……？」

エーデルはもちろんだけれど、リーシェもそう悪い反応ではなかった。

やっぱり一度関係を持ったからか、俺に対して情が湧いているらしい。

「ふたりこそどうして俺とセックスしたいんだ？　男なら他にもいるのに」

これは俺も聞いておきたいことだった。旅路での発情の処理だけでなく、プライベートでもセックスするというなら、相手から自分がどう思われているかは気になってしまう。

どんな美人でも、俺のことを肉バイブのように思っているような相手とはセックスしたくない。

道具のように扱われるのは、もうこりごりだ。

「私はもちろん、ヤスノリ君とのエッチが気持ちいいからよ！　あのときのセックスは今までで一番情熱的で私も燃えちゃったわ。私、容姿にはそこそこ自信があるんだけれど、積極的に抱いてくれる男って少ないのよ。その点ヤスノリ君はエッチにも積極的だもの。セックスに惹かれて好きになるっておかしいかしら？」

「いや、分かりやすくて上等だよ」

共に快楽を得るためというのは、単純だけれど、それだけに分かり易くて安心できる。

上でもなく下でもなく、対等な関係というのは貴重だと社会に出てよく分かった。

そしてリーシェも戸惑いつつ口を開いた。

「わたしは、ヤスノリ様のことを素敵な男性だと思っています。わたしが発情してしまったときも優しく受け止めてくれて、経験のない処女だというのに面倒くさがることもなく抱いてくれました。まさか男性の方にリードされるなんて思わなくて、でも凄く気持ち良くなってしまったんです。そのときからヤスノリ様のことを、以前より意識するようになってしまって……た、単純だと思いますよね？　でも、気持ちが押さえられないんですっ！」

自嘲するように言いながら目を潤ませるリーシェ。だが俺は真剣な顔つきで首を横に振った。

「リーシェの意識ではそうかもしれないけど、俺は君のことをおかしいなんて思わないよ。それに、純粋に自分のことを想ってくれる女性がいるのは嬉しい」

これは俺の正直な気持ちだった。

新卒で入った会社で最悪の上司に当たり心が荒み、そこから異世界に来て勇者となって魔王退治だ。女性主導の世界という違和感もあって、俺は見た目以上にストレスを抱えていた。

けれど、そんな中で純粋に俺のことを心配してくれるリーシェの言葉は心地いい。

俺は一呼吸置くと、彼女たちをそれぞれ見返した。

「ふたりともありがとう。その気持ち、きちんと受け取らせてほしいんだ」

そう言うと、リーシェとエーデルはそれぞれ笑みを浮かべた。

「ほ、本当ですか？　わたし、夢を見ていないですよね？」

「大丈夫よリーシェ。ほら、ぎゅうっ！」

「いたたたたっ!?　わ、わかりました！　だから止めてくださいエーデルさん！」

リーシェの頬を引っ張るエーデルの姿に微笑ましさを感じ、自然と笑みを浮かべた。

俺はそれから宿に帰ってふたりと団欒を楽しみ、夜になるってから自分の部屋へと招いた。

この世界では、こんなふうに男から部屋に招かれるのは、女性たちにとってとても嬉しいことだと聞いていたから。

イメージ的には「今日、私の家……両親がいないの……」みたいな感じか。確かに憧れだな。

案の定エーデルは嬉々としていたし、リーシェは緊張しつつも嬉しさを隠しきれない表情だった。

俺がベッドの上に腰掛けると、彼女たちもそれぞれ俺の左右に陣取るように腰を下ろす。

「ヤスノリ君、こうして誘ってくれたってことは、遠慮しなくていいのよね？」

エーデルの瞳には既に情欲が宿っていて、堪《こら》えきれない思いを抱《いだ》いている様子だった。

「もちろん、エーデルの気持ちも全部受け止めるよ……んぐっ」

そう答えた途端、待ち切れなかったというように彼女がキスしてきた。

「んっ、ちゅるっ……じゅる、れろっ！　ヤスノリ君……好き、好きよっ！」

舌を絡めるようなディープキスをしてきた彼女は、うっとりした表情でさらに唇を重ねてくる。

快楽重視だとは分かっていても、こうも真っ直ぐ好意を伝えらると嬉しく感じた。

「ああ、俺もエーデルのことが好きだよ」

返すようにそう言うと彼女はにへらと表情を崩し、もう一度深いキスをしてきた。

そこで一度唇を離すと、今度はリーシェのほうに向く。

「ん？　どうしたんだリーシェ、そんなに不安そうな顔をして」

「だ、だって……すみませんヤスノリ様っ！」

焦れていたのか、ギュッと唇を結ぶと、俺の首に腕を巻きつけるようにしながらキスしてきた。

「ッ！　きょ、今日はずいぶん積極的だな」

「ううっ、すみません、嫌いにならないで……エーデルさんとヤスノリ様がキスしてるのを見て、我慢できなかったんですっ！」

ようやくキスしたことで少し安心し、けれど不安も湧き起こったようで目を潤ませるリーシェ。

「大丈夫だよ、そんなに慌てなくてもエーデルに独り占めにされたりしない」

女性たちは、自分以外の相手が意中の男とセックスすると否応なく不安になってしまうようだ。

ここでも性別逆転の影響が出ているのだろう。女性が本来持つ独占欲に性欲が合わさって強くなっている。王宮でも、メイドさんをひとり相手にすると、残りのメイドさんたちが固唾を飲んで見守りながら、不安を解消しようと俺に自分の体を押しつけていた。

今のリーシェも、キスしながらギュッと体を押しつけてきている。

「ヤスノリ様ぁ……好きです、大好きなんですっ！　だから、わたしにも……！」

「俺もリーシェのことが好きだよ」

そう言って彼女の体を抱き返すと、安心したように緊張が解け、ふっと体からも力が抜ける。

「好きです、んっ、好き……ちゅう、ちゅっ！」

何度も「好き」とつぶやきながらキスを続けるリーシェ。初体験のときから抱いていた想いが成就して嬉しいのか、そのキスの雨は止みそうな気配がない。

「こらリーシェ、独り占めしちゃダメよ。それに、ヤスノリ君もしっかり可愛がってあげないとね？」

そう言ったエーデルはすでに服を脱ぎ、一糸纏わぬ姿で今度は俺の服に手をかけてきた。

俺もそれに抵抗せず、されるがままに服を脱いでいく。

下着まで全て取り去られるころには、隣でリーシェもまた全裸になっていた。

「うふふ、相変わらずたくましくて素敵だわ！　男娼みたいな見せるための筋肉じゃなくて、実戦のための体つき……リーシェもそう思うでしょう？」

「はい、一見細身ですけど触ってみると凄くたくましくて……うう、また頭がボーっとしてしまいそうです！」

彼女たちにとって、俺の体は欲望を際限なく上昇させるのに十分すぎるほどの材料のようだった。

頬を紅潮させ、息を荒くし、体のあちこちへと視線が泳いでいる。

体を見つめられるのは恥ずかしい気持ちもあったけれど、ここで女の子のように恥ずかしがるのも格好悪いと思ってあえて堂々としていた。

そして、今度は俺のほうからふたりにアプローチする。

「そうやってジッと見てるだけでいいのか？　俺はふたりにもっと積極的になってほしいな」

「……わ、わたしから触っちゃってもいいんですか？」

俺が頷くとリーシェは恐る恐る肉棒に手を伸ばした。

「あ、熱いっ……それに、だんだん大きくなってます！」

「リーシェの手が柔らかくて気持ちいいから……って、うわっ！」

いつの間にか目の前にしゃがみ込んでいたエーデルが、舌を突き出して肉棒を舐めてきた。

「エーデルさん、いつの間に!?」

「リーシェは手が遅いわね。ヤスノリ君を普通の男と同じに思っていると、いつの間にか逆転されちゃうわよ？」

「うっ……それはわかります。初めてのときは逆転どころか最初からヤスノリ様にリードされてばかりだったので」

それを聞いたエーデルは、面白そうに笑みを浮かべた。

「そうだったの？　じゃあ貴重な体験ね、初めてで男性にリードしてもらえたなんて。でも、それに甘えてばかりじゃダメになっちゃうわ。さぁ、こっちに来て一緒にご奉仕しましょう？」

エーデルに誘われるままにベッドを降りたリーシェは、そのまま彼女の横に並んだ。

そして、興奮で硬くなった肉棒を目の前にして息をのんでいる。

「ごくっ……改めて見ると大きいです。これがわたしの中に……」

「そうね。今日もたっぷり私たちを楽しませてくれるんだから、ふたりでおもてなし、しましょう？」

すると、まずはエーデルが手本を見せるようにフェラチオを始める。

「はむっ、んっ、じゅる……れろ、くちゅっ！」

一度大きく口を開けて肉棒を咥えこみ、そのまま頭を動かして口内全体を使ってしごき始める。

温かく湿った空間に閉じ込められ、舌や歯茎で刺激される感覚は気持ち良かった。

「くっ、エーデルは上手いな」

「んむっ……伊達に経験は積んでないわ。でも、ヤスノリ君相手だとそれも少し不安ね」

「そんなことない。俺のものがどうなってるか分かるだろう？」

肉棒は限界まで勃起し、与えられる柔らかくて気持ちいい刺激にビクビク震えている。

それを感じた彼女は、嬉しそうな笑みを浮かべた。

「確かに、ヤスノリ君の言うとおりみたいね。でも、ここからが本番よ！」

そう言うとエーデルはリーシェに目配せし、今度はふたり揃ってフェラし始めた。

「んむっ、はむっ……私は根元から刺激していくから、リーシェは先端からお願いね」

「はい、頑張ります！　んっ、ちゅっ！　れろ、れろっ！」

「おぉ、これは……」

クールな女騎士と神官少女、美人ふたりに奉仕されてハーレム気分を味わってしまった。

「はうっ……どうやらヤスノリ君もご満悦みたい。私も三人でするのは初めてだけど、こんなに喜んでくれるなら悪くないわね」

まだ少し余力を残しているエーデルと違い、リーシェのほうは早くも興奮の限界のようだ。

「はぁはぁっ！　ヤスノリ様……頭の中がヤスノリ様のことでいっぱいですっ！　私のアソコ、もうビショビショで……」

こちらも変わらず肉棒へ奉仕を続けている様子だったが、これまでの行為でかなり興奮してきているらしい。

「どうやらリーシェは我慢出来ないみたいだ。エーデルももういいかな？」

「ええ、私も興奮してきたわ。それで、どうするの？　ひとりずつするのかしら？」

「まさか、せっかくふたり相手にできるのに、そんなもったいないことできないよ」

「……ええ、そうよね。ヤスノリ君がそう言うなら、ありがたく受け取らせてもらうわ」

「じゃあ、ふたりでベッドの上に上がって、四つん這いになってくれ。俺に任せてくれるか？」

「本当は自分んで動きたい気持ちもあるけど……リーシェはまだ慣れてないみたいだし、王宮でたっぷり経験を積んだヤスノリ君に任せるわ」

「期待に応えられるよう、頑張るよ」

エーデルは起き上がり、フラフラしているリーシェの腕を引っ張ってベッドに上がる。

そして、四つん這いになるとこっちに尻を向けてきた。

「んっ、この体勢は女としては恥ずかしいわね」

「あうっ、うう……ヤスノリ様、あまり見ないでくださいっ」

そう言われても、俺の視線は目の前の美しいお尻に引きつけられていた。

エーデルの引き締まった足とリーシェの柔らかそうな足、どっちも最高だ！

それに加えてふたりとも俺へのフェラチオで興奮したのか、こうして見ているだけでも分かるほど興奮している。俺は両手でそれぞれの秘部に触れ、指先を中に挿入してみた。

「んっ、はうっ……！」

「あっ、やぁっ！　指が、ヤスノリ様の指が中にぃっ!?」

彼女たちの熱っぽい嬌声に俺の興奮はさらに高まった。

「指一本くらいなら軽々飲み込んじゃうな。俺ももう我慢できない……入れるぞ！」

まずはリーシェの後ろにつき、彼女に舐めて貰ってガチガチになった肉棒を秘部へ押し当てる。

「はひゅっ!?　あ、あうっ……当たってますっ！」

「リーシェのフェラが気持ち良かったから、俺も準備万端だよ。さっそく入れるぞ」

両手でリーシェの腰を掴み、動かないよう抱えて腰を前に動かす。

一瞬抵抗があったけれど、肉棒はすぐに膣内へ潜り込んでいった。

「ひぁっ、ああっ！　いっぱいです、お腹の中いっぱいっ！」

うわごとのように呟きながら、呼吸を荒くするリーシェ。

両手でベッドのシーツを鷲掴みにし、必死に快感に耐えようとしている。

「まだ入れたばかりなのにっ、頭の中が真っ白になっちゃいますっ！　ひゃぐっ、ひぃぃぃっ!!」

ピストンの度に、薄い唇を引き締めたり緩めたりしながら嬌声を漏らす。

その姿にまた俺は興奮し、腰の動きは速くなってしまった。

「リーシェは本当に可愛いな。素直で従順で。だけど、だからこそこうして乱れさせたくなる！」

「ひぎゅうっ!?　乱れてますっ、もう乱れてますからぁ！　あうっ、ダメッ……こんなに気持ち良くされたら、女の子なのに……犯されるのが好きになっちゃいますぅぅっ!!」

「いいよ、そのまま好きになれっ！」

まだ慣れない感じの残る彼女の中を、開拓していくように腰を振る。

体の興奮が心の興奮に追いついてきたのか、次第に肉棒を包む膣も柔らかくなり始めた。

「ふっ、くっ……！」

「わ、わたしの中も気持ちいいですか？　えへへ、もっと気持ち良くなってくださいっ」

快楽に押し流されそうな中でも、俺に反応して嬉しそうな声を漏らすリーシェ。

その健気さにまた心をやられ、腕に力を込めてしまう。

「やっ、はうっ！　んぐっ、ひゃへっ、はぐっ……」

ただ、感情のまま激しくしすぎたのか、彼女にも若干の疲れが見えた。

「あーあ、最初から飛ばしすぎるから、リーシェったらバテちゃったじゃない」

隣で一部始終を見ていたエーデルが呆れたように言った。

「それにリーシェに夢中で私のほうには指の一本もよこさないで、どういうつもりかしら？」

「わ、悪い……夢中になっててつい」

「ふふ、冗談よ。あんなに可愛いリーシェを見たら普通の男だって燃えちゃいそうだもの。その代わり、早く私にも受け止めさせて？」

ここまで言われれば、その好意に応えないわけにはいかなかった。

リーシェの中から肉棒を引き抜くと、咥えていたものを失った秘部がヒクヒクと動く。

それを横目に、今度はエーデルの膣内に挿入していった。

「あっ、あんっ！　やっぱりおっきい……はふっ、あぁぁっ……」

肉棒が奥へ入っていくと同時に、溜め込んだ熱を吐き出すエーデル。

待ち望んでいたものがやってきたことに、彼女は満足そうにしていた。

「どう、私の中は？　気持ち良すぎて動けないなら、今からでも騎乗位に変えてあげていいわよ？」

「くっ、馬鹿言え、俺の世界じゃ男がリードしきるのが普通だったんだ」

正直に言えば、リーシェとの行為で性感が高まった後で、エーデルの中に入るのは刺激が強すぎた。

好色を自称するだけあって彼女の中は挿入にも慣れていて、肉棒にどんどん絡みついてくる。

腰をわずかにでも動かす度に快感が溜まり、早くも限界が近づいていた。

けれど、このまま降参する訳にはいかないと腰を動かし始める。

「はうっ、あんっ！　動き激しいっ！　いいわ、もっと動いて、全部受け止めさせてっ！」

彼女の願いに応えるように全力で腰を動かす。引き締まった尻肉へ腰がぶつかる度に乾いた音が鳴り、ピストンの衝撃で豊かな胸元がゆさゆさと揺れていた。

「エーデル、気持ちいいか!?」

「あうっ、んっ、気持ちいいわっ！　最高よ、ヤスノリ君が一番なのっ！　ひうっ、あぁっ……頭の中身溶けだしちゃうっ！」

「俺もだ……ぐぅ！」

気分を盛り上げながら腰を動かしていると、隣でリーシェがモゾモゾと動くのを確認した。

「はう、はぁはぁ……」

まだ息は荒いが、どうやら少し落ち着きを取り戻したようだ。

まあ、といってもまだまだ興奮は治まっていないようだけれど。

その証拠に、こっちを振り向いたリーシェは悲しそうな目で俺を見た。

「うう……わたしがふがいないから……」

「何言ってるんだ？　回復したなら、リーシェも一緒に犯すからな！」

「えっ？　あっ、きゃうっ!?　ああ嘘っ、ほんとにふたり一緒に相手にされちゃいますっ！」

困惑している彼女に、エーデルから引き抜いた肉棒をぶち込む。

「うぐっ、こっちもさっきより気持ち良くなってる！」

一度解されたリーシェの中は柔らかくなり、挿入した肉棒をピッタリ締めつけてくる。

興奮しているから普段より体温も熱めで、まさにとろけてしまいそうな気持ち良さだ。

「ふたりとも、限界まで犯してやるっ！」

俺は自分に気合いを入れるようにそう言うと、改めて腰を動かし始めた。

リーシェとエーデルを交互に犯しながら、全員の興奮を限界まで高めていく。

「あひゅっ、あんっ！　私もヤスノリ君に犯されるの、癖になっちゃいそうっ！」

「はふっ、きゃうん！　んっ、あぁっ、ヤスノリ様ぁっ！　たくさん気持ちいいですっ、ヤスノリ様も一緒にっ！」

「俺もふたりの声を聴く度に、ゾクゾクきてるよ！」

一度燃え上がった興奮は、爆発するまで止まらなかった。

そのまま責め続けるとふたりの声が切羽詰まってくる。

「うっ、きゅふっ！　体溶けちゃいますっ、イクッ、もうイクッッ！」

「私もイキそうなのっ！　ひゃうっ、あっ、ひきゅぅっ……あぁっ！」

ふたりの膣内は俺のものをどんどん締めつけ、精を絞り出そうとするその刺激に耐えられなかった。

「ふたりとも、このまま中に出すぞっ！」

絞り出すようにそう言うと、俺はラストスパートに入った。

「あひっ!?　そんなっ、まだ激しくなるんですか!?　ダメですっ！　あっ、ひゃうぅぅぅっ!!」

「き、気持ちいいっ、気持ち良すぎで頭の中全部溶けだしちゃうのぉ！　ヤスノリ君とのセックス

最高だわっ！　あうっ、イクッッ!!」

　ふたりの絶頂と同時に体がビクつき、つられるように膣内が締めつけられた。

　それが切っ掛けになって堪えていたものが溢れ出し、彼女たちの中を白く染めていく。

「あぁ、熱いですっ！　お腹の奥にヤスノリ様のが……！」

「ふたり相手なのに、中からこぼれちゃいそうなほど……ひっ、ぐぅ……」

　俺は中出しに悶えるふたりの姿を見ながら、最後まで奥に精液を注ぎ込んでいた。

　ようやく律動も終わると腰を引き、肉棒を抜いてベッドに腰を下ろす。

　それとほぼ同時にふたりも腕から力を抜き、シーツの上に転がっていた。

「はぁ、はぁぁ……さすがにこれは少しこたえたな……」

　普通の女性ならまだしも、目の前のふたりは、いつも強力な身体能力の強化を行っているから、主導権を握るのも簡単じゃなかった。

　倒れ伏すふたりの秘部からは、トロトロと愛液が流れ出ていた。

　我ながら、このふたりを相手にそれぞれ溢れるほど出すとは呆れたけれど、それほどまでに興奮した時間だった。

「ふぅ……リーシェ、エーデル、大丈夫か？」

「は、はい、なんとか……でも腰が抜けちゃって……でも！　ヤスノリ様に抱いていただけた時間、すごく幸せでした！」

「体格差があるんだから、気を付けてよねヤスノリ君……。でも、凄く気持ち良かったわ、ありがとう」

そう言って笑顔を見せる彼女たちを前に、俺は安心して表情を崩した。

どうやら、セックスに満足してもらえたようだ。

「まだまだ魔王退治はこれからだから気は抜けないけど、たまにはこうして息抜きもしないとな。そのときはふたりを頼らせてもらうよ」

「はいっ、もちろんです！」

「ええ、任せなさい」

ふたりは少し疲れた表情になりながらも笑みを浮かべ、俺を慕ってくれる。

その真っ直ぐな思いを受け止め、俺は魔王退治の決意を新たにするのだった。

第二章　デーモンに操られた仲間を救え！

リーシェとエーデルから想いを伝えられてから、半月ほどが経った。

俺たちの旅は順調で、魔王城までの工程は八割が終わっている。

前方に見える山を越えれば、もうそこが魔王の影がいる敵の中枢だ。

「ふぅ、山が見えてやっと目的地に近づいたって実感が持てるよ。ここまでひたすら歩きっぱなしで大変だった……」

少し前までは民間の馬車が走っていたそうなのだけど、魔物が増えて危険性が増したために、それらの運行が禁止され歩くしかなくなってしまったのだ。

俺たち自身が馬を操れればいいんだけど、生憎四人とも乗馬の心得がないから仕方ない。

「もう少しですヤスノリ様！　あの山の麓には聖王国の前線都市がありますので、そこで一休みできます！」

そんなため息をついている俺を、リーシェが励ます。

「ありがとうリーシェ。そうだね、もうひと踏ん張りだ」

彼女の言葉に頷いてまた歩き出したはいいけど、何故かルシアがそこで立ち止まっていた。

「……ルシア、どうしたの？」

不審に思ったエーデルが呼びかけると、彼女は顔を上げて苛立たしそうな表情を見せる。

「これから魔王を倒すってのに男女でイチャイチャ……もうやってられない！」

「あうっ……」

真正面から怒りの感情を向けられ、思わずリーシェが怯んでしまった。

そんな彼女を守るように俺は前に出る。

「俺とリーシェが話してるのが気に障ったのか？」

「当たり前でしょ！　ボクたちの役目は魔王退治なのに、ふざけてるの？」

「ふざけてはいない、俺も本気でこの世界の人々を守ろうと思ってる。でも、だからって終始、重苦しい雰囲気でいなきゃいけないってことはないだろう？」

困難な役目だからこそ、多少は明るく振る舞っていたいという気持ちもある。

けれどルシアは俺のそんな言葉が、余計に気に入らないようだった。

「ふん、男はこれだから軟弱で嫌なんだ！　多少強いからって大目に見てたけどもう限界だね！　これからはボクひとりでやらせてもらう！」

「あっ、おいルシアッ！」

咄嗟に呼び止めたけれど、彼女は俺の言葉を無視して速足で先に進んでいってしまった。

「ああもう……って、エーデル？」

姿が見えなくなる前に追いかけようとしたけれど、今まで黙って見ていた彼女が俺の肩を掴んで止めた。

「ルシアのことは勝手にさせておけばいいじゃない」

「いや、だけど……」

確かに関係は良いとは言えないけれど、彼女はパーティーに必要な存在だ。あの魔法による超火力と殲滅力は俺たちにはないものだし、大勢の魔物と戦うことになれば必ず頼ることになる。

「確かにルシアは強いけれど、個人的な感情で仲間とのコミュニケーションをとらないような相手は信用できないわ。私がアドバイスしてからヤスノリ君は何度かルシアと打ち解けようと話しかけたけれど、彼女はそれを避け続けていた。これ以上は無理よ、例え魔法学院からの推薦があってもね」

そういうエーデルの表情は厳しいものだった。

彼女は戦力の低下と、コミュ不足の仲間を抱える危険、両者を天秤にかけて前者を選択したらしい。

「……エーデルの言っていることは分かる。でもルシアは魔法以外からっきしな箱入りだ。この森を抜けてひとりで前線都市までたどり着くのは難しいんじゃないか？　放っておいたらきっと、野垂れ死にしてしまう。見捨てられないよ」

いくら親しい中ではないと言っても最近はずっと一緒に食事を食べ、寝起きを共にした関係だ。

それに、彼女の魔法には何度も助けられたことがある。

「ふぅ、本当にヤスノリ君は優しいわね。ルシアを見つけても、今さらそう簡単に同行するとは思えないわよ？　グズグズしていたら時間を無駄にしてしまうわ」

何とか出来る自信があるのか、という真剣な眼差しだった。

「いざとなったら縛ってでも連れていくよ。さっさとわがままなお嬢様を連れ戻しに行こう！」

こうして俺たちは、飛び出したルシアを探しに出発するのだった。

† †

「ふぅ、ふぅっ……あーあ、せいせいした！　あんな惚気《のろけ》空間にはいられないよ！」

森の中を歩くボクの心は晴れやかなものだった。

勇者ヤスノリとリーシェ、それにエーデルによる生ぬるい空間からようやく離れられたんだから。

「もともと、魔王を倒すのに異世界の勇者なんて必要ないんだよ。ボクならひとりでも倒せる」

それになにも、無策で飛び出してきた訳じゃないんだ。きちんと魔王を倒す手立てはある。

魔王の魔力が女性の魔力と干渉してダメージを与えられないのなら、自分の魔力を変質させてしまえばいい。

学院で研究を重ねたボクは、ついに自分の魔力の性質を男性のものに変えられる魔法を生み出した。

つまり、ボクはこの世界の魔法使いの中で唯一、魔王と対峙できる存在なんだ！

魔法攻撃が効くようになれば、この世界で最も魔法の扱いが上手いボクが負けるはずがない！

「ふっふっふ、これがあれば魔王の魔力と干渉せずにダメージを与えられる。向こうは相手が女だからって油断しているだろうし、一撃で始末してやるさ！」

作戦は完璧だ。後は魔王城にたどり着くだけ。

けれど、それが少し難しかった。唐突にぐうっとお腹が鳴り、近くの木の根元に腰を下ろす。

「うぅ、前線都市ってどっちの方角だっけ？　調子に乗って飛び過ぎたかも……」

勇者たちと離れたボクは真っ先に飛行の魔法を使って前線都市を目指したのだけれど、途中で霧に遭って方向感覚を狂わせてしまった。

迷っている内にお腹が減ってきて飛行魔法の制御もおぼつかなくなり、今では森の木々より高く飛べない。このままじゃ、どっちに進めば都市があるのかも分からない……最悪だ。

「くそう、あんな霧さえ出ていなければ……」

悔しがっても失った体力は戻ってこないのは分かってるけど、悪態をつかずにはいられなかった。

どうしたものかと考えていると、ふと誰かが近づいてくるのを感じる。

「だ、誰？　魔物？」

咄嗟に魔法を放つ準備をしたけれど、木の影から現れたのは人の良さそうな顔の老婆だった。

彼女はボクの姿を見ると酷く驚いたような表情になる。

「あら！　こんなところに何で子供が？」

「ボクは子供じゃないよ！　聖王国魔法学院を首席で卒業した大魔法使いだ！」

「あらまあ、それはごめんなさいね。でも、困っているみたいじゃない。お腹もすいているみたいだし、よかったら家に来るかしら？　ご飯を用意できるわ」

「ご、ごはん!?　行くっ、行くよっ！」

もう丸一日何も食べていなかったから、老婆の提案にすぐ飛びついてしまった。

老婆の家は森の中を流れる川のほとりに建てられていて、こんな辺鄙なところにあるにしては、かなりしっかりした造りだった。

その家でボクは老婆にもてなされ、一日ぶりにお腹いっぱいの食事を楽しんだ。

「ふう、ごちそうさま……。そう言えばお婆さんの家、けっこう立派だね」

「大工をやってる息子が建ててくれたんだよ。昔はここにも村があったんだけど、今では残ってるのは私だけさね」

「ふぅん、まあ不便そうだからね。ところで聖王国の前線都市には、どうやって行けばたどり着けるか知ってる？」

食後に出されたお茶を飲みながら問いかける。

「もちろんだよ。この家の隣に川があるだろう？　これを下って行けば都市につくよ」

「なるほど、ありがとうお婆さん。ボクが魔王を倒した暁には、女王陛下に上申して褒美をもらえるようにするよ！」

「へえ、お嬢ちゃんはこれから魔王を倒しに行くのかい？　良かったら話を聞かせてほしいね、独り暮らしだから話し相手もいなくて、寂しい思いをしていたんだよ」

ボクは少し迷ったけれど、これまでの旅の様子を話して聞かせることにした。

さすがにただで食事を出してもらうのは悪いからね。

老婆はヤスノリたちのことを聞くと、嬉しそうな笑みを浮かべた。

「なるほど、百年ぶりの勇者様が魔王討伐に向かってるんだね」

「うん。まあ、あんな勇者よりもボクのほうがずっと優れているけどね！」

「本当かい？　そりゃ頼もしいね、私も助けた甲斐があったよ」

彼女の言葉にボクも満足してうなずく。

やっぱり世の中には、ボクの力をよく理解できる人間もいるじゃないか。

気分がよくなったボクは、そのままお茶を一気飲みして立ち上がった。

「じゃあ、ボクはそろそろ行くよ。お婆さんも魔王討伐の吉報を待って……あれっ？」

立ち上がったところで急に頭がクラクラしてきた。

真っ直ぐ立っていられず、咄嗟に机へ寄りかかる。

「うっ、何だ……？」

両手を机について、なんとか体を支えながら目の前の老婆に訴える。

「お、おばあさん、体の調子が変なんだ……」

「ふふ、そうだろうね。特注の昏倒薬だから、もうすぐ動けなくなるよ」

「なにっ!?　ボ、ボクに薬を盛ったのか！」

驚愕に思わず目を見開くけれど、もう視界もグニャグニャでよく分からない。

老婆の顔が歪み、まるで悪魔のように見えた。

「ふふふ、あはははっ！　バカな娘だねぇ、何も疑わず俺の家までホイホイついて来て、出された食事も完食して。ほんとうに扱いやすかったよ！」

そう言って悪意のある笑みを浮かべた老婆の姿が歪む。

今度はボクの視界のせいじゃない。本当に老婆の姿が変わっていった。

褐色の肌と頭部に角を持つ異形、魔物の中でも最上位の存在、デーモンだ。

「安心しな嬢ちゃん、その体は俺が有効活用してやるよ。たっぷり魔力が詰まってるみたいだから、これから首都まで行って大暴れしてやるか！」

嗜虐的な女の声が部屋の中に響く。

「都合のいいことに勇者様御一考に選ばれるくらい信用されているんだろう？　運よく王宮まで入り込めれば女王暗殺っていうのも悪くないなぁ」

「そ、そんな……」

言葉から、デーモンがボクの体を乗っ取って王宮を襲おうとしているのは分かった。

ボクは自身の有能さを示し、聖王国を救うために魔王退治に参加したのに！

この名前を反逆者として歴史に刻むなんてこと、ボクのプライドが許さなかった。

「あ、操られるくらいなら……」

体内の魔力を暴走させてデーモンを道ずれにしてやる。

そう決意した直後、全身から力が抜けていくのを感じた。

「おっと！　変なことはさせないぜ。せっかく手に入った人間の体で自爆なんかされちゃたまらないからな！」

勝ちを確信したような表情のデーモンはボクの体に触れ、霊体となって体の中に侵入してくる。

「うっ、止めろっ、来るなぁ！」

必死に体内の魔力を操って抵抗しようとしても、徐々に体の先からデーモンにコントロールを奪われていく。

「うぐっ、ふっ、ぐぅっ……助けて、誰かっ……」

意識が途絶える寸前、頭に思い浮かんだのは以前の仲間たちの姿だった。

† †

「むぅ、こっちにもいないか」

ルシアを捜索し始めてから、もう丸一日が経った。

互いの位置に注意しつつ森の中まで入って探しているんだけれど、手がかりすらつかめていない。

「ヤスノリ様、こちらも手掛かりなしです……」

「ルシアは飛行の魔法が使えるわ。もう都市に到着しているんじゃないかしら？」

リーシェは落ち込んだ様子を見せ、エーデルは別の可能性を上げる。

「いや、ふたりも都市の方向に深い霧が現れたのを昨日見ただろう？　一時間もしない内に消えたけれど、あの中を飛んでいくのは無理だ。きっとまだこの森にいるに違いない」

集中力が途切れれば、魔法の扱いも雑になるということは王宮で学んだ。

きっとお腹を空かせているルシアは、空を飛ぶどころではないだろう。

この地域は魔物の動きも活発だし、ひとりだと心配だ。

「ルシアはろくに食料も持っていない、早く見つけてやらないと……リーシェ、悪いんだがもう一度探知魔法を使ってみてくれないか？」

「ヤスノリ君、もうリーシェの魔力は限界よ」

「分かってる。あと一回だけだ、頼む」

リーシェは今日だけでもう、十回以上探知魔法を使ってルシアを探している。

俺やルシアと違って魔力量が平凡な彼女にとっては、そろそろ辛いラインだろう。

けれど、リーシェは気丈に振る舞って頷いた。

「分かりました、やってみます。わたしもルシアを見つけたいですから」

若干疲れ気味な彼女だが、そう言うと再び魔法を発動した。

「ふぅ、この辺りを中心にまだ探索していないほうへ……あっ」

「どうした!?」

「ルシアの魔力です！　間違いありません！」

「どっちにいる？」

「東の川の方角です！　でも、なんだか様子がおかしくて……あっ、ヤスノリ様!?」

リーシェの制止の言葉も聞かずに俺は飛び出した。

全速力で走って行くとやがて川が見え、その向こうに民家が建っているのを確認した。

ルシアは誰かに拾われたのだろうかと一瞬安心したけれど、次の瞬間、その家からおどろおどろしい雰囲気が発せられた。

魔物の群れがやってくるときと似ていて、明らかに良くないことが起こっているのが察せられる。

俺は咄嗟に川を飛び越えて、家の中に押し入った。

「ルシアッ！」

声をかけながら家の中に入ると、リビングの床にルシアが倒れていた。

「ルシア、大丈夫か？　ルシア！」

彼女を抱き起して肩を揺すると、閉じられていた目が開く。

「ん、んうっ……あれ、ヤスノリ？」

「ああ俺だよ。ここで何があったんだ？　なにか良くない気配がしたんだ」

そう言うと彼女は何か思い出したように慌てた表情になった。

「そ、そうだ！　突然魔物が襲ってきて、家主のおばあさんを攫っていったんだ！」

「なんだって、それは本当か？」

驚いて聞き直すと、彼女はしっかり頷く。

「うん、この目で見たよ。ゴーストみたいな魔物で、隙間から入ってきた。ヤスノリ頼む、奴を追ってくれ。ボクは腰が抜けて動けないんだ」

「……そうか、分かった。後からエーデルとリーシェも到着するから彼女たちにも状況を説明しておいてほしい」

若干違和感を覚えたが、ことが急を要するので俺はルシアをその場に置いて立ち上がった。

そしてそのまま家を出ようとしたそのとき、背後で魔力が膨れ上がる。

「消し飛べっ！」

「ッ!?」

俺は咄嗟に魔力で衝撃波を生み出し、それを使って自分の体を外に向けて吹き飛ばした。

直後、それまで俺がいた空間に雷撃が走る。

「くっ……」

なんとか受け身をとった俺は立ち上がり、家の中を睨みつける。

すると、扉から何事もなかったかのようにルシアが出てくる。

「あらら、避けられちまったな。完璧な奇襲だと思ったんだが……」

明らかに口調が変わり、その顔は獰猛な笑みを浮かべていた。

「お前何者だ？　ルシアじゃないな！」

「俺は魔王陛下直属のデーモンさ。陛下が地上へ再侵攻されるにあたって人間側の情勢を探っていたんだが、この娘が森の中で孤立しているのを見つけてな。上手く使えるかと思って親切な老婆に化けてみたんだが……ははは、まさか勇者様のお仲間とは思わなかったぜ」

「さっきの魔法は彼女のものに間違いない……ということは、ルシアに取り憑いたのか！」

「ほう、ご名答だぜ。どうやら勇者様のほうは頭が回るみたいだな。だが、ここで死んでもらう！」

ルシアに憑いたデーモンは、そう言うと続けて魔法を放ってきた。

「チッ、くそ……！」

俺は雷撃を避け、飛んでくる火球を聖剣で両断し、なんとか攻撃を防ぎきる。

「上手く防ぐな。だが防ぐだけじゃそのうち力尽きるぞ、攻撃に転じなくちゃなぁ！　だが俺を攻撃して、万が一重症でも負ったらこの娘は死ぬ……おだてて調子に乗らせたら色々話してくれたよ。勇者様は女にお優しいんだろう？　さぁ、どうする!?」

ルシアの声で笑いながら魔法を連発してくるデーモン。

本人ではないからか、いくらか精度は低下しているが、それでも並みの魔法使い以上の鋭さと威力を兼ね備えた魔法だった。俺には及ばないが魔力も豊富なので、十発や二十発の攻撃魔法を放ったところで弾切れになることもない。

「ダメだ、防戦一方になる……悪魔野郎め！」

悪態をつきながらもなんとか魔法を防いでいると、突如風切り音と共に数本のナイフがルシアを襲撃した。

「むっ、お仲間の到着か！」

デーモンは魔法で盾を作って投げナイフを防いだが、そのお陰で攻撃が一旦止んだ。

その隙に俺の下にエーデルとリーシェが合流してくる。

「ヤスノリ君！　どうなっているの、なぜルシアが!?」

「エーデルか、実は……」

彼女とその後に続いてきたリーシェに、かいつまんで状況を伝える。

「それじゃあ下手に攻撃できないわね」

「そんな、ルシアが魔物に取り憑かれたなんて……」

ふたりとも苦い顔をしながらルシアのほうを見つめている。

「なんとかルシアを傷つけずにデーモンを倒す方法はないか？　せめて、ルシアの体から奴を追い出すだけでも……」

相談をしようとしたそのとき、ルシアが再び魔法を放ったので俺たちは散開して回避しなければならなかった。

「内緒話なんてさせないぜ。さあて、的が三つに増えたからもう少し頑張らないとなっ！」

敵が増えたというのにデーモンに焦る様子はない。俺たちがルシアの体を攻撃しないと確信しているようだ。だが、それは一部間違っている。

「私は仲間相手でも容赦しないわよ！　はぁっ！」

「むっ！　チッ、騎士様か！」

エーデルが容赦なくデーモンに斬りかかり、相手はそれを魔法の盾で防いだ。

「この魔法使い、貴様の仲間なんだろう？」

「ええそうよ！　でも、その子はかなりプライドが高いから、敵に操られて不名誉なことをするくらいなら自滅を選ぶんじゃないかしら？」

「ぐぬ……」

エーデルの言葉にルシアの顔が苦汁を飲んだように歪む。

「だが、貴様ひとり相手ならば！」

魔法の盾を押し出してエーデルを遠ざけ、連続で風の刃を浴びせかけるデーモン。

エーデルはそれを避け、あるいは盾で防ぎさばいた。

実力が拮抗している両者の戦いが膠着状態に陥る。

それを見た俺は密かにリーシェのほうに駆け寄った。

「さっきの話なんだが、デーモンだけにダメージを与えられる手段はないのか？」

「一つあります。エクソシズムフレアというお祓いの魔法なのですが、相手に接していないと発動できないんです。今の状況では……」

「なるほど、ルシアの動きを止めなければいけない訳か、分かった。リーシェはこの辺りに潜んでいてくれないか、俺とエーデルで奴をここに追い込む」

「分かりました。わたしもルシアを助けたいです、お願いします！」

俺も頷き、聖剣を握り直すとルシアとエーデルのほうへ向かって駆け出した。

ふたりの戦闘はほぼ互角の様子だが、エーデルは激しく動き回って体力を消耗しているようだ。

「エーデル、加勢に来た！」

「ヤスノリ君!?　……やれるのか？」

「ああ、俺は勇者だからな、出来るだけ多く救わないといけない！」

そう言いながらエーデルに目配せすると、彼女は何か悟ったように頷いた。

一方のデーモンは笑い声を上げている。

「ははははっ！　魔王陛下から聞いていたとおり、異世界の男というのはこの世界の脆弱な男と違ってなかなかやるようだな。だがこの体の性能は予想以上だ、勇者だろうが怖くはないぜ！」

直後、奴はこれまで以上に魔力を込めて魔法を放ってきた。

すぐに俺たちふたりは二方向に別れ、デーモンをリーシェが待ち構えるほうに追い立てる。

エーデルとは打ち合わせをしていないが、さすがに職業騎士だけあって戦場での判断能力はぴか一だ。

俺の動きを見ると、それに合わせるように攻撃をしてくれる。

「どうしたどうした！　やる気になった割に腰が引けてるぞ！」

だが、デーモンはそんな俺たちをよそに興奮した様子で魔法を放ってくる。

どうやら予想以上に強いルシアの力に酔っているようだ。

「そんな調子じゃ、俺が本気になったらどうなっちまうんだろうな？　さぁ、反撃の……なにっ!?」

デーモンが作戦に気づいたときには既に遅かった。倒木の影に隠れていたリーシェが飛び出し、ルシアの体を捕まえたのだ。そして、彼女はデーモンが体勢を立て直す前に魔法を発動させた。

「祈りの力よ、悪しきものを追い祓え。エクソシズムフレア！」

その瞬間、リーシェの手から白く輝く炎が生み出されて、一瞬でルシアの体を覆った。

「うっ、ぐあああああっ！　おのれ神官めぇぇっ!!」

これまで余裕を崩さなかったデーモンが悲鳴を上げ、ルシアの体から何かがぬるりと抜け出した。

不定形の幽霊のようなそれは、そのまま森の奥へと逃げ出そうとしている。

「させるか！　お前はここで滅ぼしてやる！」

俺はそれを逃さず、聖剣に思い切り魔力を注ぎ込んで一刀両断にした。

「ぎゃあああぁぁぁぁ……」

霊体を真っ二つにされ、断末魔の悲鳴を上げながら消えていくデーモン。

奴の消滅を見届けると、俺はようやく一息ついてリーシェとルシアに駆け寄った。

「リーシェ、怪我はないか？　ルシアは？」

ルシアを抱えたまま座り込んでいたリーシェは、俺のほうを向くと頷いた。

「大丈夫です、気を失っているだけのようですね。傷もありません」

「そうか、良かった。悪いがエーデルのほうも見てやってくれないか？　かすり傷だが、怪我をしているみたいだ」

「はい、分かりました」

俺は立ち上がったリーシェの代わりに、ルシアのことを見下ろす。

「ずいぶん心配させてくれたなぁ、起きたら説教だぞ」

そうつぶやきながら、改めて仲間を手にかけずすんだ幸運を天に感謝するのだった。


それから数時間後、俺たちはデーモンが潜んでいた家で休息をとっている。

罠があるんじゃないかと心配したけれど、リーシェによればいたって普通の家らしい。

この際魔物が使っていたかは関係ない。疲れた俺たちはゆっくり体を休めることにした。

日が暮れるころまで傍についているとルシアが目を覚ました。

「う、ううっ……ボク、生きてる？　ここは？」

「あの悪魔が根城にしていた家、その寝室だよ。心配しなくても、もう罠はない」

まだ混乱しているらしい彼女に水を飲ませ、少し落ち着いたのを見計らって状況を説明する。

彼女は話を聞いている内にだんだん苦い顔になって、最後には首元まで真っ青になっていた。

「やっぱりボクの体、あのデーモンに乗っ取られてたんだ。その上に魔法まで使われて人間を襲うなんて……」

どうやら魔物に自分の魔法を使われ、かすり傷とはいえエーデルを傷つけたのがショックらしい。

「もうダメだ、こんなことをしでかしたら、例え魔王を倒したっておめおめ家に帰れない……もう自爆するしか……」

「お、おいっ！　落ち着け、自爆されたら俺たちも巻き添えになるぞ！」

思いつめた表情で危険なことを言うルシアを、慌てて止める。

するとと、彼女は驚いた表情になって俺のほうを見た。

「はっ!?　ヤ、ヤスノリ？　君もボクを助けてくれたのか？」

「……いま気付いたのか？　いや、当たり前だろう、仲間なんだから」

そう言うと、彼女は信じられないというような表情になった。

「……本気かい？　自分で言うのもなんだけど、ボクはかなりプライドが高くて嫌な奴だっただろう？　その上自分の力を過信してパーティーを離脱して、その末に魔物に取りつかれる無様を見せた。君たちがいなければ、多分聖王国に甚大な被害をもたらしていたよ。もしデーモンの目論見《もくろみ》が上手くいったら、女王陛下もボクの手で……」

改めて自分の言っていることに恐怖したのか、ぶるりと体を震わせるルシア。

その姿は、少し前までとは似ても似つかないほど弱々しいものだった。

「落ち着くまでもう少し休んでいればいいよ。この付近にもう魔物はいないようだし、今夜くらいはゆっくりできる」

そう言って俺はベッドに腰掛け、彼女の肩に手を置いた。

すると、ルシアはビクッと驚いたように体を震わせ俺の顔を覗き見る。その表情は以前と打って変わって自信なさげで、しかしだからこそ地の女の子らしさが現れて儚く見えた。

「可愛いな……」

「……えっ？」

「あっ、いや、何でもない！」

思わずつぶやいてしまった言葉を咄嗟に否定しようとするが、彼女はしっかり聞いていたようだ。

体勢を整えると、少し強気に戻った目線をこっちに向ける。

「可愛いって、冗談でだよね？　デーモンとの戦いで頭でも打った？」

「いや、そんなことはないんだが……咄嗟に出た言葉だけに冗談を言ったつもりはないよ」

そう言うと、見る間にルシアの顔が赤くなった。

「ボ、ボクが可愛いだなんて……可愛いっていうのはリーシェみたいな子のことだろう？」

「もちろんリーシェは可愛いさ。素直だし、優しいし、それでいて強い正義感と信仰心がある。良い女性だ。でも、だからといってルシアがダメって訳じゃないだろう」

確かに少し偉そうなところはとっつきにくいけれど素材は悪くない。いや、むしろいい方だ。

背格好はリーシェに似ているけれど、金髪をポニーテールにまとめた髪型は似合っているし、スタイルだっていい。

特に胸なんかはリーシェより一回り大きく、十分に爆乳と言えるほどで、男ならだれもが目を奪われてしまいそうな魅力がある。

それに以前は四六時中怒ったような雰囲気だったけど、今は怯えたり悲しんだり驚いたり、いろいろな表情が見られて親近感が湧いていた。一時はあまり良い関係とは言えなかっただけに、しおらしい彼女を見てそのギャップに驚き、何か心の中に火をつけられてしまったんだ。

「ルシアは魅力的だよ。冗談でもお世辞でも皮肉でもなく、素直にそう思う」

まだデーモンと戦った興奮が冷めきっていなかったのか、気持ちのままにそう言う。

するとルシアは、信じられないというように目をむいた。

「……傷心のボクに付け込もうとしてるのか？　勇者っていうのはずいぶん好色で酷いんだね」

「まさか。まあでも、傷ついているときに人肌で温め合うのは、有効なんじゃないかと思うよ」

そう言うと俺は、靴を脱いでベッドに上がった。

ルシアは後ずさりしようとしたが、肩を抱いて捕まえる。

「は、離せっ！　ボクは男に慰めなんてしてもらわなくても……」

最初こそ強がってそう言ったルシアだけれど、無理やり俺を引き離そうとはせずにそのまま抱かれる。

やはり心細い気持ちはあったらしい。けれど、あくまで俺に抱かれているという体《てい》で、自分から手を動かそうとしないのはルシアらしいけれど。

「少しは安心した？」

「……まぁ、ほんの少しは」

そう言う彼女の顔は、明らかに赤くなっていた。

加えて気のせいでなければ、呼吸も少し荒くなっているように思える。

それを見た俺は、以前から考えていたことを行動に移すことにした。

「ルシア、このまま俺に抱かれてみないか？」

「は？　もう抱かれて……ッ!?」

俺の言葉の意味に気づいたのか、今まで以上に顔を赤くするルシア。まるで茹ったタコみたいだ。

「ば、馬鹿な、何を急に……」

「ルシアは今日もかなり魔力を使ったし、我慢できないんじゃないかと思って。魔法で誤魔化すのも大変だろう？」

「……そんなことはないよ。ボクの魔法は完璧だからね、自分の体くらい制御できる」

はぐらかそうとする彼女だけれど、俺の言葉で意識してしまったからか、足をもじもじと擦り合わせている。

デーモンに体を操られていたとはいえ、あれだけ大量に魔法を使えば発情もしてしまうだろう。

「そ、そうだ！　すぐに体を鎮める魔法を使えば……」

「だから、いちいちそうしていると効率が悪いだろう？　魔王との決戦でも余力を残して戦うつもりなのか？」

「ぐっ……」

そう言われると痛いのか、ルシアも押し黙った。

「無理にとは言わないけれど、受け入れてくれると嬉しいな」

「……分かったよ」

少し考え、ふっと体の力を抜いたルシアを見て少し安心した。

「じゃあ、さっそく始めようか。ルシアの体も限界みたいだし」

気づけば彼女の体はどうしようもなく火照り、触れている肌は燃えそうなほど熱くなっていた。

本人はぐっとこらえて、これ以上無様な姿を見せないようにと努力しているようだけれど、内心では我慢できないほど催《もよお》しているに違いない。

「仕方ないな、好きなようにさせてあげるよ。でも……な、なるべく優しく扱うんだぞ？」

「努力はするよ」

そう言って一旦体を離すと、ルシアが不安そうな表情で見上げてきた。

普段見せない年相応の少女らしい表情に、思わず胸を掴まれたような気分になる。

「ルシア……」

「んっ」

俺はそのまま顔を近づけキスを求めると、彼女も覚悟したのか唇を近づけてきた。

唇が触れ合った瞬間、彼女は驚いたように固まったが、俺はそのままキスを続ける。

「う、あうっ……これが、キスなんだ……」

「初めてだった？」

「ちっ、違うぞ！　これでも魔法学院ではモテモテだったんだからな！」

強がっているが、経験がないのは丸わかりだった。

なので、逆にそれを利用してやることにする。

「へえ、じゃあ経験豊富なルシアにも、満足してもらえるように頑張らないとな」

笑みを浮かべながら、今度はその大きな胸に手を向けた。

大きく手を広げて正面から鷲掴みにすると、ぐにゅっと柔肉に指が沈み込む。

「きゃうっ⁉　んっ、くっ、いきなり……」

「うん、柔らかい。やっぱり大きさ的には、リーシェとエーデルの中間くらいか」

「れ、冷静に分析するなぁ！　あうっ、はっ……んんっ！」

ルシアが文句を言っている間にも手を動かし、ぐにぐにと爆乳を弄ぶ。

それに、俺だってこんなエロい女の子を前に冷静でいられるわけじゃない。

彼女の反応が良いから相対的に冷静に見えているだけで、内面では十分以上に興奮していた。

「うん、やっぱり直に見たいな。脱がすよルシア」

俺は手を動かし、彼女の衣装をはだけさせていく。

「ボク、男に脱がされて……こんな展開知らないよっ」

どうやらルシアは、セックスに関してそこそこ知識はあるようだけれど、それはあくまでこの世界の常識にのっとったもの。男である俺の積極さに、いろいろと困惑しているようだ。

その隙に、はだけられた胸元からは真っ白な乳房がこぼれ落ち、俺はすかさずそれに吸い付いた。

「じゅる、れろっ」

「ひゃうっ！　あうっ、舐めっ……ボクの胸が舐められてるっ!?」

驚くルシアをよそに、もっちりした乳房の感触を味わい、興奮で硬くなった乳首を舌で刺激した。

「昼間に運動したからか、ちょっと塩味がするな」

「ダメだよ、そんなにじっくり味わうなぁっ！」

恥ずかしさで顔を真っ赤にした彼女がぽかぽかと俺の頭を叩くけれど、全然力が入っていないので痛くも痒くもない。

「くちゅ、んっ……じゅるるっ！」

「いうっ、ひゃあぁぁっ！」

逆に俺が刺激を強めると甲高い嬌声を上げ、へにゃへにゃと腕から力が抜けてしまった。

「おっぱい吸われただけでそんなに感じるなんて、そうとう我慢してたみたいだな」

「だ、だってずっとヤスノリが一緒にいたから、自分でするくらいじゃ治まらなかったんだよ！　だから魔法を使うしかなくて……」

普段は高慢な態度だったルシアも、内面ではしっかり俺に発情していたらしい。

もちろん嬉しかったけれど、手は休めずルシアへの責めを続けた。

胸の次はいよいよ秘部だ。彼女が快感でボーっとしている隙に足の間に手を滑り込ませる。

ショーツの中に指を滑り込ませると、そのまま愛撫を始めた。

「ん……あっ、ひゅくっ？　あうっ、きゃうっ！」

ルシアもこのときになってようやく俺の動きに気づいたようだが、既に時は遅し。

俺を止めようにも、新しく与えられる快感に体が言うことをきかないだろう。

「こんなっ……ひぐっ、あひゅぅっ！　ボクが一方的に……うぐっ！」

「どうしたんだ、こうして責められるのは嫌なのか？」

「はぁはぁ……だって、普通は女のほうから男の準備を手伝うのに、これじゃまるっきり逆だよっ」

気持ち良さと恥ずかしさが混じり、彼女はまっすぐ俺の目を見られないでいる。

「それでもいいじゃないか、俺はもっとルシアと楽しみたい」

「あう、んっ……ダメだよヤスノリ、ボクは……あっ、うひゅっ！」

熱くなった秘部を指で撫でると、気持ちよさそうに嬌声を上げるルシア。

彼女の知っている知識とは違うだろうけれど、十分楽しませる自信はあった。

そのまま愛撫を続けると、だんだん中の蜜が外まで溢れてくる。

「くっ、はぁっ、はぁっ……」

「凄いな、もうこんなに……見てみるか？」

ドロドロの愛液を纏った指を示すと、ルシアは見ていられないとばかりに視線を逸らした。

「ヤスノリがあんなに手を動かすからっ！」

「確かに。でもルシアも気持ち良くなってたから、こんなに濡らしたんだろう？　嬉しいよ」

「むぅ……何にせよ、これでボクのほうの準備はいいよ。でもヤスノリはまだだよね。仕方ないな、ボクが手伝って……ひゃうっ!?」

反撃しようとしたのか、息を荒くしながらも俺の下腹部に手を伸ばしたルシア。

しかし、既に十分なほど勃起していた肉棒に触れて、ビックリした声を上げた。

「い、いつの間にこんなに!?」

「これだけ長くルシアの体に触れていたら、当たり前だよ」

目の前の少女もリーシェやエーデルに負けないほどの美人だし、魅力的な肢体をしている。

健全な精力も溜まった男である俺が、その体に触れて反応しない訳がなかった。

「ルシアに触れて、もうこれだけ興奮しているんだ。いいよな？」

今にも襲い掛かりそうな興奮をなんとか抑えて問いかける。

すると、彼女は息を乱しながらも小さく頷いた。

「はぁ、はぁ、んぐっ……いいよ、ボクも我慢できないっ……んくっ、ひゃうっ！」

了承を得た俺は彼女の腰に手を回し、その腰を自分の足の上に乗せるように抱き寄せた。

ルシアも俺の背に手を回してくる。そして、抱き合ったまま肉棒を膣に押し当てて挿入していった。

「んぐっ……はっ、あうっ！　入ってくるっ、ボクの中に……あぁっ！」

たっぷり濡れた膣内は挿入を拒まず、そのまま俺の肉棒を飲み込んでいく。

「でも、さすがにキツいな……！」

準備は万端だったとはいえ、処女の膣内は狭かった。

リーシェのときよりもさらにキツく、一度経験していなければ最後まで至れなかっただろう。

けれど、なんとか愛液を潤滑剤にして奥まで入り込んでいく。

「ふぐっ、はうっ……ふぅふぅ……」

「もう大丈夫だ、全部入ったぞ」

なんとか俺のものはルシアの中に収まっていた。対面座位で繋がっていると肉棒に体重がかかり、その分深くまで挿入される。今も先端が子宮を突き上げているのを感じていた。

「このまま動かして大丈夫か？」

「たぶん……でも、最初はゆっくりね。ボクも慣らしていくから」

俺は頷き、ルシアの腰を抱えてゆっくり腰を上下に動かし始めた。

「んっ、はっ、はうっ……」

腰の動きとともに、ゆっくり呼吸しながら体を慣らそうとしているようだ。

現にルシアの中は少しだけスペースが生まれ、さっきよりも動きやすくなっていった。

そして、俺の肩に手を置いた彼女も少しずつ自分で腰を動かし始める。

「ん、んんっ……だけど、大変だよ。お腹の奥が突き上げられるのって、ちょっと苦しいね」

ルシアは動きながらも、そう言って苦笑いする。

曲がりなりにも笑みを浮かべたのは、自分は大丈夫だという主張だろう。

プライドの高い彼女らしいと思いつつ、初めての彼女に合わせるよう腰を動かすタイミングを図る。

次第に俺たちの呼吸は合わさっていき、肉を打つ音とベッドがきしむ音が寝室の中に響きはじめた。

「あうっ、はっ、あぁっ……これ、気持ちいいっ！　話に聞いていたより、自分でするよりずっと！」

「ああ、そうだろう！　俺も気持ちいいよルシア、最高だ！」

互いに押さえ込んでいた欲望を発散し、快楽に浸りながら体をぶつけ合う。

ぴったり抱き合っているからか熱も伝わりやすく、互いに体を温め合った俺たちはすっかり汗みずくだった。

「ズンズンってボクの中、突き上げられてるっ……あひゅっ、ん、はひぃっ」

セックスで快感を得られるようになったルシアは、積極的に腰を動かして楽しんでいた。

これまでずっと溜め込んできた発情を、ようやくまともに発散出来たからだろう。

ぐちゅぐちゅといやらしく水音を立てながら、まだ少し慣れない様子で腰を振る。

プライドの高い彼女が快楽に溺れていく姿を間近で見せつけられた俺は、これでもかというほど興奮を煽られた。

「ああもう、ほんとにエロいな……」

あれほど自分のことを下に見ていた彼女と、こうして抱き合いながらセックスしているというのは少し信じられない気持ちもあった。

エーデルにアドバイスされてから機会をうかがっていたとはいえ、それまでのルシアの態度を見る限り、上手くいくとは思えなかったからだ。けれど、現実はどうだ。彼女は純潔を散らして俺のものを咥えこみ、子宮を突き上げられる快感に喘いでいる。

言うなれば三人の中では一番「攻略した」感が強くて、俺の心の中には喜びが満ち溢れていた。

その上、もっと目の前の爆乳美少女を喘がせたいという欲望も際限なく湧いてくる。

「ほら、もう少し激しくするぞ！」

「えっ？　あっ、きゃひぃぃっ！　待って、ダメッ……あああぁぁっ！」

彼女の腰をしっかり抱えて、下から思い切り突き上げる。しばらく慣らすように動いていたから膣内も解れていて、肉棒が動いてもつっかかるようなことはなかった。

絶え間なく溢れ出る愛液が滑りをよくし、ヒダの動きも活発になって逆に気持ち良さは倍増している。

「はふっ、きゃうっ！　ダメッ、ボクが動くんだよっ！」

「それは嫌だな。ルシアに任せてたら明日の朝になったってイケないだろ？」

あえて挑発するように言うと、案の定彼女は蕩けかけた目で俺のことをキッと睨んできた。

「よ、よくも言ってくれたね……このボクが、男ひとり射精させられないって？　や、やってやろうじゃないか！」

プライドを刺激された彼女は案の定やる気になり、腕に力を込めてさっきより激しく腰を動かし始めた。その力強さに俺は思わず目を丸くする。

「うっ、ぐおっ……ルシア、お前まさか魔力を使って!?」

「ふふふ、そうだよ。今までは発情を打ち消すのが大変だったから使うのにも慎重だったけど、今はもう関係ないよね！　だって、目の前にセックス出来る男がいるんだからっ！」

そう笑みを浮かべて言うと、下腹に力を込めてぎゅっと膣内を締めつけてきた。

「んっ、はふっ……ボクの中、気持ちいいでしょう？　リーシェやエーデルにも負けないから！」

興奮で羞恥心が鈍くなったのか、ルシアの動きは一段とダイナミックになっていく。

「はぁ、はぁっ、んっ！　きゃふっ……はぅんっ！」

「うおっ、中が、さっきより蠢いて……っ！」

ルシアが腰を動かす度に刺激が生まれ、容赦ない気持ち良さが襲ってくる。

まだ肉棒に慣れきっていない膣内を無理やり動かしているから、刺激の強さはかなりのものだ。

キツキツの肉穴とそこに敷き詰められたようなヒダに、肉棒が削られてしまうかのような錯覚さえ感じた。

「ルシアの中、狭くて気持ちいい……」

「あはっ、ふふっ……そうだよね、ボクの体は一番だからさ！　ぁあっ、くひゅぅっ！　ボクもっ、気持ちいいよっ！」

俺がそう口にしたのが嬉しいらしく、ルシアはこれまでで一番気持ちよさそうな表情になった。

やっぱりこの世界の女性にとって、男を感じさせることは精神的にかなり充実するんだろう。

俺だって、女の子が普段見せないようなだらしない顔をしてしまうほど感じてくれるのは凄く嬉しい。

「あん、んっ、はぁあっ……ヤスノリ、もっと感じてっ！　ボクと一緒に気持ち良くなろう!!」

歓喜の表情を浮かべながら腰を跳ねさせ、積極的に快楽を貪っていくルシア。その姿に先程までのオドオドした様子はなく、気持ち良くなりたいという一心が伝わってきた。

「ああルシア……可愛いよ、それになんてエロいんだっ！」

普段キツい雰囲気の彼女が、金色のポニテを振り乱しながら俺の肉棒で感じている。

それを見ていると、目の前の少女のことがどんどん愛おしく思えてくる。

現金なのは分かっていても、この興奮を抑えることはできなかった。

「俺も動くからな！　このまっ、最後までいくぞっ！」

我慢できず、俺も激しく腰を動かし始めた。

両手を腰に回してがっちりホールドし、今さっき処女膜を喪失した膣内を容赦なく突き上げる。

「ひゃうぅぅぅっ!?　あうっ、はっ、きゅぅぅっ！」

思い切り突き上げられ、子宮口を強く刺激されたルシアは目を見開いて悲鳴を上げた。

快感にビクビクと腰を震わせ、俺の首に回された腕に力が入る。

その力の入れ具合が、まるでルシアの全身で俺が締めつけられているようで気分が良かった。

「あふっ、ひゃはっ……ボク、もう我慢できないっ」

激しく突き上げられ、大きく息を乱しながらもルシアがこっちを見つめてきた。

一瞬でも気を抜けば崩れてしまいそうな体を支え、なおも腰を動かしている。

「ボク、イクッ、イっちゃうよっ……だから、ヤスノリも一緒にイって！」

俺の突き上げに合わせるように腰を動かしながら、まっすぐに要求してくるルシア。

プライドの高い彼女にとって、一方的にイカされるのは断固反対なのだろう。

けれど、逆に俺をイカせられるとも思えないので、これは彼女なりの妥協案なんだと思う。

俺はそれに乗ることにした。

「ああ、ルシアと一緒にイクよ。一緒に、一番気持ち良くなろうな！」

「ひぐっ！　あうっ……うん、気持ち良くなるからっ……あひっ、はひぃぃんっ!!」

快楽に反応して自然と甘い声が漏れ、興奮が一気に強くなっていく。

腰の奥から湧き出した熱いものが、今にも破裂してしまいそうだった。

「出すぞルシアッ！　このまま、中に……！」

「うぐっ、あはぅっ……出してっ！　ボクもイク、イクからぁっ！」

辛うじてルシアがそう言葉を発した直後、俺に限界が来た。

「出すぞっ、ぐっ……ぐぅっ!!」

ぎゅうぎゅうに締めつけてくる膣内の最奥まで肉棒を挿入し、そのまま欲望を解き放つ。

白濁液がドクドクとあふれ出し、ルシアの中を犯していった。

「あっ、あああああっ!?　出てるっ、ボクの中で射精してるっ……ひっ、あぁっ、イクッ、ボクもっ！」

俺の射精に呼応するようにルシアの体が震え、一瞬遅れて全身が引《ひ》き攣《つ》った。

「イクッ、イクッ、イックウウウウッ！　あうっ、ひゃっ、あっぐうううぅぅぅぅっっ!!」

ぎゅううっと、全力で俺に抱きつきながら絶頂するルシア。

膣内も激しく蠢き、未だに射精中の肉棒からさらに精液を絞り出そうとしていた。

「くっ、あぁ……まだっ」

「あうっ、出てるぅ……おなかの中にヤスノリの温かいのが広がっていくよぉっ……」

互いの興奮が混ざり合い、一つになったかのような錯覚さえする。

すっかり火照った体は汗だくで、終始抱き合っていたからルシアの汗の臭いが鼻の奥に沁みついてしまいそうだった。けれどそれは不快ではなく、向こうも同じようで手を離す気配はない。

それから俺たちは繋がったまま、落ち着くまで無言で抱き合い続けるのだった。

数分経って、ようやく興奮が落ち着き始めた。

体を離したことで、吐き出した精液が漏れ出してきているのが見える。ルシアの中を凌辱した証を目にして、心の中の支配欲が満たされていく気がした。

「ふぅ……」

「そっちも落ち着いた？　ごめん、ちょっと途中から歯止めがきかなくなってた」

俺は少し緊張しながら、そう言って頭を下げる。

最初は発情を治めるのが目的だったのに、いつの間にか本気で彼女を犯してしまった。

そのせいで罪悪感を抱いていたけれど、ルシアいつもどおりの尊大さ溢れる表情だ。

「……まあ、このボクとしたんだから仕方ないよね。どんな男でも思わず盛っちゃうさ」

「うん、そうだな」

俺は否定しなかった。その言葉どおり彼女は美しく、その体は女の子としてとても魅力的だ。

女性の強い性欲にうんざりしているこの世界の男たちでも、溜まらず襲い掛かってしまうんじゃないだろうか。

「でも、正直以外だった。正気を取り戻したら殴られるかと思ったよ」

いくら言葉で言いくるめても、快楽で体を蕩けさせても、正気に戻ればルシアが怒らない訳がない。

最悪、魔法をぶつけられる可能性すらあると考えていたんだ。

ついさっきそう思い付いて顔を青くしていたのだけれど、予想していた拳は飛んでこなかった。

「……攻撃できるわけないじゃないか」

「えっ？」

その言葉に顔を上げると、目の前のルシアは、どこかきまりが悪そうな表情をしていた。

俺が見ているのに気づいたのか、ルシアは一瞬こっちを見るとまた視線を外して言葉を続ける。

「だから、助けてもらった相手に攻撃なんて出来るわけないっていうの！　それこそ、ボクのプライドにかけても」

「ああ、そうか……」

その言葉でようやく、自分の心配が杞憂だったことを理解できた。さんざん下に見ていた俺に助けられ、その上発情まで治めてもらったのに、暴力や罵倒で返すなんていうのは彼女には出来ない。

「ヤスノリのこと、少しだけ認めてあげるよ」

「ずいぶん悔しそうだな」

「当たり前だろ！　男なんかに！　……でも、仕方ないじゃないか」

俺の言葉を挑発と受け取ったのか、また怒ったような表情になるルシア。

どうやらまだ高いプライドと、人を見下すような気質は変わっていないらしい。

まあ、たった一回のセックスでまるっと人間が変わってしまったら怖いしね。

以前の彼女のままだということに、少しだけ安心した部分もあった。

「でも、嬉しいよ。これで俺たちはようやく憂いなく、魔王退治が出来るってわけだ」

最後までギクシャクしていたルシアとの関係も、これできっと良くなる。

パーティーが一体となれれば、今までよりも勝率は高くなるはずだ。

「ふん、まあ魔王なんてボクだけで十分なんだけどね……万が一のために保険は必要かな」

「そうだな。まあ、足腰がもう少ししっかりした状態なら、もっと恰好がついたと思うよ」

「なっ!?　くっ……うぅ……」

ベッドに座り込んだままのルシアは、いまだに下半身が上手くいうことを聞かない状態だった。

なんとか手で支えて上体を安定させているものの、少し気を抜けば倒れてしまうだろう。

本人は隠しているつもりだったのかもしれないけれど、これまでリーシェやエーデルと経験のある俺には丸わかりだった。

「大丈夫か？　辛いなら横になっても……」

「それ以上言うなよ!?　ボクは落ち着くまでここでゆっくりするんだからな！」

「わ、わかったよ」

彼女の迫力の押され思わず頷く。

とりあえず水でも用意しようかと立ちあがり、ベッドの横に置いてあったピッチャーを手に取る。

すると、後ろからルシアが声をかけてきた。

「……今回はヤスノリに助けられたよ。ありがとう」

「なっ……」

まさかルシアからお礼の言葉が聞けるとは思わず、手に持ったピッチャーを取り落としてしまいそうになる。

なんとか持ち直して一息つくと、彼女が言葉を続けた。

「ボクだって感謝くらいするさ。あと、発情を抑えるのにセックスするのは仕方なくだからね！言い出しっぺなんだから、ヤスノリが責任を取ってよ！」

「ああ、わかったよ。ルシアの援護は頼りにしてるんだ、魔力の心配なく戦ってもらわないとな」

「う、うん。それでいい」

彼女が納得したように言ったところで振り向き、コップに入れた水を渡す。

時間が経って足腰も少し復活したのか、ルシアは片手でコップを受け取って水を一息に飲み干した。

「んぐっ……はふぅ」

「たくさん汗をかいたからな。水分補給しとかないと……」

そう言って俺もたっぷり水を注いだコップを傾けたそのとき、寝室の扉がガタガタッと震えた。

「ぶっ!?　えほえほっ！」

突然のことに驚いて、水を変なところへ入れてしまい、むせる。

「だっ、大丈夫!?」

目を丸くしたルシアが近寄って来て、覗き込んでくる。

問題ないと言おうとしたそのとき、震えていた扉が開け放たれた。そこにいたのは、ニヤニヤした表情でこっちを見るエーデルとソワソワして落ち着かない様子のリーシェだった。

「ふぅ、この扉、建て付けが悪くなってるわねぇ。驚かせちゃってごめんなさい」

「なっ……ふたりとも、なんでここに!?」

「何でってそりゃあ、あれだけ大きな声で喘いでいれば嫌でも聞こえるわ。この家、あちこちに小さな隙間があるし、余計にね」

「あっ、なっ、あぅっ……」

当たり前のように言うエーデルに対し、ルシアは口をパクパクと開閉して絶句していた。

「あら、まさかふたりっきりでこっそりエッチしてすまそうと思ってたのかしら？」

躊躇なく部屋の中に入ってきたエーデルは、ルシアの顔を覗き込みながら言う。

「だとしたら相当可愛らしいわ。魔法は一級品でも、女の子としては年相応のお嬢様ってことね」

「ちっ、違うっ！　はっ、当然分かってたさ！」

「じゃあ、防音の結界を張らなかったのもワザとね？」

「えっ……あっ!!　あ、ああ、そうだよ。ワザとさ」

防音の結界……そんな魔法もあるのか。

ルシアのやつ、絶対に緊張して忘れてたな。

「へえ、なるほどぉ。ルシアは他人に喘ぎ声を聞かせるのが趣味な、変態お嬢様だってことなの」

「ちっ、違うっ……ボクは……！」

どんどんエーデルの言葉に踊らされていくルシアは、傍から見ていても少し可哀そうに思えてきた。

「エーデル、その辺にしてくれないか」

「ふぅ、ヤスノリ君がそう言うなら。これでパーティーの輪を乱していたことは許してあげるわ。私も国に仕える騎士だから、重要な仕事に私情を挟んで妨害するあなたには少し思うところがあったの。今後は気を付けてね、魔王は人類の危機なんだから」

そう言うと悪戯っぽい笑みを納め、いつものクールな表情になる。

「ヤスノリ君、助かったわ。彼女、いわゆる名家のお嬢様で親族に国の重鎮が多いから、私じゃ簡単に口を挟めなかったの。ありがとう」

「公務員も辛い仕事だな……俺こそエーデルにアドバイスしてもらって助かったよ」

エーデルと俺が小声で会話していると、後から入ってきたリーシェがルシアに近づく。

「あの、よろしければ使って下さい」

手に持ったタオルを手渡した彼女に対し、ルシアは少し驚きつつも素直に受け取った。

「……ありがとう」

「気にしないでください。それにわたし、これでルシアと仲良くできるかなって思っているんです。一緒にヤスノリ様に抱かれた仲間ですから」

どことなく嬉しそうなリーシェに対し、ルシアは少し引っかかったような表情だ。

「抱かれたんじゃなくて、ボクがヤスノリを抱いたんだよ！」

「えっ……でも、あんなに大きな声を……」

「あ、あれは気分が昂っちゃって思わず叫んじゃっただけだから！　いいね!?」

「はっ、はいっ！」

必死に誤魔化そうとするルシアと、その言葉を素直に受け取ってしまうリーシェ。

「……なんだか仲が良さそうだな」

「良いことじゃない、これでようやくパーティーも本格始動よ。私としては、もう少し良好な関係を築きたいところだけれど」

エーデルはそう言いながら、俺の横に腰かけてきた。

さらにそのまま太ももに手を置き、スリスリと撫でてくる。

「……おい、エーデル？」

その動きにいやらしさを感じた俺は彼女のほうを見たが、当のエーデルはすでに怪しい笑みを浮かべていた。

「ねえ、せっかく寝室で全員が集まっているんだから、もっと絆を深めるチャンスじゃないかしら？」

「それは……まさか！」

俺が彼女の考えに気づいた瞬間、すでに体はベッドに押し倒されていた。

「うぐっ！」

「ヤスノリッ!?」

ルシアが声を上げたが、もう俺の体にはエーデルがのしかかっている。

四つん這いになった彼女は、そのまま顔を近づけキスしてきた。

「んっ、はふっ、ちゅうっ！　じゅるっ、れろくちゅっ！」

最初から容赦のないディープキスに晒され、俺は受け止めるので精一杯だった。

身体強化のせいか彼女の力がいつも以上に強く、押しのけることも出来ない。

「リ、リーシェ！　早くエーデルを止めないと！」

「……」

ルシアが珍しく慌てた表情になるが、いつも優しく真面目なはずの神官少女は止めに入らない。

ゆっくり近づいてきた彼女は、止めるどころかエーデルと一緒になって俺にキスを落としてきた。

「はむ、んんっ……ヤスノリ様ぁっ」

その目はとろんとしていて、瞳には情欲が宿っていた。

「どうして……」

ルシアが驚くが、俺にはなんとなく分かった。

「んぐ、ふっ……仕方ないよ。ふたりもルシアを助けるのにかなり頑張ったからね」

俺がそう言うとルシアも気づいたようで、ハッとした顔になっていた。

今日魔力を使ったのはルシアだけではない。リーシェは探知魔法だけでなく切り札となる強力な退魔の魔法を使ったし、エーデルだって身体強化の魔法にいつもより多くの魔力を注ぎ込んでいた。

「ふたりとも発情していても、俺とルシアのことを考えて我慢していてくれたんだ。でも、ひと段落したのを察して、抑えきれなくなったんじゃないかな」

「そうよ、さっきまでふたりで慰め合ってたの」

「それでも興奮が治まらなくて、やってきてしまいました」

ふたりの視線はすでに、俺の股間に注がれている。

美人ふたりに熱烈なキスをされ、肉棒はまた硬くなり始めていた。

「なっ……ボクとあれだけ激しくしたのにっ！」

「ルシア、ヤスノリ君の精力は普通の男とはくらべものにならないわ。覚えておきなさい」

「はい、油断するとすぐ、わたしたちのほうが気を失ってしまいそうになるんです」

彼女たちはルシアにそう言いながらも、手を動かして肉棒を愛撫し始めた。

エーデルはもちろんリーシェも扱いに慣れてきたようで、連携して上手く手コキしてくる。

根元から大きくしごいたり、先端を優しく撫でるように刺激したり。

更には、恋人繋ぎのように指を絡めながら一緒にしごいてきたり。

「くっ……気持ちいいよ、ふたりとも」

巧みな指に、早くも限界まで再勃起してしまった。

お腹についてしまうほど反った肉棒を見て、彼女たちは満足そうに笑みを浮かべる。

「じゃあ、本番の前に軽くいただこうかしら」

「さっきから部屋の中に溜まった匂いを嗅いでしまって、我慢できませんっ」

はぁはぁ、と息を乱しながら完全に発情した様子を見せるふたり。

もう少しも我慢できそうにない。

「俺もふたりにしてほしいな……でも、その前に脱いで見せてほしい。そのほうが興奮できるから」

思いついたままにそう言うと、彼女たちは一度互いに目を見合わせてすぐに自分の服を脱ぎ始めた。

「んしょっ……ふぅ、暑かったからちょうどいいわ」

「はう……ヤスノリ様、いかがでしょうか？」

堂々と胸を張り、三人の中でも特大の乳房を見せつけてくるエーデル。

そして、まだ少し恥ずかしがりながらも雪のように真っ白な肌を露にしたリーシェ。

一糸纏わぬ姿になったふたりを前に、思わず見とれてしまう。

「あぁ……素敵だ、最高だよっ！」

これまでに何度もセックスしたけれど、こうして改めて見るとその美しさとエロさは至上のものだった。その魅力的な肢体を視姦しているだけで、先走りが溢れそうになる。

「ふふ、もうガチガチね。さっそくいただいちゃうわ！」

「あっ、待ってください！　わたしもっ！」

俺が満足するように見とれるや、再び腰元に突撃してくる。

「一番乗り、いただきね！　はぁむっ！」

恥らいもなく口を開け、先端からパクッと咥えこむエーデル。

「では、わたしはこちらをいただきます。はむっ、ちゅるっ、ちゅうっ！」

それを見たリーシェは、空いている横から笛を吹くように咥える。

彼女たちはたっぷりの唾液を肉棒に絡ませ、舌で舐め始めた。

「くっ、あぁ……口の中、それに舌も熱いっ！」

強い興奮状態だからか、ふたりの口は今までで一番温かかった。

唾液の量も多く、すぐヌルヌルにされた上で舌の刺激を受けてしまう。

「ん、じゅる、じゅれろっ……ああ素敵っ、先端からどんどんエッチな汁が溢れてくるわっ！」

「根元も、んちゅ、硬くて舐めるの大変ですっ」

舌で擦ったかと思えばじゅるじゅると吸い上げたり、咥える方向を左右で入れ替えて、違う刺激を与えてきたり、巧みなテクニックで俺を射精させようとしている。

ルシアとのセックスがなければ、今頃すでに音を上げていてもおかしくない気持ち良さだった。

そういえば当のルシアはどうしたんだと、辺りを見回してみる。

すると、さっきと同じ場所で呆然とした表情のまま、リーシェたちのWフェラを見つめていた。

「そ、そんな、女ふたりがかりで男を責めるなんて……」

「常識じゃ考えられないって？」

「ッ!?　な、なんでその状態でまだ話す余裕があるの！」

「俺はこの世界じゃ少し特別だからね。でも……くっ、さすがに厳しいかな」

話していると、つい腰の力が抜けて精を漏らしてしまいそうになる。

そんな俺を見てルシアが少しキツい表情になった。

「光栄にもボクの相手になれたんだから、こんなぐらいで力尽きるなんて止めてよね！」

「はは……じゃあ、頑張るためにも一つお願いしていいか？　こっちに来て膝枕してほしいな、もちろんリーシェたちと同じように全裸で」

「はぁっ!?」

ちょっと思いつきで言ってみたけれど、案の定の反応だった。さすがに無理だったかと苦笑いを浮かべていると、なんとムッとした顔になりながらもルシアが服を脱いでいた。

「……ルシア？」

「本当に変わってるよ、ヤスノリは。女をふたりも相手にしているのに、さらにもうひとり加えたいなんて。でも、そこまでしてボクを求めているなら仕方ないね」

どうやら表情こそ微妙なままだけど、まんざらではないらしい。

彼女は一糸纏わぬ姿になると俺のほうに来て、そのまま頭の下に膝を割り込ませた。

「ふっ、これでいいかい？」

「……ああ、これは……想像以上に天国だなぁ」

後頭部には、魔法の研究ばかりで運動が不得意そうなむっちりした肉付きの太もも。

それに、目を開ければ二つの真っ白な半球が見えた。

もう少しルシアが屈めば顔に押しつけられてしまいそうな距離。しかもその下乳からは、タオルでは拭いきれなかった美少女の汗の匂いが漂ってきて、脳みそが刺激される。

「ボクでも、ヤスノリがだいぶ気持ちよさそうなのは分かるよ。口がだらしなく開きっぱなしだからね！」

ルシアも俺の反応にご満悦なようだ。Wフェラされながらの全裸膝枕。ちょっとし思いつきだったけれど、すごくハーレム感の味わえるすばらしい空間だった。

けれど、そんな最高の空間は、俺の興奮をこれまでにないほど刺激して限界を近づけてくる。

一秒でも長く味わっていたかったけれど、興奮するがゆえに終わりは早い。

「くっそ……無理だ、もう出るっ」

腰に溜まった熱が爆発寸前だった。

吐き出すようにそう言うと、リーシェとエーデルが聞き逃さずにラストスパートに入った。

「はむっ、ちゅぶっ……ヤスノリ様、最後までわたしのお口で気持ち良くなってくださいっ！」

「じゅるるるっ、じゅずっ、れろっ！　出してっ！　ルシアに出したのと同じくらい濃いの、今度は私たちに飲ませてぇ！」

彼女たちは顔をそろえて肉棒に舌を這わせ、根元から先端までしごきあげた。

「全部受け止めますっ！　だから、ヤスノリ様っ！」

「私のお口の中、ヤスノリ君の精子で一杯にしてっ！」

最後の瞬間、彼女たちは口を開け、舌を突き出して子種を受け止めるポーズを見せた。

その官能的な光景に限界がくる。

「ぐぁ……ッ!!」

全身が強張り、直後に一気に血が巡って射精した。

肉棒がビクビクッと打ち震える度に白濁液が噴き上がり、リーシェとエーデルに振りかかっていく。

「あっ、きゃうっ！　ちゃんと受け止めないと……んっ、はふっ！」

「はぁっ、ああんっ！　すごいっ、お口の中も顔も精液でいっぱいにっ！」

口の中はもちろん、鼻や頬のあたりまで汚していく激しい射精だった。

何秒続いた分からないけれど、体が浮き上がるような幸福感だ。自分の顔が汚されてもなお、ふたりは嬉しそうで、今度は精液を吐き出し終わった肉棒へ代わる代わるお掃除フェラをしている。

「んむっ、ちゅうっ……零れたものも全部舐め取りますので」

「ぢゅっ、じゅるるるっ！　中に残ったのは私が吸い出してあげるわ！」

丁寧に、そしてちょっぴり激しいお掃除フェラに肉棒がビクビクと反応する。けれど、今はそれよりも焦れているようにもじもじと太ももを動かしているルシアのほうが気になった。

見上げるとすぐそこにある乳房の頂点も硬くなっており、そうとう興奮状態にあるのが見て取れた。

「……ルシアもまた、したくなったか？」

「ッ!?　ボ、ボクはそんなに淫乱じゃないよっ！」

慌ててギュッと体に力を込めるルシア。

俺は天邪鬼な彼女を素直にさせるため、目の前で揺れる乳房に手を伸ばした。

下から両手で乳肉を鷲掴みにした瞬間、ルシアの全身がビクッと震える。

「ひゃわっ!?　な、何するんだっ！」

「目の前でこんなに柔らかそうなおっぱいが揺れてるから、つい手を伸ばしたくなっちゃって」

そう言いながらも手は動かし続け、乳房全体に加えて乳首まで愛撫する。

「あうっ！　あはっ、はふぅっ……んっ、やめ……きゃうっ！」

「まだ触ったばかりなのにそんなに可愛らしい声を上げて……素直になったらリーシェやエーデルと一緒にしてあげるよ？」

「なっ……そんなっ……」

困惑している様子のルシアだけど、俺の愛撫を止めようとはしなかった。

俺は爆乳の重量感のある柔らかさを楽しみながら、もう一度声をかける。

「してほしい、って一言だけが欲しいんだ。ダメか？」

一瞬の沈黙の後、恐る恐るといった感じの声が聞こえる。

「……し、してほしい」

「よっしゃ、任せてもらうからなっ！」

具体的な言葉こそないものの、俺にとってはルシアから求められただけで嬉しかった。

胸から手を離し起き上がった俺は、逆にルシアをベッドへ押し倒す。

「あうっ……」

仰向けに倒れ込み、足も広げて無防備な姿を見せるルシアはたまらなくエロかった。

それに加え、左右からリーシェとエーデルが迫ってくる。

「ヤスノリ様、わたしたちも一緒に……」

「あれだけ啖呵を切ったのだから、三人まとめて面倒見てもらうわよ？」

左右からぎゅっと抱きつかれ、思わず笑みを浮かべそうになりながら頷く。

「分かってるよ。でも、まずはルシアに入れてから……」

俺は両手で彼女の腰を掴むと、そのまま手前に引き寄せた。

そして、秘部の様子を確かめるように両足をぐっと広げる。

「なっ！　や、やめて！　恥ずかしいよっ！」

「確かに恥ずかしいことになってるな。もう中から溢れだしてるぞ」

絶え間なく愛液が垂れる秘部は誰の目から見ても準備万端で、いつでも男を受け入れられる状態だった。

「わぁ、すごいです。中から垂れたものがもうシーツにまで……シミになってしまいますね」

「ある意味おねしょより恥ずかしいわね。素直じゃないルシアも、これなら何を思ってるのか丸わかりよ」

エーデルの言葉にそれはお前たちも同じだろうと内心でツッコミを入れたが、目はルシアに向けたままにする。当のルシアは同性ふたりからもじっくり恥ずかしい場所を観察され、羞恥心で死にそうなほど顔を赤くしていた。

「み、見るな……見るなって言ってるだろうっ！」

三人から見つめられた彼女は、ついに涙目になってしまった。

さすがに泣かれてはマズいと思った俺たちは、視姦を止めて行為に戻ることにする。

「泣かないでくれよルシア。これからたっぷりしてやるからさ」

「ぐす……ボクがヤスノリにさせてあげるんだっ！」

「はいはい、ありがたくやらせてもらうよ」

苦笑いしながらも、ルシアの魅力的な肢体を前にすっかり勃起した肉棒を入り口に押し当てる。

「あっ、くっ……さっきより硬い？」

「まさか、こんな美人を三人も相手に出来るとは思わなかったからだよ。入れるぞ！」

両手に力を込め、グッと腰を前に押し出した。

二度目ということもあって多少は慣れてきたのか、ルシアの膣内は順調に肉棒を飲み込んでいく。

「あうっ、くはっ！　はぁはぁ、はうっ……奥まで入ってくるぅ……」

両手でシーツを握りしめ、挿入の刺激に耐えようとしていた。

けれど、奥まで進むにつれて、徐々に彼女の体から力が抜けてくる。

それを見た俺は、前後に腰を動かし始めた。

「はっ、うぐっ……ダメッ、もう気持ち良くなっちゃうっ」

「いいぞ、どんどん感じてくれ。もっと気持ち良くなってる姿を見せてくれ！」

前回は対面座位だったから互いに密着していて、彼女の全身がよく見えなかった。

けれど、正常位なら顔はもちろん挿入している秘部の様子までよく分かる。

自分に犯されている少女の姿を見て、興奮が際限なく強まっていくのを感じていた。

さらに、左右のふたりも存在をアピールするように俺の体を愛撫してくる。

「ルシア、ヤスノリ様に犯されて気持ちよさそうです……わたしも出来るだけお手伝いさせていただきますね。んっ、ちゅっ！」

俺の右側に陣取ったリーシェは控えめに自分の体を押しつけ、頬や首元にキスしてくる。

こそばゆい刺激だけれど、それが彼女のおくゆかしさを表していて可愛らしい。

「じゃあ私はもっと積極的にいっちゃおうかしら。ほら、乳首なんてどう？　じゅるっ、耳も舐めてあげるわっ」

そして、左側に陣取ったエーデルは予想どおり容赦がなかった。

腕を抱え込むように爆乳をアピールし、しかも片手で俺の乳首を弄って耳舐めまでしてくる。

間違っても大人しいリーシェには不可能な奉仕だけに、両者の違いが際立った。

「うっ、くっ……いいよふたりとも、凄くいい……」

左右から趣の違う奉仕を受け、気分はまるで王様にでもなったようだった。

高飛車なお嬢様を犯しながら素直で純情な少女とクールで変態な美女に囲まれ、たまらない。

そして高まった興奮は全て、犯しているルシアにぶつけられた。

「あひゅうっ!?　やめっ、はひぃっ！　きゅ、急に激しくするなっ！　ボクはエーデルみたいに頑丈じゃないんだぞっ!?」

「悪い、我慢できなかった」

謝罪しながらも腰を動きは止まらない。額から汗が噴き出るほどの激しい動きでルシアを犯す。

内心ではその体を、自分の形に塗り替えているような気分だった。

「動くたびに中がどんどんいい具合になってく……魔法を学ぶのが一流なら快楽を学ぶのも一流だなっ！」

「なに……あぁっ!?　違うっ、ボクはそんな変態みたいな……ひうっ、きゃっ、ひぃぃぃぃぃっ!!」

ぐっとお腹側のほうを擦り上げてやると、大きな嬌声を上げるルシア。

すでに手を握りしめる力がないほどその体は蕩け、膣内も同様に解れてきっていた。

リーシェやエーデルを相手に学んだ経験を生かすように、彼女の体を隅から開発していく。

「ほら、ここの入り口のところを刺激されるのはどうだ？」

「あっ、ああっ……待って、ダメダメッ！　そこで細かく動かないでっ！」

一番太い先端の部分で敏感な膣口付近を刺激され、明確な拒否の言葉を発する。

けれど、一度動くごとに掻き出される愛液の量はかなりのもので、かなりいい具合に感じているのは明らかだった。

「入り口はダメか？　じゃあどうする、どこにしてほしい？」

我ながらいじわるな言葉だとは思ったけれど、口元は緩みっぱなしだった。

ルシアは押し寄せる快感の中でも俺の意図を悟ったのか、キッとした表情で睨んでくる。

「さ、最悪な男だぞヤスノリは……」

「ああ、俺もルシアみたいな美女を相手に狂ってるのかもな」

「ふ、ふふ……ボクの体は人を狂わせる魔性のものか、まあ悪くないかな」

少し機嫌を直したルシアは恥ずかしがりながらも言葉を続ける。

「入り口のところはずっとされると本当に辛いんだ。だから……奥のほうに来てほしい」

「……ああっ！」

自分で言わせた言葉だけれど、女の子から「奥に欲しい」なんて言ってもらうのは欲望を想像以上に掻き立てた。すぐに腰を進め、膣奥まで一気に貫く。

「あっ、うっ、奥まで来たっ……！」

「ああ、全部入ってるよ。前はギリギリだったけど、少し慣れてきたみたいだな」

彼女の体が俺を受け入れているのを実感して、嬉しい気持ちになった。

「ルシア、このままもっと動くよ」

「わ、分かった……あっ、ひうっ！　きゃうんっ！」

体を少し前のめりにさせ、ベッドに手をついてピストンを激しくする。

「ああ凄い……ヤスノリ様にこんなに激しくされて、ルシアが羨ましいです」

喘ぐ彼女を見てリーシェが顔を赤くしながらそう言った。

「先ほどヤスノリ様の精を浴びてからわたし、だんだん我慢できなくなって……」

「じゃあ、リーシェも一緒に楽しんでみるか？」

「えっ……」

困惑する彼女をよそに、俺は右手を秘部に伸ばした。

「あひゃうっ！　ヤ、ヤスノリ様っ!?　今はルシアと……」

「こんな美人に囲まれているからかな。俺もだいぶ欲張りになっているみたいだ」

指先で触れた彼女の膣はルシアに負けないほど濡れていた。

それに加え、俺の指を感じると中に招き入れるようにヒクヒクと動く。

正直な体の反応に従い、そのまま指を中に挿入していった。

「あくっ、はぁっ！　ヤスノリ様の指が中にぃ……！」

建て前ではルシアの邪魔をしてはいけないと言っても、本心では俺に犯されたかったらしい。

蕩けたような笑みを浮かべ、そのまま腕に縋りついてくる。

「ほら、中でもっと動かすぞ」

「あひっ！　あっ、やぁっ……ダメ、ずっと我慢してたから……あぁぁっ!!」

膣内で指を動かす度にリーシェの腰が震え、腕を掴む力が強くなる。

体もこれまでより強く押しつけられ、華奢だが柔らかい女体を感じられた。

その姿を見てルシアが静かに笑った。

「はぁはぁ……リーシェもそんな声を上げて、だらしないわね」

俺に犯されて喘いでいるのが、自分だけじゃないと知って安心したらしい。

それでもこんな言い方をするあたりプライドの高い彼女らしいな。

「あぁっ、あきゅうっ！　ゆびっ、ヤスノリ様のゆび気持ちいいですっ！　奥まで入って、好き勝手に動いてぇ……んぁぅっ！」

ビクビクッと体を震わせながら、快感の喘ぎ声を上げるリーシェ。

その表情は悦楽に染まり、自分の手でこの神官少女が快楽に堕ちていく姿に背徳感が湧いた。

「ふふ、ヤスノリ君もなかなかやるわね。でも、私のことを忘れていない？」

そのとき、左耳に甘い声が流し込まれた。

反射的に振り向くと、それを待っていたかのようにエーデルに唇を奪われる。

「んぐっ!?」

「はむっ、じゅる、れるるっ……濃厚なキス、気持ちいいでしょう？　それだけじゃないわよ」

エーデルは俺の腕を掴むと、そのまま正面から自分の乳房を鷲掴みにさせた。

「あんっ……どう、ヤスノリ君は大きなおっぱい好きよね？」

「え、ええ……やっぱり凄いっ」

片手では到底覆い切れない爆乳の大きさと、たっぷり柔肉の詰まった質量に魅了される。

彼女も感じているのか、その頂点にある乳首は触れた瞬間から硬くなっていた。

欲望のままに揉み解すと、乳肉の柔らかい感触に加えて掌に当たる乳首の感触がアクセントになる。

「んっ、あっ……はぁっ。そうよ、もっと遠慮なく揉んでっ！　そのほうが私も感じるからっ！」

気付けばエーデルは自分で秘所を弄っていた。

俺とのキスや胸への愛撫をオカズにオナニーしているらしい。

「ちゅ、んっ……ほんとにエーデルは変態だなぁ」

「でもヤスノリ君はそんな女も嫌いじゃないでしょう？　三人の中にひとり、私みたいなのがいてもいいと思うの」

「確かに、そのとおりだよ」

彼女らしい言葉に思わず苦笑いした。

エーデルはこうしてときおりふざけた様子を見せるけれど、三人の中では一番大人だ。色々と調整役に回ってくれることもあり、これまでも旅の中で助けられたことは一度や二度ではない。

その恩返しも含め、もっと体をいじめてやることにする。

「んぐっ、がひゅっ……ひぃんっ！　やっ、そんなに強くっ！　おっぱいの形が変わっちゃうわっ！」

「でも、強く刺激されるのがいいんだろう？　口元が緩んでるぞっ！」

悲鳴を上げながらも、エーデルの表情は快楽に染まっていた。

多少強い刺激でもこの変態騎士にはちょうどよいくらいらしい。

それならと、俺は指先でつねるように乳首を刺激した。

「あっ、あああぁっ!? ダメッ、それダメえええぇっ!! イクッ、もうイっちゃうのぉおっ！」

激しい刺激に、たまらず大きな声を上げるエーデル。

これまでの興奮に一気に火が着いたらしい。

それに当てられたのか、ルシアやリーシェの興奮具合も限界まで高まりつつあった。

「はぁはぁ、はぁっ……ボク、もう無理だよ！ ヤスノリにイカされちゃうっ！」

「わたしも、わたしもイってしまいますっ！ ヤスノリ様っ、ヤスノリ様ぁっ！」

自分の肉棒と指で喘ぎ、すがるような視線を向けてくるふたりの美少女。

三人とも絶頂の縁にあるのを悟って、もう我慢できなかった。

「ああ、イカせてやる。三人とも一緒になっ！」

興奮を吐き出すようにそう言った俺は、これまでで一番強く彼女たちを責め立てた。

肉棒を奥まで突き込み、指で膣内をかき乱し、手を広げて爆乳を揉みしだく。

彼女たちの美しい女体をそれぞれ違う方法で味わって、ついに興奮が一線を超える。

「くっ……出すぞ、三人とも受け取れっ！」

三方を艶やかな美女たちに囲まれながら俺は欲望は爆発させた。

吐き出された子種がルシアの子宮を満たし、それと同時に彼女たちも絶頂する。

「あ、ああっ!? ボクの中、ヤスノリでいっぱいに……イクッ、イクッ、ひゃううぅぅっ!!」

「わっ、わたしも……ひゃうっ、ああっ、イックウウウゥゥゥッ!!」

「いうっ！ やうっ、ひゃあああぁぁぁっ！ 体溶けちゃうっ！ あひいいぃぃいぃっ!!」

同時に絶頂した三人はそれぞれ快楽の余韻に体を震わせ、リーシェとエーデルは俺に寄りかかってきた。

「はぁ、はぁ、ふぅぅ……ヤスノリ様、とても素敵でした……」

「私も凄く気持ちよかったわ。最後、胸でイかされちゃったかも」

うっとりした表情でそう声をかけてくるふたりに俺も自然と笑みを浮かべた。

「ふたりも素敵だったよ。いつもありがとう」

そして、感謝の言葉とともにそれぞれキスをする。

それを見ていたルシアも、物欲しそうな目でこっちを見てきた。

「ヤスノリ、ボク……」

「ああ、分かってる。ルシアも可愛かったよ、また誘ってもいいよね？」

「ヤスノリがどうしてもって言うなら仕方ないかな……ん、ちゅっ」

そう言いながらも満足そうな笑みを浮かべたルシアを見て俺も嬉しくなった。

こうして、俺はようやくこの四人組のパーティーに確かな絆が生まれたのを感じたのだった。

第三章　決戦の前に仲間たちと淫らな休息を！

逆転で最強異世界勇者が無双ハーレム！


ルシアとの信頼関係を築いた俺たちは次の日、また魔物が住み着かないように、デーモンが使っていた家を焼き払うと前線都市に向けて出発した。

幸いにもルシアを遮った霧は出ていなかった。

彼女に飛行の魔法で都市の方向を確認してもらってからは、一直線で目的地に向かう。

もしかしたら、あの霧もデーモンの魔法か何かだったのかもしれない。

森の中を歩くのはなかなか大変だ。整地された道の有難さを思い知る。

けれど、身体能力の強化に多めに魔力を使ったので、予定より早く森を抜けられた。

リーシェたちはもちろん、ルシアも発情の対処にあてが出来たことで遠慮なく魔法を使っている。

これで四人とも空を飛べたら言うことはなかったんだけれど、それはさすがに虫が良すぎるか。

俺たちはそのまま歩みを進め、二日目の夕方になるころには例の前線都市にたどり着いた。

「ここが人々が魔王と戦う最前線の町か……」

要塞のような高く分厚い壁をくぐって中に入ると、そこは王都に負けず劣らず賑わっていた。

出入り口である巨大な門のすぐ近くから三階建て四階建ての建物が並び、あちこちで商売がされている。

門の近くということもあって休憩所や食事処が多いようだ。

「ここは何百年も前から、侵攻してくる魔王とその軍勢をせき止める要所として発展してきたわ。勇者召喚がされるようになってからは、市民たちが魔王と戦うことはなくなったけど、しばしば大規模な魔物の群れに襲われることもあるわね」

エーデルの説明に残る三人が頷く。

「この都市の市長には私たちが来る旨の手紙が届いているでしょうし、宿を見繕ったら私が顔を出してくるわ」

「こっちで勝手に宿を決めていいのか？」

「ええ、後で申請すれば費用は全て国が負担するわ。何なら一番高い宿でもいいのよ？」

そう言ってエーデルが指さした先には、この町の中でも目立つ大きな建物があった。

周りが高くてもせいぜい三階か四階建てなのに、そこだけ六階はあるように見える。

「へえ、大きいな」

少し興味が湧いたけれど、俺の一存で決める訳にはいかない。

三人にそれぞれ意見を聞くと、二対一で賛成多数だった。エーデルは経費で良い宿に泊まれると遠慮がないし、ルシアも久々に柔らかいベッドで体を休めたいらしい。

唯一リーシェは無駄にお金を使う訳には、と遠慮がちだったが、興味がないわけではないようだ。

こうして俺たちは、この都市一番の宿へ泊ることに。

先方も俺たちが勇者一行だと知ると、もろ手を挙げて歓迎してくれた。

空いている一番上等な部屋に通されると、柔らかいベッドの上に腰かけて靴を脱ぐ。

「はぁ、疲れた……」

王都からここまで何十日も旅してきた。これだけ長い期間移動を続けたのは生まれて初めてだ。

聖王国の統治が及んでいるにも関わらず何度も魔物と戦ってきたし、もうクタクタだ。

魔王と戦う前に一度休息を取らないと、実力以前の問題で負けてしまう。

エーデルもその辺りは理解しているようで、魔王城へ行く前に数日の休暇をとると言っていた。

その言葉に安心し、俺の体からは一気に緊張が抜けてしまった。

おかげで疲れと眠気が体に回り、ベッドの上から動けそうにない。

「あぁ、うぅ……ぐぅ……」

俺はそのまま気を失うように眠りにつくのだった。


翌日、俺が目を覚ますとそこにはリーシェがいた。

「むぅ……」

「あ、ヤスノリ様。おはようございます」

「おはようリーシェ。でも、なんでここに？」

宿側の好意で、俺たち四人はひとり一部屋ずつ使えているはずだ。カウンターで「男性の方もおられますし、部屋は別々がよろしいでしょうか？」って聞かれたときは、さすが逆転異世界だと思った。

俺の常識じゃ、こういうときに気を使われるのは女性のほうだから。

すると、リーシェは少し恥ずかしそうに目を伏せた。

「実は、あまりに立派なお部屋でひとりだと落ち着かなくて……ご迷惑だったでしょうか？」

「そんなことないよ。俺も朝からリーシェと過ごせて嬉しい」

「そ、そんな……あっ、お水とタオルをご用意しますね！」

顔を赤くした彼女は恥ずかしかったのか、すぐ洗面所のほうへ行ってしまった。

少しすると落ち着いた表情になり、手に荷物を持って帰ってくる。

「お待たせしました、こちらをお使い下さい」

「ありがとう、助かるよ」

ひとまず水を一息で飲み干した俺は、濡れタオルで顔を拭く。

冷たく湿ったタオルで汗と汚れを拭い、一通り終わるとすっきり目も覚めていた。

「ふぅ、さっぱりした！」

「それは良かったです。朝食の用意もできているようですよ」

「じゃあいただこうかな。リーシェも一緒にどう？」

「はいっ！　ご一緒させていただきます！」

嬉しそうに微笑む彼女を見て、俺は今日も良い一日を過ごせそうだなと思うのだった。

その後、ふたりで朝食を済ませた俺たちはエーデルの部屋を訪ねた。

「エーデル、昨日は市長への挨拶も任せきりにして悪かった。大丈夫か？」

「ええ、問題ないわ。旅の行程については私の仕事だし、話に聞いていた前線都市の散策も楽しかったわ。でも、今日は少し書類仕事があるから忙しいわね……ヤスノリ君はどうするの？」

「じゃあ、俺も町を見て回ろうかな。王都では王宮に籠りっぱなしでろくに散歩も出来なかったから」

「分かったわ。どうせならルシアも一緒に連れて行ったらどう？　女がふたりついていれば、男性だけでも変に声をかけられることもないし」

どうやら俺のことを心配してくれているらしい。

「分かった、ルシアも誘ってみるよ。ありがとう」

エーデルの部屋を出た俺たちは、その足でルシアの部屋に向かう。

中に入ると、椅子に座ったルシアが従業員の女性に爪の手入れをさせていた。

人を使う姿がかなり堂に入っていて、やっぱり彼女はお嬢様なんだなって再認識する。

「ルシア、三人で町を散策しないか？　買い物の下見も兼ねて」

「ええ？　また歩くの？　ここまでさんざん歩いてきたからゆっくりしたいんだけど」

うんざりした表情のルシアは、どうやら簡単には動きそうにない。

「ヤスノリ様、どうされますか？」

「まあ任せてくれ」

そう言うと俺はリラックスしているルシアの近くに移動し、彼女だけに聞こえるように言う。

「付き合ってくれたら、夜にお返しをするよ」

俺のその言葉に、ルシアは驚いたように目を見開いた。

「そ、そんなものにボクがつられるとでも？」

「嫌ならいいんだ、残念だけど。今日はずっとリーシェとふたりでゆっくりするよ」

「うっ……わ、分かったよ！　行けばいいんだろう！」

「ああ、ありがとう。頼りにしてるよ」

そう礼を言うと、ルシアは顔を赤くして目を反らした。

「ヤスノリが街中で他の女に声をかけられても、リーシェだけじゃ不安だからね」

「わ、わたしだってヤスノリ様を守れますっ！」

「どうだかね。まあ、どっちにしろボクがいれば心配ないよ」

リーシェは少し不満そうな顔をしながらも大人しく俺の後ろについてくる。

こうして、三人での散策が始まるのだった。


前線都市はどこへ行っても賑わいのある町だった。

メインストリートはもちろん、少し裏のほうへ入ってもパン屋や手芸屋などいろいろな店が並んでいる。どうやら一階部分が主に店舗で、二階より上が居住区という建物が多いようだ。

おかげで顔を上げれば看板があったり洗濯物が干されていたりと、雑多な雰囲気がする。

「なんだかごちゃごちゃしてるなぁ……王都はもう少し上品だよ」

「これだって趣《おもむき》があるじゃないか。俺は好きだよ」

それから俺たちはあちこちの店をひやかしたり、軽食を買って食べ歩いたりしながら都市を観光した。

特に多くの道が集まる中央には大きな公園があり、噴水や小川もあって涼し気な雰囲気だ。

「うん、ここは静かでよいじゃないか」

ルシアはそう言うと、近くのベンチに腰かけてさっき買った揚げパンを頬張っている。

お嬢様な彼女は買い食いをするのも初めてらしく、意外と楽しんでいるらしい。

そう思っていると、隣にいたリーシェがハンカチを差し出してくる。

「ヤスノリ様、口元にパンくずが付いていています。動かないでくださいね」

「ありがとう……ん」

「いえ、どういたしましてっ」

彼女もニッコリ笑みを浮かべ、さっきのルシアとの会話は気にしていないようだ。

「パンを食べたら喉が渇いてきたな……」

「向こうの屋台でドリンクが売っていますよ」

リーシェが指さした先には、確かにカラフルな看板を掲げた屋台があった。

ふたりでそこに向かい、三人分さっぱりした果実水を注文する。

注文を受けた店主のおばさんは俺とリーシェを交互に見るとニヤッと笑った。

「お嬢ちゃん、その恰好からして神官さんだろう？　なのにこんなにいい男を連れてるなんて、なかなかやるね。デートかい？」

「えっ!?　ち、違いますっ！　ヤスノリ様は……」

彼女が正体をばらしてしまいそうになったところで、慌てて止める。

勇者だなんて言っても怪しまれるか逆に大騒ぎになってしまうだろう。

せっかくの休みなんだから静かに過ごしたい。

「ええ、そうなんですよ。今日は彼女にいろいろ案内してもらってるんです。普段は神官らしく質素倹約なんで、デートもあんまりしてくれないんですよ」

「えっ、ええっ!? ヤスノリ様っ!?」

「あら、こんなにいい彼氏がいるのにもったいない……女神様にお祈りを捧げるのも良いけど、少しは彼のことも見てあげないとねぇ？」

「うぅ……は、はい」

「微笑ましいねぇ……よし、サービスしてサイズアップと果物のカットも付けてあげるわ！」

「おぉ、ありがとうございます！」

ニコニコと笑みを浮かべて礼を言うと、店主のおばさんも満更ではなさそうな表情だった。

俺の世界だったら年頃の女の子に笑い掛かられてヘラヘラと笑うおじさん、みたいな構図になるんだろうか。ともかく、俺たちは戦利品の果実水をもってベンチに戻る。

「戻ったわね……って、なんだか大きくない？」

「いやぁ、店のおばさんにサービスしてもらっちゃって」

「サービスって、まさか色目使ったりしてないよね？」

「まさか！ まぁ、リーシェとデートしてるって勘違いはされたけどね」

「なっ……へ、へえ。まあ確かにお似合いじゃないかな。ヤスノリはもうちょっと着飾らないとボクの隣に並ぶにはふさわしくないし」

そんな風に言うルシアだが、強がっているのは明らかだ。

その後も俺たちは町の観光を続け、いつしか夕方になってしまった。

宿に帰るとちょうど夕食時で、エーデルも合わせた四人で食事をとる。その後は、また調整があると言って市長の下へ行ってしまった彼女を除いて、俺の部屋に三人で集まっていた。

「ふぅ、今日は楽しかった！　まさか最前線の都市がこんなににぎわっているとは……」

「最前線だからこそじゃない？　増えている魔物を倒すために人も物も集められているし、そうなれば商売も繁盛するよ」

「確かにな。でも、改めて魔王を倒そうっていう決意は強まったよ。少なくとも、こんなに良い町で悲劇は起きてほしくない」

町全体は魔物の脅威も吹き飛ばすような活気だったけれど、住民はほとんど無力だ。

もしあの壁を突破されたら、大変なことになってしまうだろう。

「そうですね……でも、ヤスノリ様ならきっと魔王を退治して地上に平和をもたらせます。わたしも精一杯頑張りますので！」

「ああ、頼むよリーシェ。ルシアもね」

「まあ、国がなくなっちゃえば、ボクの有能さを知らしめることも出来ないしね」

相変わらず素直じゃないなと思いつつ、協力の意思を見せているのは進展の兆しかと思う。

「……それより、ボクがこうして一日付き合ってあげたんだから、要求する権利くらいあるよね？」

俺がリーシェの淹れてくれたお茶を飲んでいると、そう言ってルシアが隣に腰を下ろした。

口調こそいつもどおり尊大だけれど、目線は落ち着いていない。

どうやら何か俺にしてほしいことがあるらしい。

「なんだ？　俺にできることならなんでも言ってくれ」

躊躇なくそう言うと、彼女は一瞬息を飲んだもののすぐ笑みを浮かべた。

「その言葉しっかり聞いたよ？　じゃあベッドに来てもらおうかな。もちろんリーシェも一緒に」

「わ、わたしもですかっ⁉」

驚くリーシェを見て俺は苦笑いを浮かべた。どうやら少し恥ずかしい思いをすることになりそうだ。

俺とリーシェは、ルシアに言われるがままベッドに上がる。

「じゃあ、ふたりにはボクの前でセックスしてもらおうかな。今日はこの世界のスタンダード、女のほうがリードする形でね」

「えええええっ⁉　わ、わたしとヤスノリ様がここで、ルシアが見ている前でですか？」

「当たり前だろう？　ボクは魔法使いだから、女性の肉体と魔力、そして魔力を消費することによる発情には興味があるんだ。戦闘後で発情した女と男のセックスはたっぷり見せてもらったから、今度は素面の男女でセックスしてみてね。発情時と平常時で、体内の魔力に変化があるかもしれない」

「理屈は分かったが……リーシェはいいのか？」

俺は出来ることなら何でもすると約束したけれど、リーシェは仲間とはいえ、他人にセックスを見られるのは恥ずかしいんじゃないだろうか。

そう思って振り返ると、案の定リーシェは顔を赤くしていた。

「はい、確かに恥ずかしいです。でも、ルシアの役に立つなら……」

そう言ってぎゅっと唇を結ぶ姿を見て、その素直さが美点であると共に危うさでもあると感じた。

「確かにルシアの役に立つかもしれないけど、何も無理にすることはないんだぞ？　でも、リーシェが自分の意思でそう決めたのなら反対しないよ」

「は、はい。では、始めさせていただきますね？　一応、セックスの大まかな作法は知っていますが、何かありましたらすぐに言ってください」

覚悟を決めたらしいリーシェは一つ頷き、俺のほうへ近寄ってくる。

そして、肩に手を回して引き寄せるとキスしてきた。

「ん、ちゅっ……」

優しいキスだ。まだ情欲の欠片も感じさせない、純粋な親愛に溢れている。

貪るようなディープキスは興奮するけれど、こういった触れ合いも心を穏やかにしてくれた。

「ん、気持ちいいよリーシェ。次はどうしてくれるのかな？」

「では、下のほうを手で」

そう言いながら少し緊張した様子で俺の下半身に手を伸ばすリーシェ。

もう何度も体を重ねているけれど、発情を伴わないセックスは初めてだから戸惑っているらしい。

俺は体から力を抜き、彼女を受け入れることで安心を与えようとした。

「中に手を入れますね……あっ、ありました。頑張って大きくしないとっ！」

白魚のように美しい指が肉棒に絡みつき、やわやわとマッサージしてくる。

まだ性的刺激は緩いけれど、徐々に興奮が生まれてきた。

「あっ、だんだん硬くなってきましたっ」

「リーシェの愛撫が上手いからね。でも、俺にも少し自由にさせてもらっていいかな？」

「はい、どうぞご自由になさってください」

リーシェが無防備に胸を突き出したのを見て、俺は自分からキスしながら服の中に手を入れた。

「あっ、ふぁう……ん、あんっ！」

服はもちろん下着もずらし、たっぷりと重量のある胸を揉む。

何度触っても飽きない感触に自然と頬が緩み、否応なく興奮が高まっていった。

「すごい、もうこんなに……わたしの体で興奮していただけたんですね？」

「ああ、とても素敵だよ。いつまでだってこうしていたくなる」

もう互いに衣服ははだけられ、興奮で体温も上昇している。

リーシエも十分雰囲気が良くなったと思ったのか、俺の肩に置いた手に力を込めて押し倒してきた。

「ルシアからは一般的なやり方でと言われましたので、わたしが上に乗らせてもらいますね」

「分かった。今回はリーシェにリードしてもらうよ」

体から力を抜いたままにしておくと、彼女はスカートを持ち上げて跨ってきた。

露になったショーツには染みが出来ていて、かなり興奮状態なことが分かる。

「あぁ、わたしがヤスノリ様の上に……なんだかゾクゾクしてしまいます」

少し恥ずかしそうな表情になりながらも、その動きは止まらない。

ついに下着も脱ぎ、生の膣を硬くなった肉棒に擦りつけてきた。

「ふぁ……温かいです、それに硬いっ！　自分が押さえられなくなってしまいそうですっ！」

「あぁ、俺もリーシェが濡れてるのを感じるよ」

興奮した様子で何度も肉棒に自分の体を擦りつけてくるリーシェ。

魔力消費による発情状態とはまた違う、純粋な性欲によって興奮している様子を見て俺も高まってきた。そして何度か腰を動かしている内に、たっぷりと濡れた膣口が肉棒を捕まえる。

「はぁ、ふぅ……い、入れますね？」

「頼む……くっ、うぁ……ッ！」

ぐちゅ、と水音を立てながら、肉棒がリーシェの中に飲み込まれていった。

「あっ、ああっ！　すごい、全部分かります。ヤスノリ様が中に入ってくるのが手に取るようにっ！」

「こっちも感じる、いつもより積極的だ。くっ、こうしている間にもどんどん締めつけてくるっ！」

リーシェの中はまるで、数十分も愛撫したかのように濡れていた。

これほどまでに興奮してくれて嬉しい反面、今までは彼女に負担を強いていたのではないかと思ってしまう。この世界では女が男を抱くのが普通だし、リーシェだってその常識の中で生きている。

けれど、これまでのセックスは概ね俺が主導権を握っていた。

それが気付かぬ内に、彼女にとってのストレスになっていたかもしれないと。

「ふぅ……リーシェ、調子はどうだ？」

「はぁ、はふっ……いいです、凄くいいですっ！　こ、腰を動かしてもよいですか？」

「もちろんだよ」

そう答えると、彼女は満面の笑みを浮かべ、すぐに腰を動かし始めた。

「あっ、はうっ！　んんっ、ぁう、はぁんっ！　じ、自分で動くのって凄いですっ」

リーシェは両手をベッドにつき、少し前のめりになりながら腰を振っていた。

最初はおっかなびっくりといった様子だったけれど、すぐに慣れたのか勢いよくなる。

彼女が動く度にパンパンとリズムよく音が鳴り、同時に嬌声も聞こえた。

「あうっ、あっ……ダメッ、自然と気持ちいいところに当たるよう動いちゃう……ひうっ、ひゃんっ！」

リーシェはもう完全に欲望に囚われているようだった。

頭の中を快感が駆け巡り、もっと気持ち良くなるために腰を動かしている。

とても聖職者とは思えない淫らな姿に興奮が一段と高まった。

「きゃっ、中でヤスノリ様のが震えてますっ！　あぁ、ルシアにも見られているのに……でも、止められないんです！　初めて自分の意思で気持ち良くなって……はぁ、あぁっ！　女神様、お許しください……あぁんっ！」

罪悪感を訴えながらも、リーシェの腰の動きは止まらなかった。

腰を打つ音はいつの間にか湿り気を帯び、高められた興奮が体の奥でグツグツと沸騰する。

そんなとき、それまでベッド脇の椅子に座って俺たちのことを観察しながら何かを紙に書き記していたルシアが、音を立てて椅子から立ち上がりベッドに上がってきた。

「はぁはぁ……ルシア？」

声をかけてみると、彼女は俺のほうを向く。

その目は、リーシェに負けないほど情欲に染まっていた。

「……もう我慢できないよ。データも取ったしボクも参加するからっ！」

「はっ？　でも、もう……」

「ヤスノリは大人しくしてて！　勝手に動いたら許さないからねっ！」

できるだけ言うことをきくと言った以上、俺は黙って横になっているしかできなかった。

ルシアは手早くスカートを持ち上げ、下着を脱ぎ捨てると俺の上に跨ってくる。

もちろん腰にはリーシェがいるから、頭のほうにだ。

「お、おいっ！　ルシア、どうするつもりだ？」

「どうするって、勘付いてはいるんじゃない？　ヤスノリの思ったとおりだよ……んっ！」

興奮で声も熱っぽくなった彼女は、そのまま俺の顔に自分の腰を下ろしてきた。

「くっ！　うっ、むぐっ……！」

顔に柔らかい尻肉が押しつけられるのと同時に、鼻腔が芳醇な女の香りに包まれる。

ルシアも俺とリーシェのセックスを間近で観察して、かなり興奮していたらしい。

「んっ、はふぅ……え、えへへ、どうかな？」

「……ぷはぁ。ある意味想像以上だよ、一瞬息が出来なくなった」

「それってボクのお尻が大きいってこと!?」

「最初から思いっきり密着させてくるからだ！　確かにサイズはリーシェより上かもしれないけど、

肉感的な肢体は魅力的だよ」

「むっ、ごめん。でも、あんなものを見せられたら、女だったら誰でも我慢できなくなるよ！」

さすがに悪いと思ったのか、ルシアは珍しく素直に謝罪した。

けれど、俺の顔からお尻を退かす気はないらしい。

「ヤスノリには遅れてきたボクに奉仕してもらおうかな。いいよね？」

「今日は一日引っ張りまわしてしまったからな。お礼も込めて思いっきりやってやるよ！」

俺は両手を動かしてルシアのお尻をがっちり掴むと、舌を突き出して秘部に這わせた。

「きゅうっ！　はぁ、はぁっ！　これっ、この刺激が欲しかったんだよっ！」

溜め込んでいた興奮を刺激されたルシアは嬉しそうに嬌声を上げた。

俺も自分の手で彼女を喘がせるのは楽しくて、どんどん刺激を強めていく。

そして、ルシアが快楽に蕩けていくのを見て、少しいじわるしたくなってきた。

「はぁはぁ、あうっ!?　ちがっ、そっちは違うってっ！　そこはおしっこするところだってっ！」

「おっと、間違えたか。でも、この辺りも舐めれば感じるようになるんじゃないか？」

「そんな訳……ん、はうっ……ひぃぃっ!?」

「じゅる、れろっ……クリトリスも一緒に舐めたら感じやすくなるかな」

「あ、あぁぁっ！　ダメッ、馬鹿っ！　やっ、やだぁっ……ひうぅぅっ！」

膣もクリトリスも、その間にある尿道も。目の前に差し出されたのだから丸ごといただいてしまう。

大きく舌を出して全てを一度に刺激すると、目の前にあるお尻の穴もヒクヒク動いて感じているのが分かった。

「うぁ、くぅっ……」

「はぁはぁ……ルシア、すごく気持ちよさそう」

「リーシェ!?　うぅ、やめて、そんなに見るなぁ」

互いに向かい合う形に跨っているからか、ふたりはそれぞれ相手の様子がよく見えるようだ。

「でも、そんなに頬を緩めて……凄く気持ちいいんですよね？」

「そう言うリーシェだって、さっきから腰が止まってないじゃないか！」

「んっ、はふっ。はい、凄く気持ちいいです。みっともなくても、腰が止められないくらいにっ！」

ルシアは反撃するようにそう言ったが、当のリーシェは自分が快楽に溺れていることを認めていた。

「本当はわたしも恥ずかしいんですっ！　でも、ヤスノリ様も気持ち良くなってもらえていると分かるから……んんっ、ひゃうっ！」

リーシェが絶え間なく腰を動かしているおかげで、俺の興奮は一時も鎮まらない。

それどころか、だんだん膣内の動きがよくなっていくから我慢の限界が近づいていた。

「はぁ、はぁ、ふぅぅ……」

俺の息は荒くなるばかりで、少しも落ち着かせることができなかった。こっちが主導権を握っているならまだしも、容赦なく腰を動かすリーシェとルシアの尻のせいで息苦しく、上手く力が入らない。そうこうしている間にも、快感は俺の神経を焼き切りそうなほど流れ込んでくる。

「あひ、はうっ！　ううっ、わたしもうダメです！　気持ち良すぎて体が溶けちゃいますっ！」

「ボクも、ヤスノリがたくさん舐めるからぁっ！　ひっ、あひんっ！」

ふたりは互いに支え合うようにしながら快感に浸り、興奮を限界まで高めた。

そして、そのまま彼女たちを高みへと押し上げる。

「くるっ、きちゃいますっ！　ひゃうっ、イクッ、イックウウウゥゥッ!!」

「イクッ、イクイクッ……ひぎっ、あああぁぁっ!!」

度重なる快楽を味わわされて絶頂するリーシェとルシア。

遅れて俺も彼女たちの中に欲望を吐き出した。

「あっ、ひゃぐっ、はぁっ……熱いのが流れ込んできますっ」

中出しされたリーシェは、うっとりした表情で体から力を抜いた。

そのまま倒れてしまうかと思ったけれど、ルシアがそれを支える。

「ふ、ふぅ……なんでボクがこんなことを……」

「ありがとうルシア、助かったよ」

「……別に、寄りかかられたら迷惑なだけだよ」

そう言うと彼女はリーシェをベッドに転がし、自分も俺も上から退いた。

ただし、本人は隠そうとしているようだけれど、ほとんど足腰が立たない状態なのは丸わかりだった。

俺の愛撫で深い絶頂を味わった証拠だと思うと笑みが浮かぶ。

「ヤスノリッ！」

「なんだ？」

「……ありがとう、気持ち良かったわ」

「どういたしまして。俺こそルシアと一緒に気持ち良くなれたから嬉しいよ」

そう言うと、彼女もまんざらでもないらしく笑みを返してくれた。

「……リーシェは寝ちゃったみたいだね」

見れば、神官少女は疲れが溜まったのか、すうすう寝息を立てている。

ベッドの上で意思を保っているのは俺とルシアだけだ。

「さっきのでも十分気持ち良かったけど、ヤスノリだって一発じゃ満足できないだろ？　今夜一晩、付き合ってもらうからね！」

「ああ、もちろん」

そう言うとルシアはもう一度俺の腕を掴んで、ベッドに押し倒してくるのだった。

† †

翌日、俺はエーデルに連れられて町へ買い出しに出た。

これまでの旅で食料はもちろん、日用品や道具なども消費したため、それを補充するためだ。

傍らにはルシアもついて来ている。昨日街中を散策したときに、気になる店を見つけたらしい。

リーシェはというと、今日は都市の神殿のほうへ顔を出すという。

なんでも、昔の知り合いがこっちの神殿に赴任してきているとか。

最初は彼女も買い物に同行すると言っていたが、せっかくの友人と再会できる機会をふいにするのはもったいない。そういう訳で、今日は三人で出かけることになった。

「仕事も終わってようやくゆっくり出来るっていうのに、買い出しに付き合ってもらって悪いな」

エーデルに向かってそう言うと、彼女は首を横に振った。

「気にしないで、これも必要なことだもの。それに、何をいくらで買ったかメモしておかないと後で請求できないし。私かリーシェがついていないといけないわ」

「ちょっと、それってボクが計算もできないってこと⁉　ボクだって一通りの一般教養はあるんだぞ！」

彼女の言葉にルシアが反発する。

「分かってるわよ。でも、ルシアひとりだと容赦なく魔法の道具とか買ってしまうんじゃないかしら？　私に任された資金は税金から賄われているのよ」

「むっ……そ、それは分かってるよ」

エーデルの言葉に声を小さくし、目を反らすルシア。

確かに彼女かリーシェにいてもらわなければ、まだ少ししか文字が読めない俺はルシアが散財していても止められないだろう。

そんなことを考えていると改めてエーデルが声をかけてくる。

「さっさと買い物をすませてしまいましょう。そうすればゆっくりできる時間も増えるわ」

それに同意した俺たちは、さっそく市場のほうへ向かうのだった。

それから数時間後、九割がた買い物を終えた俺たちは最後にルシアの希望で古びた店に来ていた。

「……まほうや？」

くすんだ看板を見上げて文字を読むと、隣にいるルシアが頷く。

「そう、昨日散策しているときに目を付けたんだよ。文字どおり魔法を売り買いする店で、色々な魔法が籠ったスクロールや魔力を回復するポーションなんかも売ってる。魔物と対峙する前線都市の魔法屋だから、何か掘り出し物がないかと思ってね」

そう言うと彼女は遠慮なく店の中に入っていった。

追いかけて中に入ると、店内はなにやら怪しげな物品がごちゃごちゃしている。

イメージとしては、お店というより魔法使いの工房みたいだ。

奥の辛うじてカウンターだと分かる場所には、店主と思わしき老婆が座って何か作業している。

だが、こんなに怪しい雰囲気にも関わらず、ルシアは気にせず商品を物色していた。

「エーデル、この店まともなのか？」

「さあ……怪しさ満点だけれど、私も魔法使いのことはそれほど詳しくないのよ」

どうやらこの場での見極めはルシアに任せるしかないらしい。

そして、当の彼女はいつになく真剣な顔つきになっていた。

「基本のスクロールは揃ってるしポーションの質も良いみたいだね。店主、何か珍しい品はない？」

ルシアがそう言うと、老婆は近くの戸棚を漁って何かを取り出した。

手のひら大の巾着のようで、取り出された直後から辺りに異臭を放っている。

俺とエーデルは思わず顔をしかめてしまったが、ルシアは目を丸くして飛びついた。

「へえっ！　これがこんなところにあるなんて……しかも質が良いね」

鼻に突くような臭いをものともせずに巾着袋を観察するルシア。

「これ、いくら？」

そして購入を決めたのか、いつの間にか値段の交渉を初めてしまった。

10分にも及ぶ交渉の末、どうやら満足のいく値段に収まったようだ。

それでもエーデルが目を丸くしているので、かなり高額だったのだろう。

真面目な女騎士は渋ったけれど、ルシアは必ず役に立つから自腹を切ってでも買うと譲らない。

結局支度金とルシアのポケットマネーから、半々で代金を支払うことになったようだ。

例の巾着袋を持ちホクホク顔で店を出るルシア。

「ルシア、それ何だったんだ？」

「まあ、ちょっとマイナーな魔法の触媒でね。これがあれば魔王城へ入るときに役立つよ」

「いったいどういうことなんだ……」

まったく要領が掴めず首をかしげていると、ルシアがクスクス笑った。

「ふふん、まあ魔法の心得がない者に言っても分からないさ。それより早く帰ってお風呂にでも入らない？　このままじゃ嫌な臭いが沁みついちゃうよ」

「あぁ、そうだな」

さっきの巾着袋はもちろん、あの店全体に変な臭いが漂っていたからな。

早く風呂に入りたいという気持ちには賛成だった。

「お風呂もいいけれど、何かやるときはきちんと説明してね。パーティー内で情報を共有するのは義務のようなものよ」

「はいはい、分かったよお堅いな……ベッドの上ではユルユルなくせに」

「何か言ったかしら？」

「いいや、なんでも！」

オイオイ大丈夫かよ、と思いつつも俺たちは荷物を抱えて宿へ戻ることにしたのだった。


宿へ帰ってきた俺たちは部屋に荷物を置くと、三人揃って浴場へ向かった。

どうやら貸し切りの個室風呂があるらしく、折角なのでそこを利用させてもらうことに。

さすが町一番の宿屋だと感心していたけれど、若干予想外のことも起こった。

「……あの、そんなにジロジロ見られると、さすがに恥ずかしいんだけど」

「いいじゃないか、別に減るものじゃないし！」

「恥らうヤスノリ君っていうのも新鮮ね。なかなか良いかも」

更衣室に入ってからずっと、エーデルとルシアが服を脱ぐ様子を見つめてくるのだ。

まあ、性別を逆転させればその気持ちは俺にも理解できる。

「ええい、一気に脱いでやるよっ！」

ババッと服を全て脱ぐと籠《かご》に入れ、男らしくタオルを肩にひっかける。

すると、今まで興味津々だったエーデルとルシアが急に顔を赤くして目を反らした。

「今度は何だよ……」

「いや、そう堂々と晒されると直視しづらいというか……」

「やっぱり、脱ぎ掛けがいちばん風情があるんじゃないかしら」

「おいおい、人の体であれこれ議論するのは止めてくれよ」

少し呆れながらもそのまま浴室の中に入る。

「おっ、おぉ……個室風呂っていうからどんなものかと思ったけど、予想以上に広いな」

少なくとも10畳くらいはありそうだ。

湯船も広くて、五人くらいは悠々と湯に浸かれるじゃないだろうか。

「確かになかなか大きいね。まあ、ボクの家の風呂には劣るけど」

「あなたの家と比べたら勝負にならないじゃない」

ルシアの言葉にエーデルが苦笑しているのを横目に、俺は洗い場に向かう。

現代的なシャワーこそないけれど、前にある蛇口をひねればお湯が出る仕組みがあってなかなか便利だ。軽く体を流して湯船に浸かると、全身が温まっていくのを感じる。

「ふぅ……いい湯だな、体から疲れが抜けていくみたいだ」

王宮では毎日のように湯船に浸かっていたけれど、旅に出てからは初めてだ。

やっぱり、日本人としてはこうしてお風呂に入ってゆっくりすると休まるなぁ。

久しぶりの気持ち良さに脱力していると、エーデルとルシアも入ってきた。

「よいしょっ、お邪魔するわね」

「ヤスノリ、もうちょっとそっちに詰めてよ」

ふたりとも場所は空いているのに、なぜか俺の左右に陣取る。

いくら普通より広い湯船でも、一辺に三人も集まれば少し狭い。

「ふたりとも、別のところが空いてるじゃないか」

そうは言ってみたものの、彼女たちは退くつもりはないようだ。

むしろ俺のほうに体を寄せてくる。

「せっかくお風呂に入っているんだから、たくさん温まらないとね」

「まあ、エーデルの言うことも道理だね」

「ふふふ、でしょう？　それに、体をくっつけ合えば互いに楽しめるじゃない！」

エーデルは躊躇なく俺の腰に手を回し、豊満だが引き締まった体を押しつけてくる。

とくに湯船に浮くほど大きな爆乳は圧巻で、強制的に視線が引きつけられてしまった。

「……やっぱり大きいな」

誇張なしにメロンくらいあるそれを眺めていると、反対側から頬を突っつかれた。

「あたっ」

「ちょっと、エーデルばかり見てないでボクにも注目してよね。せっかくこの肢体を余さず晒してあげてるんだから」

自信満々にそう言いながら、こちらも俺の胸に手を回しながら体を押しつけてきた。

エーデルほどではないけれど、十分以上に大きな乳房がふたりの体に挟まってぐにゅっと変形する。

「うおっ、柔らかい……」

「でしょう？　エーデルは体を鍛えている騎士だから、抱き心地はボクのほうが上だね」

勝ち誇ったように笑みを浮かべるルシア。それにエーデルが目を細めて物申す。

「でもセックスするなら地の体力のある私のほうが、たくさんヤスノリ君を楽しませられるわ。昨日、一度でヘタっちゃったルシアとは違ってね」

「なっ……なんでそれを!?」

昨晩の痴態を話題に出されて動揺するルシア。それを見たエーデルは楽しそうに笑みを浮かべていた。

「リーシェに聞いたのよ。私にはパーティーの関係が円滑であるか報告する義務もあるもの」

確かに、唯一の希望である勇者一行が仲違いして壊滅なんてことにはならないでほしいのだろう。

「仕事なら仕方ないけど、ちょっと恥ずかしいな」

「大丈夫よ、報告では細かいところはボカシてあるから。ちゅっ」

そう言いながらエーデルは俺にキスしてきた。初めは頬に。そして次は唇に。

「ちゅ、ちゅむっ……はぁ、やっぱりヤスノリ君とのキスは気持ちいいわ。しているだけで興奮してきちゃうもの」

普段のクールな表情を崩し、完全に発情している顔になっているエーデル。

変態的な本性を露にしながら、どんどんキスを深くしてきた。

「はむっ、ちゅるるっ……じゅる、くちゅっ！」

腰に回した腕に力を籠め、互いに体を密着させながらのキス。

まるでキスしているところから、体が溶け合っていると錯覚するほど気持ちいい！

「エ、エーデル、待ってくれ。ルシアが……」

「ふふ、ヤスノリ君は優しいわね」

ようやくエーデルのキスから解放されると、俺は息を整えてルシアのほうを向いた。

彼女はエーデルに一番乗りされて少しむくれている。

「ずいぶん楽しそうだったね」

「ああ、気持ち良かったよ。さすがエーデルだ」

その言葉に少しルシアの表情が沈んだように見えた。

「……でも、ルシアを放っておけないからな。俺はルシアともキスしたい」

「うっ……」

ルシアの肩がわずかに動き、彼女の目に期待が宿る。

「ふ、ふぅん。ヤスノリから求めてくるなんて、いいことだね」

相変わらずの口調だけれど、俺の体に回された腕に力が入っているところを見ると、満更でもなさそうだ。

「まあ、ヤスノリがどうしてもって言うなら……」

どうやら回りくどくなりそうだったので、俺は実力行使することにした。

片手でルシアの顔をこっちに向け、彼女が反応する前に唇を奪う。

「んうっ!?　んっ、んんんんぅ！　んくっ、ふぁぁ……」

最初に目を見開いて驚き、続いて抗議するように呻く。

けれど、最後にはキスの気持ち良さが巡ってきて蕩けた表情になってしまう。

この間わずか数十秒。ルシアがすっかり快楽にハマってしまっている証拠だった。

「はう、キス気持ちいい……」

「ルシアも可愛い顔になってるぞ」

いつも強気な彼女が、自分との行為で蕩けた表情になるのはたまらない。

それからも俺はふたりへ交互にキスし、あるいは逆にキスされたりしながら興奮を高めた。

数分もすると、湯船の温かさも相まって興奮が体の隅々まで行きわたる。

「はぁ、ふぅ……ヤスノリ君、一旦出ましょう。このままだとのぼせてしまうわ」

エーデルの言葉に頷き、すでに若干のぼせ気味だったルシアを抱えて湯船から上がる。

そして、彼女が水を飲んで休んでいる間に体を洗ってしまうことに。

洗い場で椅子に座って石鹸を泡立て、手ぬぐいで全身を擦る。

そんなとき、途中で何者かが背後から抱きついてきた。

「せっかくだから私が体を洗うのを手伝ってあげましょうか？」

「どう考えてもまともに洗ってもらえなさそうだな……まあいいか」

そう言って苦笑いするも、たっぷりのキスで高められた欲望には敵わなかった。

俺が頷くと、エーデルは自分で泡立てた手ぬぐいを持って背中を擦り始める。

「どう？　こんな感じでいいかしら？」

「ああ、ちょうどいいよ。洗いづらいから助かる」

背中や腰など、自分では上手く洗えないところをゴシゴシ擦ってもらうのは気持ちいい。

そのまま一通り汚れを落としていると、ふいにまた背中に柔らかいものが押しつけられた。

「こんどは柔らかいスポンジで、優しく洗ってあげるわね」

いつもどおりの落ち着いた口調だけれど、その中には興奮の色が混ざっていた。

両手を俺の体に回したエーデルは、そのまま泡だらけな背中に体を押しつけて上下に動く。

「気持ちいいでしょう？」

「あぁ、そのとおりだ！　どんな柔らかいスポンジだってこれには敵わないよ……」

背中に押しつけられた爆乳は、少し力加減が変わるだけで触れる位置や圧力も変わり、絶え間なく慣れることのない刺激を与えてくる。

硬くなった乳首がアクセントになっていて、エーデルが興奮しているのが分かるのも良かった。

気持ち良さに気の抜けたため息をついていると、エーデルが穏やかな口調で話しかけてくる。

「ヤスノリ君はどんなセックスでも気持ちよさそうにしてくれるのが素敵だわ。こういうのも、普通はよほど男性のノリがよくないと出来ないのよ？　それに、せっかくいい雰囲気になっても、ベッドでお決まりの騎乗位で一発やれば満足しちゃうもの」

「へえ、こんなに気持ちいいのに、もったいないな」

何にせよ、エーデルが積極的になってくれているんだから、いうことなしだった。

「ヤスノリ君、そのまま私に体を預けて」

彼女の言うとおり体から力を抜くと、そのまま後ろへ体重を預ける。

大の男が風呂場で女性に寄りかかるなんて普通じゃ危ないけれど、彼女はしっかり受けてくれた。

その上で嬉しそうに微笑み、泡だらけの手で俺の体のあちこちを撫でてくる。

「素敵だわ……この逞しい体に濃密な魔力、この世界の男とはやっぱり違うわね。なにより……」

エーデルの片手が滑るように動き、肉棒に振れた。

「なにより、こんなに立派なものは他に見たことがないもの。私、もうこれなしじゃ生きていけないかもっ」

「大げさじゃないか？」

「まさか。このおちんちんに一度でも満足させられちゃったら、どんな女でも離れられなくなるもの」

うっとりした声の中にも、どこか真剣味の混ざった言葉だった。

「ねえ、もっと気持ちいいことしてあげる」

「なにを……？」

俺が不思議に思っている間に彼女は立ち上がり、前のほうに移動してきた。

改めて見てもその肢体は素晴らしい。程よく肉が付いて引き締まった手足と、同じく絞られた腰回り。

逆に胸や尻は魅力的な肉付きで、性欲が薄いというこの世界の男でも魅了してしまうだろう。

普段のクールな顔立ちは柔らかく崩れ、発情しきっている。

「ヤスノリ君の大好きなこれで、楽しませてあげるわ」

そう言いながら自らの爆乳を抱えるエーデル。

両手で持ち上げられ、強調された柔肉の塊を前に俺は息を飲んだ。

「そ、それで……」

「ええ、少し足を開いてもらえるかしら？」

要求どおり体を動かすと、エーデルはすぐさま足の間に入ってきた。

そして、爆乳の谷間を大きく開いて肉棒をその中に置く。

放っておけばそのまま反り返ってしまうほどの勃起を、乳房で包み込んだ。

「うわ。温かい……いや、熱いっ！」

外から湯船の熱で温められ、中からキスの興奮で温められたからだ。

彼女の乳房の谷間は膣内や口内のように熱く、けれどそれらより柔らかい。

「これは、凄いなっ！」

「ふふ、喜んでもらえたかしら？　でも、まだまだこれからよっ」

エーデルは肉棒を挟み込んだまま胸を動かし、大胆にパイズリを始めた。

もともと泡立てられた石鹸が塗りつけられたいただけに、滑りは抜群だ。熱く柔らかい肉に包まれながら、にゅるにゅると刺激されるのは呆けてしまうほどの気持ち良さだった。

「ああ、これはマズいぞ、頭の中身が蕩けて漏れだしそうだぁ」

膣内ほど刺激が強くないのも良い。

ゆっくりと優しく刺激が与えられ、気づかない内にどんどん気持ち良くなっていく。

「ヤスノリ君、体からは力が抜けているけれど、こっちは逆に硬くなってるわね。私の胸だって溶けてしまいそうよ。こんなに気持ち良くなってくれて、本当に嬉しいわ！」

エーデルも行為に夢中になっているらしい。だから、互いに近づいてくる人影に気づかなかった。

「なぁに、ボクを除け者にして楽しんでるんだっ!?」

のぼせ気味だった状態から復活したルシアだった。

彼女は俺の首に両手を巻きつけながら、頬にその爆乳を押しつけてくる。

「胸ならボクだって負けないよ。独り占めはさせないからっ！」

「なら一緒にやりましょうか？　私の胸に押しのけられない自信があるなら」

「ふん、上等だよ」

ルシアはエーデルの挑発に乗り、彼女の隣に割り込んだ。

そして、こちらも見事な乳房を俺の股間に押しつけてくる。

「さあ、閉じ込めてるヤスノリを解放してもらおうか！」

「ヤスノリ君にとっては、閉じ込められる場所が移るだけでしょうけどね」

ふたりが話している間にも、肉棒はエーデルの谷間から解放される。

その直後、今度はルシアの胸に受け止められてそこへエーデルが追い打ちをかけた。

「はい、これで全部包み込んだわね」

「わっ、まだ挟んだだけなのに、ボクの胸とエーデルの胸の間で暴れてるっ!?」

一分の隙間もなく柔肉に抱きしめられ、肉棒は狂ったように震えていた。

二対の柔肉に挟み込まれ、これまでにないほどの興奮が送られてくる。

「あぐっ、はぁっ……無理だ、全部溶けるっ」

気持ち良さが頭の中を駆け巡り、理性をドロドロに溶かしていく。

すぐ射精してしまいそうになったけれど、さすがに挟まれただけで限界だなんて情けなさすぎる！

何とか歯を噛みしめて快楽を堪えたものの、エーデルたちの奉仕はそこで止まらなかった。

「これで完全におちんちんを覆っちゃったわね。このまま続けちゃいましょうかルシア？」

「そうだね、思いっきりやってヤスノリの腰を抜かしてあげるよ！」

ニヤッと笑みを浮かべた彼女たちは互いに体を押しつけ合い、息を合わせてパイズリを始めた。

「ぐぁっ!?」

四つの豊乳に包まれ、その上でズリズリと刺激される感覚はたまらなかった。

自分のものが、メロンサイズの爆乳に埋もれているというビジュアルもたまらない。

その上でエーデルもルシアも積極的に動いてくれているんだから、もう言うことはなかった。

「気持ちいいよふたりとも……エーデル、滑りが弱くなったから泡を足してくれないか？　ルシアはもうちょっとゆっくり優しくしてほしいな」

これだけ奉仕してもらっても、人の欲望というのは際限がない。

思いついたまま要求を口にすると、彼女たちはそれぞれ反応しつつも言うとおり動いてくれた。

「そうね、ヌルヌルしていたほうが気持ちよさそうだものねぇ。じゃあ泡もたっぷり追加するわ」

「ボクにしてもらっている状態で生意気なことを……後でお返ししてもらうからね！」

エーデルは追加の泡を投入し、ルシアも言葉とは裏腹にしっかり動きを優しくしてくれた。

「私たちの奉仕、気持ちいいわよね？　我慢しなくていいのよ、たっぷり吐き出してっ！」

「今までで一番たくさん出さなきゃ許さないからね！　しっかり出すまで止めないからっ！」

ふたりの奉仕はますます激しさを増し、興奮は止める術もなく最高潮まで達した。

「ああクソッ……ぐっ！」

もう我慢できない。

そう悟ったとき、エーデルたちが追い打ちをかけるように乳房を押しつけてきた。

「もう我慢できないんでしょう？　無理しないで、このまま胸の中で受け止めてあげるから」

「イけっ！　ボクたちの胸に挟まれてイっちゃえっ！」

「あぐっ、うあぁっ……！」

ただでさえテクニシャンなエーデルに、ルシアも加わったWパイズリ。

彼女たちの一番の武器を惜しげもなく使っての奉仕に限界が来た。

「ぐっ、はふぅ……出るッ!!」

襲い掛かってきた快楽の波に耐えられず、そのまま子種を絞り出される。

陸に打ち上げられた魚のように跳ねた肉棒は、先端から大量の子種を噴き上げる。

「きゃあっ!?　熱いっ、胸の中でおちんちんが爆発してるっ！」

「ひゃっ！　で、出てるっ！　ヤスノリの精液が、ボクたちの胸に……うわっ！」

珍しく驚いた声を上げるエーデルと呆然とした様子のルシア。

けれど、俺は彼女たちの様子をしっかり見ることも出来ずに快感の波に押し流されていた。

肉棒は震えるたびに子種が吐き出され、ふたりの真っ白な乳房を汚していく。

「すごい、こんなにたくさん出すなんて……今までで一番じゃないかしら？」

「うう、ボクの胸がドロドロだよぉ……普通だったら魔法を打ち込んでるからねっ！」

落ち着きを取り戻したエーデルは嬉しそうに笑みを浮かべ、ルシアは涙目になっている。

「はぁはぁはぁ……」

激しい絶頂に俺も息が荒い。けれど、ふたりは容赦してくれなさそうだった。

「こんなにボクの胸を汚してくれちゃって……しっかりお返しはしてもらうから！」

「ふふっ、私もまだ満足していないわよ。ふたり一緒に満足させせねて、ヤスノリ君？」

彼女たちはそのままアイコンタクトすると、ルシアが下、エーデルが上になるように折り重なった。

俺の目の前でふたりが抱き合い、互いに押しつけられた秘部が晒されている。

「さあヤスノリ、そこでヘタってる場合じゃないよっ」

「んっ……もう我慢できないの。ヤスノリ君がしてくれないと、ふたりで襲い掛かっちゃうわぁ」

そ、それはマズい！

さっきのWパイズリでかなり搾り取られたのに、これ以上主導権を握られたら、文字どおり枯れ果てるまで吐き出させられそうだ。

「わかった。やってやるよっ！」

激しい絶頂の反動で鎮まりかけていた気持ちを奮い立たせ、まずは目の前のエーデルの尻を両手で鷲掴みにする。

「あんっ！　私のお尻、逃げられないように掴まれちゃった……ヤスノリ君の手、ガッシリしていて素敵だわ」

俺の手が触れただけで、うっとりしたような声を出すエーデル。

引き締まった尻を掴んだ手でその谷間を割り裂くと、まるでたっぷり時間をかけて愛撫したような濡れ具合の秘部が姿を見せる。

俺に奉仕しただけでここまで濡らした女体を見て、興奮しないわけがなかった。

「そうやって真っ直ぐ見られると、さすがに私も恥ずかしいわね」

「エーデルに恥ずかしがってもらえるなら万々歳だよ。もう準備はいらないいな？　入れるぞ」

一言だけ断り、再度臨戦態勢を整えた肉棒を容赦なく挿入していく。

「はうっ、ひぅっ……んあぁぁっ！」

グチュ、グチュリ……と、いやらしい水音を立てながら肉棒が埋没していく。

膣内の抵抗はほとんどゼロで、一息で奥まで到達してしまった。

「うお、熱いなっ……でも濡れ具合はいつも以上だ！　さっそく動かすぞ！」

握りしめた尻肉を引き寄せ、思いっきり腰を打ちつける。

「あうっ!?　はひっ、あぁんっ！　はぁはぁ、ひっ、はうぅぅっ！」

激しいピストンを始めた直後、エーデルの口から嬌声が漏れっぱなしになる。

「あうっ、凄い……」

間近でその様子を見ていたルシアが、思わずそう漏らしたのが聞こえた。

俺は犯すべきもうひとりの対象を思い出し、エーデルから肉棒を引き抜くと、真下にある秘裂へ押し当てる。

そして、そのまま容赦なく貫いた。

「へっ？　あっ、あああぁっ!?　いきなりっ、待ってっ……かひゅっ！」

「うおっ、いきなり入れたから膣内がビックリしてやがる……これもなかなか気持ちいいなぁ」

エーデルを挟んだ向こう側の少女が混乱している中で、俺は恍惚とした感覚に浸っていた。

さっきまで自分を容赦なく責めていたふたりを、肉棒一本で支配している気分だ。

心に湧き上がった征服欲を慰めるべく、さらに腰を動かしていく。

ルシアもエーデルも一緒に犯すんだ。

「んくっ、はうっ……さっきからもっと激しくなってるよっ」

「やる気になったヤスノリ君は容赦ないわねっ……ひゃんっ、きゅっ、あひんっ！」

肉棒をルシアの中で数往復させると、今度はエーデルの中へ。

エーデルの中をじっくり数分楽しんでから、再びルシアの中も入り口から奥までゆっくり腰を動かして反応を感じ取る。さらには一往復ごとに、入れる穴を変えるなんて贅沢まで楽しんだ。

けれど、その悉《ことごと》くを彼女たちは嬌声とともに受け止めてくれる。

「ヤ、ヤスノリッ、もっときてっ！　最後はボクの中にっ！」

「私たちのこと全部、犯し尽くしてぇっ！　今度はお腹の奥で受け止めるからっ！」

限界を迎えたらしい彼女たちの叫びに俺も呼応する。

「出すぞっ、このままお前たちの中に！　全部出してやるっ！」

欲望を煮えたぎらせながら、彼女たちの膣内へ猛烈なピストンを加える。

腰を打ちつける度に興奮が高まっていくのを感じ、そのまま限界を迎えた。

「ぐっ……!!」

最初に吐き出したのは、ルシアの中だった。

柔らかい膣肉に包まれたまま、その子宮に子種をぶっかける。

「あぎっ、ひゃあぁあっ!?　熱いっ、奥で出されてるっ！　ダメッ、イクッ、ひゃあぁぁぁっ!!」

「全部受け取れルシアッ！」

射精と同時に絶頂する彼女を見ながら、続けてエーデルの中にも突っ込む。

「きゃっ!?　こっちにも……あうっ、ルシアの中にも出したのに凄いわっ！　私も一緒にイクからっ、イクッ、イックウウウウゥッ!!」

「くっ、最後までエーデルに注ぎ込んでやるっ！」

そのままドクドクと子種を流し込み、ようやく律動が治まると肉棒を引き抜いた。

直後、腰を抜かしたエーデルがルシアの上に倒れ込む。

「あうっ」

「ふぎゅっ!?　重い、重いってばエーデルッ！」

「うう、気持ちいいからしばらくこのままでいさせてよ。ルシアのおっぱいも当たって柔らかいし」

「うぐっ、ボクが苦しいだろっ！」

仕方なく俺がエーデルを床に降ろした。

同時に、ドロドロになった体を見下ろして苦笑いする。

「せっかく洗ったのに、けっきょく汚しちゃったな」

「あら、またすぐに洗える環境だからこそ、思いっきり楽しめたと思わなきゃ」

「ヤスノリには責任もって背中を流してもらわないとね！」

まったく堪えていない様子のふたりを見て、この調子ではたして、ゆっくり風呂に入れるのかと俺はため息を吐くのだった。

† †

この前線都市にやってきてから数日が経った。

各々《おのおの》休息も十分に取り、明日の出発に向けて準備も万端だ。

魔王城へのルートも確認し、後は体を休めるだけ。

今日ばかりはいつも積極的なエーデルも自重し、早めにベッドへ入っていた。

そんな中、俺は夜中に寒気を感じて目を覚ましてしまう。

どうやらいつの間にか、毛布を蹴飛ばしてしまっていたようだ。

「昼間は温かいけど夜は冷えるなぁ……仕方ない、一旦トイレ行ってからもう一度寝直すか」

用を足して部屋に戻ろうとしていると、途中の部屋の一つから明かりが漏れているのが見えた。

「さっき通ったときにはなかったな。ここは……リーシェの部屋か」

こんな夜中に何かあったのかと思い、控えめに扉をノックする。

「リーシェ、俺だ。何かあったのか？」

声をかけると、扉の向こうで驚いたようにベッドがギシギシ鳴る音がした。

「ヤ、ヤスノリ様っ⁉　い、いえ、大丈夫です」

「そうか？　ならいいんだ、悪かった」

安心して自分の部屋に戻ろうとしたそのとき、呼び止める声が聞こえる。

「あ、あのっ！　よかったら少しお話しさせていただけませんか？」

やっぱり何かあったらしい。

俺は了承したと伝えると、そのまま扉を開けて部屋の中に入る。

すると、ベッドの上に枕を抱えたリーシェが座り込んでいた。

何か思い悩んでいるような表情も合わせて、まさに薄幸の美少女みたいな感じだ。

俺はそのまま近づくとベッドに腰かけ、リーシェのほうから口を開くのを待った。

二分ほど経ち、恐る恐るといった様子で彼女が話し始める。

「わたし、実は今さらながら怖くなってしまったんです。情けない話ですよね」

自重するように言いながら言葉を続ける。

「旅を続けている間はどんな魔物相手でも、デーモンすらも恐ろしくはありませんでした。でも、こうして日常生活に戻ると、それがどれだけ恐ろしいものだったか分かってしまったんです……」

枕を握る手に力を込めながら、リーシェは目を伏せた。

「なるほど、そういうことか」

適度な緊張が続いていた旅では大したことではないと思えても、緊張の切れた頭で考えると怖くなってしまう。

元の世界ではＰＴＳＤっていう言葉をよく聞いたけれど、これも似たようなものかな。

「やっぱり情けないですよね。これから魔王を倒そうっていうときに……ヤスノリ様だって男性なのに頑張ってるのに……」

話す度に体を小さく縮こまらせていくリーシェ。そんな彼女に俺は言葉をかける。

「いや、仕方ないことかもしれない」

「えっ？」

「だってリーシェはこれまでずっと神殿で生活してきたんだろう？　いくら能力があるといっても、いきなり外の世界で魔物と戦うなんてな」

驚いた様子でこっちを見上げるリーシェにそう言い、話を続ける。

「俺は王宮で一ヶ月みっちり戦う訓練をさせられたからな。エーデルは戦いが仕事みたいなもんだ。ルシアは元から気が強いし、デーモンに操られる経験をしてからさらに精神が頑強になった気がするよ。魔王がどんな怖い奴でも、平気で魔法をぶつけるだろうね」

「あはは、ルシアらしいですね」

そう言ってリーシェは苦笑いする。それでも、彼女の笑顔を見られたことに少し安心した。

「もし本当に恐怖が拭えそうにないなら、エーデルに相談してみるよ。彼女ならいい方法も知っているかもしれない。ここまで来てリーシェとお別れっていうのは少し寂しいし、心細いからね」

彼女はここまで数十日の旅を共にしてきた仲間だし、何よりその強力な回復の力は頼りになる。

個人的な心情でも、純粋に戦力的に考えても、ここで彼女にパーティーを抜けてほしくない。

そう思っていると、リーシェは意外そうな表情をしていた。

「パーティーから出ていけ、とは言わないんですね」

「俺がそんなことを？　まさか、間違っても言わないよ」

「でも……んっ!?」

俺は続けて何か言おうとする彼女の口を手でふさいだ。

目を丸くして驚いているリーシェに諭すように言う。

「俺はリーシェと一緒に役目を果たしたいって思ってる。それじゃ納得できないか？」

「んぅ……いえ、十分すぎます！」

俺の手を退かした彼女はそう言って力強く頷いた。

「わたしもヤスノリ様と一緒にお役目を果たしたいです！　なので、その……少しだけわたしに勇気を与えてくれませんか？」

リーシェの手が俺の足の上に置かれ、ギュッと拳を作る。

上目遣いでこっちを見る目には、真剣さと僅かな恥じらいが混じっていた。

彼女の言った言葉の意味を理解した俺は、そのまま顔を近づける。

「あぁ、ヤスノリ様……んっ、はっ……」

リーシェが目を瞑り、唇同士が触れ合う。

キスしている内に自然と相手の体を求め合い、腕を回して抱き寄せる。

何度も息継ぎをしながらキスを続けていると、ふとリーシェが目を開けて顔を赤くした。

「うっ……ずっと見ていらしたんですか？」

「リーシェのキス顔、とても可愛かったよ」

「ううぅ、恥ずかしいです……」

彼女がそのままキスを中断してしまったので、俺は問いかける。

「さて、これで勇気はいくらか補充されたかな？」

「えっ……あ、はい！　でも、その、わたし……」

確かに今のリーシェからは、さっきまでの弱々しい雰囲気がだいぶ消えている。

けれど、代わりに頬を赤くして若干息も熱くなっている。

端的に言ってムラムラしているんじゃないか？　という感じだ。

「うん？　なにかしてほしいことがあるなら言ってもらわないとな」

予想はついているものの、少し悪戯心が湧いてそう言ってしまう。

すると案の定リーシェはあわあわし始めた。

「あの、えっとその……うぅ、やっぱり言わないとダメですか？　素面で言うのはちょっと……」

「へえ、普通は素面じゃないときに言うようなことなんだ」

「ひうっ!?　う、うぅ……」

ますます顔を赤くして俯いてしまうリーシェ。

さすがにやりすぎたかと思い反省する。

「ごめん、言いすぎた。もう何も言わなくていいから、こっちにおいで」

「ヤスノリ様？　い、いいんでしょうか？」

その問いに俺が頷くと、彼女は改めて俺に抱きついてきた。

「こんなはしたないこと……すみません、でも我慢できなくてっ！」

「誰でも心細いときはあるからな。でも、明日は出発だからほどほどにしようか」

そう言いつつも俺は、体に触れるリーシェの肢体の感触に興奮が高まっていくのを感じた。

片手を彼女のお尻に回して撫でながら、もう片方の手で服を乱していく。

素肌に触れて愛撫を重ねると、リーシェの息も段々荒くなってきた。

「はぁ、はぁ、はふっ……ヤスノリ様、わたしにもさせてくださいっ」

彼女は一旦背中に回していた手を解き、少し離れるとズボンに手をかける。

その意図を察した俺が腰を浮かせると、するりと下着ごと脱がされてしまった。

澄ました顔をして、リーシェもなかなかテクニックが上達しているじゃないか。相変わらず生娘みたいな見た目をしているのに、こんなにいやらしいテクを持ってるなんて、そそるものがある。

「少し足を開いていただけますか？」

「分かった」

軽く足を開くと、待ってましたとばかりに股間へ顔を近づけるリーシェ。

寝る前に風呂に入ったので清潔なはずだけれど、やっぱり美少女が自分の股間へ顔を埋める光景はかなり興奮を刺激される。しかも彼女は、躊躇なく口を開いて舌を突き出し、肉棒を舐め始めた。

「んじゅっ、れろ……はむっ、ちゅるるるるっ！」

「うおっ、ふっ……いいぞ、上手いぞリーシェ！」

一見ペロペロとあどけない様子でフェラしているが、その実、男が感じやすい場所を把握して的確に舐め上げてくる。亀頭や裏スジはもちろん、金玉にだって遠慮なく舌を這わせてきた。

「そ、そこは慎重に扱ってくれよ？」

急所に触れられて思わず声が硬くなってしまった俺に対し、リーシェは柔らかく笑みを浮かべる。

「はい、お任せください！　たくさんご奉仕して、たくさん子種を作ってもらいますね……んじゅっ、ちゅぷっ、れろくちゅっ!!」

そう言いながら熱心に玉袋を舐めるリーシェの姿に背徳感を覚え、期待どおりぐんぐん精子が増産されていく感覚がする。

「リーシェは本当に奉仕が上手くなったね」

「ヤスノリ様に喜んでいただくために、エーデルさんにご教示いただいて頑張ったんです！」

「なるほど。じゃあ俺も頑張らないとな！」

リーシェの期待に応えるためには気合いを入れないといけない。

俺は彼女の頭に手を置いて股間から離すと、そのままベッドの上に引き上げる。

「あっ、きゃっ!?」

驚くリーシェを仰向けに押し倒し、今度は俺が彼女の股間に顔を埋めた。

「たっぷり奉仕してくれたお返しだ」

「そんな、わたしは別に……ひゃうっ！」

スカートをめくり上げ、ショーツの上から秘部を舐める。

布一枚挟んでもよく分かる可愛らしい秘裂に舌を這わせ、徐々に刺激を与えていった。

「あうっ、あっ、やぁっ……」

リーシェは足を閉じようとしたが、俺が両手で押さえているのでかなわない。

代わりに自分の腕で顔を覆い、表情を隠していた。

けど、本人はわかっていないらしいな。顔を隠しても、胸元で揺れる乳房の頂点、乳首がすっかり硬くなっているから興奮しているのは丸わかりだ。

「はぁはぁ、はうっ、ひぃんっ！」

「じゅる、じゅるる……だんだん感じてきたみたいだな。俺のを舐めて少しは興奮したんだ？」

「少しどころじゃないですぅ……ひんっ、きゃうっ！　はぁはぁ、うっ、あぁっ……いひゅぅっ！」

舌を這わすごとにリーシェの嬌声が大きくなり、俺も笑みを深くする。

自分のテクニックがこの少女を蕩けさせていると思うと気分が良かった。

リーシェも感じてきたようだし、もうこうなると男女関係がどうとかはあまり関係なくなる。

いかに目の前の気持ち良さを追求するかだ。

「れろ、くちゅ。リーシェ、興奮を抑えずにもっと気持ち良くなれっ！」

「はう、はいっ……あんっ、きひゅぅうっ！　ヤスノリ様の舌、奥まで入ってきてますっ！　わたしの中で暴れて……はひっ、きゅううぅぅぅっ!!」

舌が良いところに当たったのか、腰を震わせながら大きな嬌声を漏らすリーシェ。

声も理性もだんだん蕩けてきて、快楽を感じるのにちょうどいい精神状態になっていく。

もうショーツ越しにも、ダラダラと愛液が垂れてくるのが分かった。

俺は一度顔を離すと、愛液を吸って重くなったショーツを脱がし、生の秘部を拝む。

「そ、そんなにじっくり見ないでくださいぃっ」

「いいじゃないか、とってもきれいだぞ？　それにエロくてたまらない！」

さっきまで純粋無垢な少女のように閉じていた秘裂は興奮でわずかに開き、内側のピンク色を覗かせている。まるで興奮して全身が火照ったリーシェそのものだ。

「もう準備は十分だな？」

「は、はいぃ……」

「よし、じゃあ四つん這いになってお尻をこっちに向けてくれ」

俺の指示にリーシェはうっとりした表情で頷いた。

もう快感が全身に回っているのか、まるで酔っぱらっているかのようにヨタヨタした動きだ。

けれど、その危なっかしさすら俺の与えた快感のせいだと思うと可愛く思える。

やがてしっかり四つん這いになってお尻をこっちに向けたリーシェ。

俺は彼女の背後にぴったりとつく。

股間の肉棒は、今すぐ目の前の少女の中に入って子種をぶちまけたいとガチガチだ。

「はぁはぁ、はぅ、お尻に熱いのがぁ、当たってますぅ……」

「分かるか？　今からこれを入れてやるからな」

「あぁ、下さいっ！　欲しいんです、待ってたんですっ！　わたしにヤスノリ様の子種、たっぷり注いで勇気づけてくださいっ！」

肉棒を押し当てられて、いっそう興奮を増した様子のリーシェに求められる。

それを聞いて我慢できなくなった俺は、限界まで硬くなったものを彼女の中に突き入れた。

「あぎゅっ、ひゃあああああぁぁぁぁっ!!」

ズルリと一息で肉棒が膣内に飲み込まれ、同時に部屋中にリーシェの嬌声が響く。

安宿だったら隙間を伝って建物中に届いてしまいそうな声だ。

「まだだっ！　もっと声を上げさせてやるっ！」

俺は容赦せずそのまま腰を突き動かした。

両手でしっかりリーシェの腰を掴み、たとえ彼女が力尽きても放さないようにする。

「ひぃっ、はひっ、ああっ！　はうっ、ひぃぃぃぃ！　はひゅぅぅっ、あああぁぁぁっ!!」

俺の望みどおり、彼女の嬌声は止まらなかった。

互いに十分すぎるほど前戯を重ねた身体は、少し動かすだけでも相手に快感を与える。

今の俺たちにはテクニックも何も必要ない。

ただ獣のように交わるのが、もっとも気持ち良くなるのに都合のいい方法だった。

「凄いいいっ！　わたしの中、ヤスノリ様でいっぱいなのぉっ！」

「はは、そうだろう？　俺もリーシェの中を全部自分で埋められて最高だよ！」

彼女の穴は俺の肉棒にぴったり吸いつき、空気が漏れ出る隙間もないほどだ。

たっぷりの愛液がなければピストンもままならない。

けれど、強烈すぎる締めつけという訳でもなく、「ぴったり」というのが相応しい具合だった。

奥へ押し込めば優しく抱擁され、腰を引くと出て行かないでとばかりに吸いついてくる。

だが、これでもまだ足りないのかリーシェは追加で求めてくる。

「あぐっ、ひぅっ……ヤスノリ様っ、もっと、全部弄ってくださいっ！」

「ふふっ、強欲な神官だなぁ」

「あう、ごめんなさい……でも、でもぉ！」

振り向いたリーシェの目は潤んでおり、とても嫌とは言えない。

元より断るつもりはなかったけれど、その表情は俺をさらに燃え上がらせる。

「まったく、どこまで人を引きずり込むつもりだよ……」

まるでリーシェという名の沼にズブズブとハマっていくような感覚だった。

「はぁ、はぁはぁっ……でも、わたしっ、ヤスノリ様にもっと強く抱いてほしいですっ！」

「リーシェ……もちろんいいさ、最後まで付き合うよ！」

もう全力疾走の後のように呼吸を荒くしながらも、俺を求め続けるリーシェ。

際限のない欲望に一瞬怯んだものの、気を取り直してそう答える。

そして、今までよりも強く、激しく、奥まで犯しつくすように腰を動かしていった。

「はうつ、ひぃんっ！　ひゃはっ、ふっ、きゅううぅぅっ！」

俺の肉棒をピッタリ締めつける膣穴は、リーシェの嬌声とともにさらに怪しくうごめく。

根元から精液を絞り上げるように動いたかと思えば、不規則に締めつけを行ったり。

リーシェの様子からして故意にやっているとは思えない。

自然に男の精を搾り取ろうと動く、まさに魔性の肉体だった。

「はっ、ふぅっ……神官のくせになんてエロい体してるんだ……最高だよ、大好きだ！」

「あうっ!?　わたしも好きですっ、ヤスノリ様のこと好きぃっ！　ひゃっ、はひぃぃぃぃぃっ!!」

「くっ、うおっ！」

次の瞬間、リーシェの締めつけが今までになく強まった。

腰に力を入れてなんとか堪えたけれど、下手をすれば射精してしまいそうな気持ち良さだ。

「ふっ、ふぅ……もしかしてイったか？」

なんとか一息ついて問いかけると、どうやらリーシェはそれどころではないようだ。

「はひっ、はっ、あぁぁっ……とけるっ、体とろけちゃいますっ」

手足をガクガクと震えさせ、今にもベッドへ崩れ落ちそうになっている。

どうやらイってしまったのは間違いないらしい。

「はぁはぁ、はぁ、はふぅ……」

絶頂の余韻に浸る姿はとても艶めかしいし、この美少女を自分でイカせたというのは凄く嬉しい。

けれど、一度イって締めつけの弱まった膣内は、今の俺には物足りなかった。

さっき一緒に射精してしまえばよかったと思っても、後の祭り。

なら、もう一度リーシェに頑張ってもらうしかない。

「リーシェ、また動かすぞ」

「えっ……やうっ！　ダメッ、今はダメですっ！　まだイったばかりで……きゅひっ、あんっ！」

「大丈夫、最初は優しくするさ。でも慣れたら容赦しないぞ？」

そう言いながらもゆったり腰を動かす。刺激は弱いが興奮を持続させるのには十分だ。

それに、リーシェの反応を見るのも楽しかった。

「堪え性のないリーシェが先にイっちゃったから、俺はお預けだよ」

「うっ……す、すみません！　んっ、はうっ！」

「でも、最後はきちんと受け止めてくれるよね？」

「は、はいっ！　ヤスノリ様の子種、全部わたしにくださいっ！」

体は少しへたっているが、まだまだ精力旺盛なようだ。

「そう言ってもらえて嬉しいよ。よし、少し激しくいくぞっ！」

彼女の体にだんだん力が戻ってきたことを見計らって腰の動きを激しくする。

「あうっ！　わたしの中で元気よく動いてますっ、はぅんっ！」

リーシェは興奮で、白い背中一面に汗を浮き上がらせながら喘いでいた。

先ほどの絶頂の余韻は消え去り、新たな興奮に身を焦がされているようだ。

「一突きごとにわたしの体が変えられちゃってるっ！　ヤスノリ様のために変わっちゃいますっ！」

「ちょうどいいだろう？　どうせ俺以外に触れさせる気はないんだ」

咄嗟にそう言うと、リーシェが俺に振り返った。

「えっ？　それって……」

「文字どおりの意味だよ。それとも、リーシェは魔王退治が終わったらさっさと神殿に戻って、また男を断って禁欲生活なのか？」

「そ、そんなの無理ですっ！　もう隅から隅まで開発されて、前みたいに我慢できませんっ！」

目に涙を浮かべながらそう言う彼女を見て、俺の興奮がこれまでにないほど高まった。

あの清楚な神官少女がここまで色に溺れ、後戻りできないほど俺に染まっている。

それだけで喜びが生まれ、自然と腰の動きも激しくなる。

「うきゅっ、ひぅんっ！　気持ちいい、気持ちいいですっ！」

リーシェの声からはもう喜びしか感じ取れない。

「そんなにいい声で鳴いてくれるなんてな……どうだ、もう不安なんかないだろう？」

「はひっ、気持ちいいので頭いっぱいですっ！　あうっ、ひゃああっ！」

手足を震わせ、ビクビクと膣内を締めつけるリーシェ。

俺は彼女の言葉に安心しつつも、一分の隙間もないほど彼女の中を自分の肉棒で埋めていく。

一度は落ち着いた興奮も再度燃え上がっていた。

「ひうっ、あひゃうっ！　はっ、ひぃぃんっ！」

「リーシェ、リーシェッ！　もっと乱れろ、俺にお前の全部を見せてくれっ！」

「はいっ、わたしの全て、ヤスノリ様に捧げますっ！」

さっきまで不安そうな顔をしていた彼女の表情は快楽一色に染まっていた。

それだけ俺のことを信頼してくれているということに、嬉しく思う反面責任も感じる。

けれど、今はこうして彼女と繋がって互いを高め合うことに夢中になっていたい。

「好きだぞリーシェ。エーデルもルシアも、全員をだ！　だからこの世界を不幸にする魔王は俺が倒す！」

「はぁっ、あぁっ……嬉しいですっ、わたしもお慕いしておりますっ！　ヤスノリ様っ、あぁっ、あああああぁぁっ!!」

感極まったようにリーシェが嬌声を上げると、膣内が強く締めつけてきた。

男の子種を搾り取ろうとする動きに俺も本気になる。

「そんなに欲しいなら、全部中に出してやるからなっ！」

「はいぃっ！　欲しいですっ、ヤスノリ様の赤ちゃん孕ませてくださいっ!!」

激情を吐き出すようにそう言うと、彼女も振り返って求めてきた。

俺は彼女の体を抱き起こし、支えながら唇を吸う。

「まむっ、ちゅうっ……ヤスノリ様ぁっ」

目を潤ませ、甘えるような視線を向けてくるリーシェがたまらなく愛おしかった。

しっかり腰を掴んで挿入を維持しながら腰を動かす。

「はひっ、あうっ……こんな体勢でっ！」

「悪くはないだろう？　ちょうどこっちも弄れるしなっ！」

俺は片手を動かすと、大福のように弾力のある胸を揉む。

「あっ、やめっ、おっぱいまでっ！」

「こうすればさっきの言葉どおり、リーシェの全部を味わえるもんな！　ほら、先端もしっかり弄ってやるっ！」

指先で乳首を刺激すると、彼女の体が反応して跳ねる。

「ひぃぃんっ!?　ひぐっ、もうダメですっ！　くるっ、またきちゃうっ!!」

後ろから性感帯をたっぷり刺激され、とうとう限界が訪れたようだ。

膣内も不規則に締めつけが強まり、肉棒が強く圧迫される。

「イクッ、もうイキますっ！　ヤスノリ様っ、今度はいっしょにぃっ！」

「あぁ！　俺もイクぞ！　最後は子宮に中出しだ、奥にたっぷり注いでやるからなっ！」

「はいっ！　わたしのこと全部、ヤスノリ様で染めてくださいっ!!」

興奮が頂点に達した瞬間、俺は思いっきりリーシェの腰を引き寄せて子宮口を突き上げる。

そして、彼女がイクと同時に射精した。

「あひっ、ひゃあああぁぁっ!!　イクッ、イクッ、イックウウウゥゥゥウゥゥッ!!」

「うがぁっ、リーシェッ!!」

吐き出された精液は膣内はもちろん、リーシェの一番大事なところまで入り込んでいった。

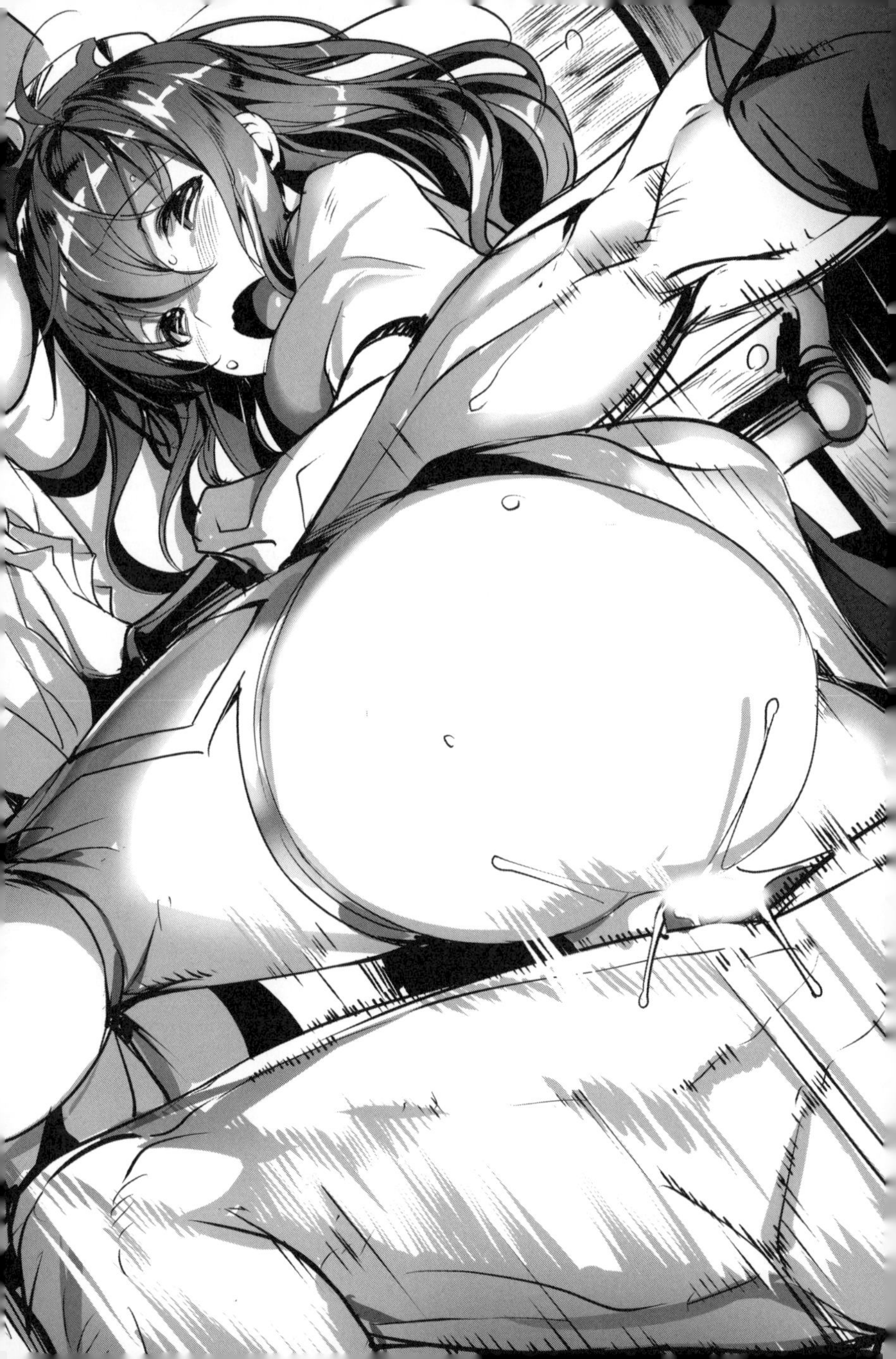

強烈に締めつけてくる彼女の奥まで犯し尽くし、最後に子宮を征服する。

俺はその興奮と快感に酔いしれながら、ずっとリーシェのことを抱きしめていた。

「ぅ、ひゃぁ……ぅぅ……」

激しい絶頂からしばらく経ったころ。

ようやく興奮が落ち着いてきたのか、リーシェがうめき声を上げげた。

「だ、大丈夫か？」

「はいっ……ヤスノリ様こそ、だいぶお疲れみたいですよ？」

「あぁ、さすがに頑張りすぎたか……体に堪えたな」

つい興奮して全力で犯してしまった。

自分で明日は出発だから控えめにしようと言ったのに、情けない。

「でも、わたしは幸せでした。これで心置きなく魔王に立ち向かえます」

どこか決意に満ちたような目をするリーシェを見て、俺は苦笑した。

「それは良かった。俺もしっかりしないとな、魔王を倒した後の目標も出来たし」

そう言いながら彼女をベッドの上に降ろし、俺自身も座り込む。

横になったリーシェがキュッと内股になっているのは、奥に溜めた子種を漏らさないためだろうか。

「……無事に帰るためにも、何としても魔王を倒さなくちゃな」

健気な彼女を愛おしく思いつつ、その夜は眠りにつくのだった。

第四章　世界平和のためヒロインたちの思いを胸に、いざ！

準備を整えた俺たちはいよいよ前線都市を出発し、目的地の魔王城へ向かった。

都市側の協力で数日前から周辺の魔物を掃討してもらったらしく、移動はスムーズだ。

途中からはエーデルの案内で、聖王国が事前に偵察していたルートを使い、魔王城へ接近する。

この行程でも魔物と接敵することはなかった。

休憩や睡眠を挟みつつも進み続け、やがて前方の山の麓に古びた城が見えてくる。

「あれが、魔王城か……」

「ええそうよ。魔界から魔王が攻めてくるときの橋頭保ね」

横にいたエーデルが頷きながら説明した。目を凝らすと魔王城の周囲には数体ずつのゴブリンが巡回をし、城壁でもかなりの数のゴブリンが警戒しているのが見えた。

「ここまでは魔物の数も少なかったけど、さすがに本拠地ともなると警備が厚いな」

「でも、これでも普段よりは少ないみたいよ。女王陛下の陽動作戦の効果が出てると思うわ。本来なら上空をワイバーンが警備しているはずだし、城門にはトロールが配置されているわ。その姿が見えないもの」

旅に出る前、聖王国の女王様は、俺たちを援護するために通常戦力で陽動をしかけると言っていた。

それが上手くいっているということか。

「確かに戦力が減るのはありがたい。ただ、現状でも真正面から仕掛けるのは論外だな。なんとか潜入したいけれど……」

「それならボクに任せてくれないかな。いい方法があるんだ」

そう言って身を乗り出してきたルシアだった。

大きな胸を張り、いつものように自信ありげな表情をしている。

「一応聞いておくけど、その方法っていうのは？」

「ふふっ、聞いて驚け！　実は……」

俺たちはルシアの案のあまりの大胆さに驚愕したものの、上手くいけば一気に敵の懐に潜り込めるということでその案を採用することにして、さっそく準備にとりかかるのだった。


数時間後、俺たち四人は魔王城の正門、その真正面に来ていた。

もちろんすでに巡回のゴブリンたちにも発見されている。しかし、すぐさま入るようなことにはならなかった。俺たちが武装を解除して縄で繋がれているからだ。

一番後ろにエーデル、真ん中にリーシェ、先頭に俺。

そして、縄で繋がれた俺たちを引っ張っているのはルシアだった。

彼女だけが自由の身で、門番らしき上等な鎧を着こんだ首なしアンデッド、デュラハンと話している。

正確には、デュラハンが脇に抱えている頭部とだが。

「どうだい、勇者とその仲間ふたりだ。ボクが捕まえてやったんだよ！」

「ほう、確かに男にも関わらず濃密に感じるその魔力、勇者以外にはあり得ないな」

「でしょう!?　だから、早く魔王様にご報告したいんだよ。とっとと通してくれないかな？」

デュラハンと親し気に話しているルシア。

とはいえ彼女は裏切ったのではなく、ある魔法を使っていた。幻惑の魔法だ。

一定の範囲内にいる相手に幻を見せる魔法で、今のデュラハンはルシアのことを、人間の魔法使いの体を乗っ取ったデーモンだと思っている。

あの森で遭遇した個体のことを利用させてもらったのだ。

しかし普通ならこの魔法は、知性を持つような上級の魔物には効果がない。

それを有効にしたのは、前線都市で手に入れた魔法の触媒だった。

貴重な触媒を消費したおかげで魔法の効力が数段上がり、上級の魔物相手でも騙すことが出来ている。

魔法には催眠効果もあり、多少口調が違うくらいは気にされないようだ。

「ねえ、そろそろ通してくれないかな？　いい加減待ちくたびれたよ！」

「分かった、そう騒ぐな。だが、門の奥でもう一度身体検査を受けてもらう。それだけは覚悟しておけ」

どうやら無事に門を通してもらえるようだ。

俺たちは魔物どもの視線を浴びながら、指定された部屋へと向かう。

部屋の中に入ると、そこにはローブを纏ったスケルトンがいた。

どうやら奴も魔法使いのようで、ルシアの表情が苦くなっている。

「おい、大丈夫か？　お前の幻惑、見破られないか？」

「何とかやってみるよ。ここまで来てドンパチなんてクールじゃないからね」

そう言うと、ルシアはスケルトンのほうへ向かっていった。

「やあ、君が検査員？　とっとと終わらせてほしいね」

「久しぶりねデーモン、話は聞いているわ。上手いこと人間の体を乗っ取って勇者どもを捕まえたらしいじゃない」

スケルトンはルシアに近づくと、その体をよく観察し始める。

しかし、女声のスケルトンというのもなんだか違和感があるな。

「なるほど、その体も、人間にしてはかなりの魔力を誇っているじゃない。噂に聞く聖王国の女王や、そこにいる勇者ほどではないけれど」

このスケルトンはあのデーモンと顔見知りのようだが、幻惑の魔法の効果で見破れないようだ。

「ふふっ、おまけに魔力の扱いもなかなかなんだよ。それに勇者たちはお優しいらしく、この体を傷つけられないみたいだから、ろくに抵抗できずこうして掴まってるってわけ」

「愚かね、友情なんて。まあいいわ、それよりさっさとすませちゃいなさいよ」

「うん……えっ？　何を!?」

唐突に話を振られたルシアが驚いたように声を上げた。

俺は一瞬マズいと思ったが、どうやら魔法の効果で、スケルトンは気にしていないらしい。

「何って、貴女のことだからどうせ安心できる場所で男を犯そうっていうんでしょう？　人間の女の体に入っている限り、発情は抑えられないもの。私は問題ないけれど」

「あ、ああ、そうだね。そうだった！」

苦笑いしながらも頷くルシアは、何か決意したような表情になり、俺のほうに近づいてくる。

俺は嫌な予感に冷や汗をかきはじめていた。

「おい、何をするつもりだ!?」

「何って、聞いてなかったの？　今からボクに犯されるんだよ、ふふふっ」

「じょ、冗談じゃない！　よりにもよって、魔物の前で……」

頭の中ではスケルトン女に怪しまれないために必要なことだと分かっていても、他人に見られている中でセックスするのは抵抗がある。

だが、デーモンもといルシアには止める気はないようだ。

「勇者も無念だろうね、まさかこういう形で魔王城にたどり着くことになるなんて。まあでも、観念して大人しくしなよ。君たちを捕まえるのに魔法をたくさん使ったから、そろそろ発情が辛いんだ」

にじり寄ってくるルシアの表情は完全に肉食獣のそれだった。

演技だとは分かっていてもなかなか恐ろしい。……演技だよな？

「そーれ、よっと！」

「うぐっ！」

リーシェとのロープを切り離された俺は、近くにあったソファーに押し倒された。

反対側のソファーにはスケルトンが座って何か書類を精査している。

こっちに興味がないのは幸いだが、それでも内心では落ち着かない。

一方のルシアは完全にやる気になっており、さっそく俺の上に跨ってズボンを弄っていた。

「止めろって！　くっ……」

「いやぁ、人間たちの希望である勇者を犯すっていうのは、なかなか気分が盛り上がるね」

制止にも関わらずルシアはとうとうズボンを脱がし、肉棒を取り出すとその手でしごきはじめる。

それを見ていたスケルトン女がため息を吐いた。

「ふぅ、貴女ってほんとうに意地が悪いわよね」

「褒め言葉だね。だからこそこうやって勇者を捕まえられたんだよ？」

「まぁ、確かに……」

会話の間にも愛撫は続き、柔らかい手による刺激で強制的に勃起させられていく。

「お、準備いいみたいだね。じゃあ、ボクのほうも……」

そう言うとルシアは腰を浮かせ、スカートをめくり上げるとショーツを抜き取った。

そして、硬くなった肉棒を秘部で押しつぶすように腰を下ろす。

「んっ、こんな状況なのにカッチカチだねぇ」

「……いつか絶対に仕返ししてやる」

まさか、自分がモンスターに囚われた姫騎士みたいな状況になるとは思わなかった。

意地でも「くっ、殺せ」とは言わないけれど、これで相手がルシアじゃなかったら殺意を込めた視線を向けていただろう。

今でも十分、普段より険しい目線になっていると思うけれど。

「ふふっ、そんな目で睨まれても手は休めないよ」

彼女はそう言うと何か呪文を唱え、股間のあたりを濡らし始めた。

感覚からするとローションか何かを生み出したのか？

それから俺の胸に手を突き、腰を前後に動かし始める。

「うっ、滑るっ……！」

やっぱり冷たい感覚はローションだったらしい。

肌に薄く塗られた潤滑液のおかげで肉棒と秘部が上手くこすれ、刺激を生み出す。

「ほらほら、どんどん動くよっ！　男っていうのは単純だよねぇ、取りあえず刺激してあげればこうして元気になるんだから」

ニヤニヤと笑みを浮かべながら言うルシア。

けれど、俺はその頬が若干赤みを帯びていたのに気づいた。彼女もデーモンが憑依しているという設定で演技しているが、こうして肌を重ねている以上は興奮しないわけがない。

ルシアも興奮に耐えて演技を続けているのだと思うと、こっちも合わせて頑張らなきゃいけないと感じた。

とはいえ、俺にできることと言えば、ルシアにされるがままになりながら適当に悪態をつくだけだ。

「そんな、へなちょこな腰使いで俺が興奮するって？」

「ふ、ふふ……言ってくれるねっ！」

額に青筋を浮かべたルシアが腰の動きを激しくする。

部屋の中にグチャグチャと激しく水音が響いた。

チラッとスケルトン女のほうを見るが、相変わらずこっちに興味を示した様子はない。

やはり骨の体だから性欲が消滅しているんだろうか。

それとも、魔物だから人間と違って発情がないのか？

「ほら、なによそ見してるのさ勇者っ！」

俺の視線に気づいたルシアは、前かがみになると顔に手を当てて正面を向かせる。

目と目が合い、彼女の瞳に確かに情欲が宿っているのを見た。

こうなってしまえば、この世界の女性は一度満足するまで止まらない。

場所が魔王城だろうが、近くに魔物がいようが、それは関係なかった。

「はぁっ、んっ、はふっ！　ボクもだんだん気持ち良くなってきた……勇者もだろう!?」

「さあ、どうかな？」

わざと平静を装って言ったけれど、内心では気持ち良くて仕方がなかった。

ルシアの秘裂が肉棒を擦る度に快感が生まれ、それは着実に蓄積していく。

こうしてルシアに騎乗位でされるのが初めてだったため、興奮の度合いもプラスアルファされていた。

「そんなこと言ってもボクが下敷きにしてる肉棒はどんどん硬くなっていくけど？　まったく、正直じゃないねぇ」

あざ笑うように言ったルシアだが、それはお互い様だろう。

そっちだって感じているくせに。さっきより股間の濡れ具合が激しくなっている。

ローションだけじゃなく、膣から漏れだしたルシアの愛液が混ざっている証拠だった。

「はぁ、はぁ、はぁ……そろそろいい頃合いかな？」

息を荒くしたルシアは顔を上げると、肉棒を手に取って膣口に押し当てる。

そして、そのまま一気に腰を下ろした。

「んうっ！」

「ぐっ！」

ふたりが揃ってうめき声を漏らす。

これまでたっぷり擦り合わせて高められた性器は収まるべきところに収まり、喜びと共に快感を生み出していた。

「あひゅっ、はぁっ……さぁ、どんどん動かすよっ！」

一瞬動きを止めて息を整え、ルシアはまた腰を動かし始める。

ソファーを軋ませ、パンパンと音を立て、リズムよく腰を跳ねさせた。

急激に高まる興奮に、思わず俺も顔をしかめる。

「これは……うぐっ」

「あはっ、勇者も我慢の限界の限界みたいだねぇ」

興奮で頬を赤くしながらも余裕の表情を作るルシア。

膣内をギュッと締めつけ、肉棒をさらに刺激してくる。

演技なら締めつけ奉仕までしなくてよいのに、ルシアもだいぶ本気になってきているようだ。

いくら嘘がバレないためとはいえ、一度興奮してしまった体は容易に鎮まらない。

「それはどうかな、お前みたいな奴に俺がやられるかよっ！」

「生意気だねぇ……じゃあこういうのはどう？」

ルシアは怪しい笑みを浮かべると、そのまま自分の胸元をはだけさせる。

今まで服の下に収まっていた豊満な胸がこぼれ落ち、彼女の腰の動きと共に重そうに揺れた。

「ボクのおっぱい、エッチだよねぇ？　男なら興奮しちゃうんじゃない？」

「こ、このっ……」

だが、悔しいがルシアの言うとおりだった。

目の前で揺れる爆乳の迫力はすさまじい。

ましてやその胸の感触をたっぷり味わったことがあるだけに、興奮材料としては十分すぎる。

瞬く間に肉棒が硬さを増し、それを感じたルシアが笑みを浮かべた。

「ははは、いくら勇者だって身動きが取れないと、無力なただの男だよねっ！」

ルシアが高笑いを上げながら腰を動きを激しくした。

部屋に響く肉を打つ音が激しくなり、強制的に興奮が高まる。

「くっ、あうっ……」

「うん？　苦しそうな声を上げちゃって、そんなにボクの中が気持ちいいのかな？　まあ仕方ないよね、こんなにいい女は国中を探してもなかなかいないよ。んっ、はうっ……ボクも気持ち良くなっ

てきちゃったなぁ！」

普段の高慢さをいかんなく発揮しながら俺を犯しているルシア。

これでちょっと前までは処女だったと言っても、誰も信じないだろう。

「もうやめろ、ルシアの体で……」

「そんなこと言っても体のほうはだいぶ喜んでるみたいだよ？　ボクの中で我慢できずにビクビク動いているこれは何かなぁ？」

「くそっ」

ルシアだって感じているはずなのに、全然腰の動きが鈍ることがない。

この世界の女性らしく、男を犯す本能に目覚めたっていうのか!?

演技のはずなのに、女性上位のセックスにハマっているように見える。

「はぁはぁ、はぁっ、んはっ！　もっとボクを楽しませてよ勇者っ！」

もう興奮が看過できないほど高まってきている。

このままではルシアにいいようにイカされてしまうだろう。

いくら演技だといっても、それは我慢できなかった。

「そっちがその気ならこっちもやってやる！」

両腕は縛られたままだが、体を動かすことくらいはできる。

俺はソファーの反発を利用してルシアを下から突き上げた。

「ひゃうっ!?　あうっ、そんなっ……やってくれるね、だったらボクも本気だよっ！」

彼女は体を反らせると手を後ろにつき安定させ、これまで以上に勢いよく腰を動かした。

「ぐぁっ！」

「はふっ、あんっ！　このままボクと一緒にイこうよっ！」

もうルシアも余裕をなくし、呼吸とともに声音も乱れてきている。

彼女も限界が近いということが手に取るように分かった。

俺ももう我慢することなく、溜め込んだものを吐き出す勢いで動く。

「全部出してやる、お前もイキやがれっ！」

ルシアが腰を下ろす瞬間に合わせて腰を突き上げ、思いっきり射精した。

「ひゃうううぅぅっ!!　あつっ、熱いのきてるっ!!　ボクもイクッ、イっちゃうっ、うあああぁぁあぁあっ！！！！」

ビクビクビクッ！　っと、全身を震わせながら絶頂するルシア。

同時に彼女の中も白濁液で埋まり、絶頂の余韻にぐったりする。

「はぁはぁ、はふっ、はぁっ……」

激しい興奮に額から汗を流し、荒く息をしながら天を仰ぐルシア。

一方の俺も無理な体勢で動いたからか、疲労はかなりのものだった。

「……だいぶ激しかったわね。満足した？」

それまで興味なしと書類に目を通していたスケルトン女が声をかけてくる。

「はぁ、ふぅ、まぁね。発情も治まったし、もう大丈夫だよ」

そう言うと腰を上げ、立ち上がってショーツを履き直す。

「それより、ボクたちは魔王様に謁見できるよね？　そのためにここに来たんだから」

「ええ、貴女たちが楽しんでいる間に使い魔を飛ばして許可は取ったわ。あと、ちゃんとソファーは掃除してから出て行ってよね」

「むっ、仕方ないなぁ……ちょっと拘束を解くから勇者にやってもらおうか。厄介な聖剣も持っていない勇者なんて怖くないし」

ルシアに拘束を解かれた俺は黙って汚れをふき取り、身支度を整えた。

予想外の事態になってしまったが、本番はここからだ。

多少体力を使ってしまったけれど、まだ挽回できる。

その後、持ち物検査なども無事スルーした俺たちはいよいよ魔王の下へ向かうのだった。


案内としてつけられたサキュバスに先導され、魔王城の最奥へ進む。

そして三メートルはある大きな扉をくぐると、そこは巨大な謁見の間だった。体育館ほどもある空間の奥にこちらより一段高い場所があり、そこに豪奢な椅子が備えつけられたいた。

俺たち四人はその前まで進む。

十メートルほど手前で立ち止まると、直後に椅子の周辺で魔力が渦巻いた。

「なっ、なんですか!?」

「落ち着けリーシェ、たぶん奴が来るんだ」

俺の予想は数秒後に現実のものとなった。

それまで誰もいなかったはずの椅子に女が座っている。

銀髪で女性にしては長身。そして何より、その顔は赤い仮面に覆われていた。

「これが、魔王……」

隣にいたリーシェが思わずと言った様子でつぶやく。

その声に反応し、ルシアが魔王の前で跪《ひざまづ》いた。

「魔王様！　ご機嫌麗しゅうございます。今日は魔王様にぜひ献上したきものがございまして。人間どもの勇者にございます」

普段の高慢さからはとても想像できないような丁寧な態度を取るルシア。

そう言えば彼女は名家のお嬢様だったな。こういう作法も習得済みということか。

いや、そんなことより今は魔王だ。

さっきから、座っているだけの奴の体から濃密な魔力が感じられる。

「凄いわね。魔法が使えない私でも、これだけの魔力が感じられるなんて……」

エーデルも呆然とするように言った。

確かに圧倒的だ。俺の内包する魔力に匹敵するかもしれない。

地上に出てきているのは影だと言うから、魔界にいる本体はいったいどれだけの魔力を持っているのか……考えたくなかった。

奴の出方をうかがうように観察していると、向こうも俺たちのことを検分するように見渡す。

そして、ようやくその口を開いた。

「ふむ、貴様らが今代の勇者か……我も数百年の間に幾人もの勇者と戦ったが、縛られて我の前に現れた勇者は初めてだ」

声自体は若かったが、俺たちを嘲《あざけ》るような邪悪な雰囲気があった。

実際そうだろう、何百年も前から地上の侵略を目論んでいる災厄の権化みたいなやつだ。

けれど、この謁見室の周りには魔物の気配もない。

このまま奇襲が成功すれば、取り囲んで一気に倒せるはずだ。

「報告は聞いている。デーモンにまんまと仲間の娘に取りつかれ、倒すことも出来ずに捕らえられるとはなぁ……以前の勇者にもそういう輩《やから》はいたが、貴様はなかなか度し難いようだ。デーモンよ、よくやった。褒美をつかわそう」

「はっ、ありがとうございます！」

「うむ。では、早急にその体から離れよ」

その言葉とほぼ同時に奴の魔力が膨れ上がる。

「えっ？」

「ルシアッ！」

ルシアが驚いた声を上げるのと同時に俺の体が動いた。

いざというときに簡単に解けるようになっていた縄から抜け、ルシアの前に立ちはだかる。

そして前面に魔力を集中させて衝撃波を発生させた。

直後、魔王の発動した魔法が衝撃波と正面衝突して爆発する。

爆発の煙が晴れると、そこには椅子から立ち上がった魔王の姿があった。

「……いつから気づいていた？」

ルシアの体から出ろと命令してから魔法を発動するまで、ほとんどタイムラグがなかった。

つまり、最初から殺すつもりだったということだ。

「この城に貴様たちが入ってきてからだ。城の中には結界が張り巡らせてあるからな。人間が四人で入ってきて、その内ひとりが上級の魔物でも抵抗できない強力な催眠魔法を使っている時点で察したのだよ」

「つまり、俺たちをわざと自分の巣穴に引き込んだってことか」

「そういうことになるな」

そう言うと魔王は軽く片手を上げた。

直後、謁見室の床にいくつもの魔法陣が現れ、その一つ一つから何体もの魔物が現れる。

それもゴブリンなどではなく、デュラハンやドラゴニュートなどといった強力な魔物ばかりだ。

合計三十体ほどが俺たちを取り囲む。

「忌々しい人間どものせいでこれっぽっちの歓迎しかできないが、せいぜい楽しんでくれ」

「嬉しいね。じゃあその歓迎を平らげて、次はホストに相手してもらうとしよう。みんな、行くぞ！」

俺が声をかけると三人も戦闘態勢を整える。

ルシアが魔法で異空間に格納していた武装を取り出して装備すると同時に、魔物たちが襲い掛かってきた。

「死ね、勇者どもっ！」

掛け声とともに振り下ろされたデュラハンの大剣をかわし、聖剣を引き抜いてその体を両断する。

鋼鉄の鎧でも分厚い盾でも、魔力を流し込み切れ味を強化した聖剣の前ではバターみたいなものだ。

次々に襲い掛かってくる魔物を切り捨てながら、仲間たちの様子も確認する。

エーデルとルシアはそれぞれ、リーシェを背後に庇うようにしながら防御と反撃を続けていた。

リーシェも回復と支援の魔法でふたりをサポートし、魔物たちの攻撃をさばいている。

そのとき、俺の視線に気づいたルシアが声をかけてきた。

「ヤスノリも、こっちに！　一発大きいのをお見舞いしてやる！」

そう言うと同時に彼女は魔法の詠唱を始めた。

「大いなる炎よ、我が意に沿ってこの地のものを焼き尽くせ……」

「おいっ、速すぎだろ!?　くっ！」

斧で斬りかかってきたドラゴニュートの攻撃をいなし、ルシアたちに合流する。

直後、魔法が発動した。

「地獄の炎よ渦巻け、ヘルファイア・ストーム!!」

「なにっ、床から炎が！」

「ぐわあああっ！」

俺たちの周囲一帯に突然黒い炎が発生し、そのまま竜巻のように渦巻く。

周りにいた魔物たちは一匹残らず巻き込まれ、渦の中で燃やし尽くされた。

「はぁ、はぁ、はぁ……」

大規模な魔法を使ったからか、ルシアは息を切らしている。

けれど、おかげで邪魔な取り巻きは全て片付いた。

「ありがとうルシア。これでようやくホストのご登場だ」

相変わらず一段高い場所で俺たちを見降ろしている魔王。

奴もルシアの魔法に巻き込まれたはずだが、傷一つなくピンピンしている。

王宮で聞いた、魔王の魔力と女性の魔力が相殺されて傷つけられない、という仕組みのせいだろうか。

「見事だ勇者たちよ。前座は程よく終わったようだな」

「ああ、次はお前だ」

「ふっ」

聖剣を魔王に向けると、仮面の下で笑みを浮かべるのが分かった。

「我も毎度毎度撃退されてばかりではない。今回こそは勇者を倒し、地上を侵略してやる。そして、その暁には大勢の人間を生贄に我の本体が降臨することだろう！」

「そんなことさせるものかよ！」

俺は今まで以上に聖剣に力を込め、魔王に向かって斬りかかる。

だが、魔王もどこからか黒くそまった長剣を取り出して斬撃を防御した。

「なにっ!?」

これまでどんな頑強な相手でも両断してきた聖剣が受け止められ、思わず驚愕の声を上げる。

聖剣の攻撃を受けた黒い剣は傷一つなく、完全に鍔迫り合いになっていた。

俺はさらに聖剣へ魔力を送り込むが状況は変わらない。

「一体どういうことだ、この剣と対等に渡り合うなんて……」

「忘れたか？　我はこれまでに何度も勇者と戦い、その忌々しい聖剣に影を減せられてきた。経験が深まり、聖剣の特性が明らかになれば対策もとれるというものだ。クックックッ……」

「なるほど、何度も痛い目を見れば畜生だって学習するもんな……はっ！」

俺は一旦距離を置き、魔王の動きをうかがう。そこへリーシェたちが合流した。

「ヤスノリ様、魔王のあの剣は!?」

「厄介だよ、聖剣の斬撃が受け止められる。何とかして黒い剣を掻い潜るか、破壊するか、あるいは……」

リーシェの質問に答えようとすると、すぐに魔王の魔法が発動した。

「作戦会議などさせぬよ。クリスタルランス！」

奴の周囲に三メートルはある輝く結晶の槍が生み出され、こちらに迫ってくる。

「避けろっ！」

あまりの大きさに弾くことも出来ず、バラバラに避けるしかなかった。

床に着弾した槍は砕けたが、魔王の手は休まない。

「連携されては厄介だ、まとめて潰させてもらう。クリスタルファランクス！」

今度は一メートルほどの結晶の槍が無数に現れ、俺たち四人に向かって飛来する。

「ちっ、せいやっ！」

今度は正面から聖剣で迎撃した。全身にみなぎる魔力で限界まで身体能力を強化しているため、今なら十本でも二十本でも対処できそうだ。

けれど、他の三人と作戦を立てて連携するような余裕はない。

彼女たちも自分に迫る結晶の槍を捌くので精一杯だ。

「そら、どうした？　逃げてばかりでは我の首は取れんぞ！」

笑みを浮かべながら魔法を連射してくる魔王。

俺が突っ込んで魔法の発動を止めようかと思ったが、向こうもそれを予想しているからか、しっかり剣を構えて警戒している。

「くそ、どうする？」

そんなとき、比較的近くで防戦しているエーデルと目が合った。

俺が迷っているのを見て取ったのか、小さく笑みを浮かべる。

そして、盾を構えながら一直線で魔王へ向かって突っ込んだ。

「はあああっ！」

「エーデル!?」

「ふん、やぶれかぶれか。真っ先に始末してやろう！」

魔王がエーデルのほうへ手を向けると、彼女に振り分けられた結晶の槍が巨大化した。

最初の一撃よりは軽いが、二メートルサイズの結晶の槍は人間を串刺しにするのに十分すぎる。

魔王へ近づくにつれて反応するための猶予もなくなっていくが、エーデルは必死に捌きながら前進を続けた。いくつかは防ぎきれず彼女の体に傷を作るが、致命的な攻撃はもらっていない。

パーティーの中でも最も戦いの経験豊富な彼女だからこそできる見切りだった。

「ぬう、厄介な！　だが、さらに圧を強めれば……むっ!?　クリスタルシールド！」

何かに気づいた魔王が咄嗟に右方向へ結晶の盾を作り出す。

直後、そこへ連続して雷撃が命中した。

「ああもう、惜しかったのに……」

杖をついてなんとか立っているという状態のルシアが悔しそうに苦笑いしていた。

彼女は攻撃にも防御にも魔法を使う。

早くも魔力の消耗で体がキツくなってきたのかもしれない。

「女のボクの魔法なら、油断して受けてくれるかと思ったんだけどなぁ」

「普通の魔法使い相手ならそうだろう。だが、貴様の魔法は違うな。無防備に受けていたら深手を負っていた」

油断ならぬ目線をルシアのほうへ向ける魔王。

「女の魔力は我の魔力に相殺されて傷一つつけられぬはず……何をやった？」

「ふふ、幸いにも近くに魔王を傷つけられる魔力の持ち主がいたからね、たっぷり研究させてもらったよ」

「まさか、魔力の性質を弄ったか？　なんと面倒なことを……だが、この世界の人間で我を傷つけられる魔法を放ったのは貴様で初めてだ。褒めてつかわそう」

「ははっ、その上から目線が気に入らないんだよね。ボクの足元に這いつくばらせてやる！　サンダーウェーブッ！」

ルシアの前方で強烈な雷が発生し、雷撃が波のように広がっていく。

これならば盾で防がれることはない。

「ハッ、その程度で我に傷を与えられるとでも？」

しかし、魔王は不敵な笑みを浮かべた。

「盾で防げぬなら打ち消すまで……サンダーウェーブ！」

詠唱と共に魔王の前方で黒い雷撃が迸り、ルシアの魔法とぶつかって激しく衝突する。

「ぐっ！」

辺りに飛び散った雷撃のせいで魔王に近づいていたエーデルも後ろに下がり、俺もリーシェの前に出て彼女を雷撃の余波から守る。

「ヤスノリ様、ルシアが！」

「大丈夫だ、まだ拮抗している！」

見れば、ルシアの魔法と魔王の魔法が中間地点でせめぎ合っていた。

「ぐっ、うううぅぅっ！」

「なかなかやるではないか小娘。我の魔法とまともにぶつかり合うとはなっ！」

「あ、当たり前だよ！　ボクは最強の魔法使いなんだっ！」

ルシアは強がっているが、両者の魔力量の差は歴然としている。

すぐに彼女を援護しなければ押し切られてしまうだろう。

「リーシェ、遠距離でも俺に回復の魔法をかけられるか？」

振り返って問いかけると、彼女は力強く頷く。

「はい、この部屋の大きさならなんとか！」

「よし、ちょっと無茶するぞ。エーデル、援護してくれ！」

再度聖剣を握り直し、全速力で魔王に接近する。

途中で雷撃の余波でダメージを受けるが、構わず突っ走った。

「ちょっ、魔法の中に突っ込むなんて！　本当は男の子をひとりで突っ込ませるなんてしたくないけどね……せぁっ！」

エーデルは苦笑いしながらも盾の裏からナイフを数本取り出し、そのまま投擲する。

「むっ、甘い！」

投げナイフに気づいた魔王が黒い剣でまとめて叩き切るが、その動作の隙に魔王まであと一歩に迫る。

床に落ちたナイフはどれも鮮やかに両断されていた。

「やっぱりこっちの聖剣と同等の切れ味か……なら真正面から勝負だ！」

こっちには三人の援護がある。

背中は彼女たちに任せ、俺は前だけを見る。

「魔王！　今度こそ叩き斬ってやる!!」

「また来たか勇者！　ふははっ、この世界の男どもも、貴様くらい勇敢なら面白いのだがな！」

甲高い金属音とともに再び両者の剣が合わさる。

直後、魔力切れで力尽きたルシアがエーデルに抱えられて退避した。

「ふっ、まずはひとり脱落か……これで我の魔法と正面から戦える者はいなくなったな？」

「問題ない、ここでお前を倒す！」

逆にここで倒さないとマズい。そんなとき、全身が温かい感覚に包まれた。

「女神様、勇者様にとっておきの癒しのご加護を！　パーフェクトヒーリング！」

体の表面の火傷が一瞬で治癒し、さらに筋肉の疲労すら回復する。

そして、なんと消費した魔力までもが徐々に回復していた。

まるで俺の体に魔法が宿り、持続的に回復効果が作動しているようだ。

「こ、この光は……」

「ヤスノリ様、あとは、どうか……」

最後にそう言ってリーシェも魔力切れになり、その場に倒れる。

すぐにエーデルが駆けつけ彼女を抱き上げると、ルシアと同じように後方の柱の陰に隠した。

「小癪な神官女め……」

これまでにない強力な回復魔法を目にし、初めて魔王の表情に焦りが生まれる。

「凄いなこの魔法は、さすがリーシェだ。さあ、決着をつけようぜ魔王!!」

全身が羽のように軽く、使った傍から魔力が補充されていく。

俺は湯水のように聖剣へ魔力を注ぎ込みながら、怒涛の攻勢を仕掛けた。

「くっ、ぬぁぁっ！　おのれ、おのれおのれっ！　今度こそは負けぬっ!!　我は地上の支配者となり、世界全てを我が物とするのだぁっ!!」

魔王も鬼気迫る表情で剣を振るう。

「うるせえ！　てめえは魔界一つで満足してやがれっ！」

剣が合わさるごとに痛いほど手が痺れるが、一瞬で回復してまた剣を振るう。

魔王の力はすさまじく、リーシェの魔法がなければとうに剣を弾き飛ばされていた。

けど、今の俺は、例え手の皮が裂けようが指を断たれようが聖剣だけは手放さない。

「ぐぅぅっ！　人間どもめ、いったい何度我の前に立ちはだかる気だ!?」

「お前の野望を完全に砕くまでだ！　きっと百年後もまた勇者が現れ、お前を倒す！　だから、それに繋げるために俺もお前を倒すっ!!」

「小癪な！　あぁ、小癪な人間めえええっ!!」

常人では目にも捉えられぬ怒涛の剣戟が続くが、ついに限界がやってくる。

最初に悲鳴を上げたのは魔王の持つ剣だった。その黒い刀身にビリビリとヒビが入る。

「なっ……」

「隙あり！　もらったああああぁぁっ!!」

魔王が自分の武器に意識を向けた一瞬を見逃さなかった。

俺は下から剣を振り上げ、魔王もなんとかそれを受け止める。

だが、その衝撃で完全に限界を迎えた黒い剣は中ほどから砕けた。

「ッ!?」

「覚悟ぉっ!!」

完全に無防備になった魔王の胸元へ聖剣を突き刺した。

今まで一度も直撃を与えられなかった奴の体に、致命の一撃が決まった。

聖剣は完全に胸の中心を貫き、切っ先は背中に達している。

「がっ、ふっ……!」

魔王の全身から力が抜け、その場に倒れ込んだ。

「……勝ったか」

俺は呆然と呟き、そこでようやく聖剣の柄から手を離す。

心臓を破壊され、もはや指一本動かせない魔王だが、血を吐きながらも俺を見上げていた。

「わ、我はまた地上を侵略するぞ……貴様ら人間に、魔界の本体を倒す術はないのだからな……」

「勝手に言ってろ、俺の仕事はこれで終わりだ。後の時代は後の人間がなんとかするさ」

「いつか……ち、地上の全てを手中にするまで、我が野望、は…………」

今度は最後まで言い切ることはなく、魔王はこと切れた。

次の瞬間、その肉体は細かい魔力の塊となって霧散する。

所詮は本体ではなく影ということか。

「……ふぅぅ」

大きく息を吐くと床に転がった聖剣を拾い、仲間たちの下へと向かう。

最後まで一部始終を見つめていたエーデルが、柱の陰から立ち上がった。

「お疲れ様ヤスノリ君。これで地上の平和は守られたわ、本当にありがとう。なんとお礼を言ったらよいか……」

「俺もなんとか自分の仕事を完遂できてホッとしてるよ」

そう言うとエーデルも小さく笑みを浮かべた。

「でも、ちゃんと町に帰るまで安心はできないわ。魔王を倒した余韻に浸っているところで悪いけれど、魔物が集まってこない内にトンズラしましょう！」

エーデルはぐったりしているルシアの体を担ぎ上げた。

俺もそれに習ってリーシェを担ぎ上げ、前を進む彼女を追って脱出を図る。

「どこから逃げればいいのか、分かるのか!?」

「任せて、この城も元々は人間が作ったものよ。使っている魔物たちも知らない抜け道がいくつかあるわ！」

「さすがだ。下調べはバッチリだな」

どんどん先を進んでいくエーデルに置いて行かれないよう必死で走る。さっきの魔王戦でかなり魔力を使ったし、リーシェの魔法の効果もいつの間にか切れていたので魔力量がカツカツだ。

こんなところを襲われたら、例え相手がゴブリンでも危ない。せっかくラスボスを倒したっていうのに、帰り道で雑魚キャラに殺されたなんて、死んでも浮かばれないぞ。

「向こうの階段の裏に隠し扉があるわ！　そこから脱出するわよ！」

「おうっ！」

こうして俺たちは、財宝を抱えた泥棒もかくやな逃げ足で魔王城から脱出するのだった。

†　　　†

翌日、俺たちは這《ほ》う這《ほ》うの体《てい》になりながらもなんとか前線都市に帰還した。

腰を落ち着けたのは数日前まで滞在していた宿だ。

途中でリーシェとルシアが目覚めたから良いものの、あのままふたりを抱えて逃げていたら追撃にあっていたかもしれないギリギリ具合だった。

仕事に関しては真面目なエーデルすらも、宿にたどり着いた後はソファーに倒れ込んで死んだように静かになっている。

ほとんど会話することなくそのまま部屋のあちこちで寝落ちし、気が付けば真夜中になっていた。

「うっ、むぐ……」

体を起こすと、そこはベッド脇の床だった。

肝心のベッドにはリーシェとルシアが横になっている。

意識を失う直前のことが思い出せないけれど、多分彼女たちを寝かせた後にそのまま力尽きたんだろう。

後ろを見れば、やはりエーデルが最後に見たときのままソファーに突っ伏していた。

「俺だけ床で寝てたのかよ……カーペットがあるからフローリングよりはマシだけど、体中が痛いなぁ」

ぐっと背を伸ばすとボキボキと音が鳴り、手足のあちこちから痛みが感じられる。

この時間じゃ風呂もやってないだろうしどうしようか、と考えているとベッドのほうで何か動いた。

「ん、んう……あ、ヤスノリ様！」

「あぁ、リーシェか。おはよう」

「おはようございます。お勤めご苦労様でした、これで地上の人々も安心して次の百年を過ごせます」

姿勢を整えた彼女はそう言うと深く頭を下げてきた。

「まだ魔王が連れてきた魔物は相当数残ってるけどな。まあ、それは俺の仕事じゃないし、女王様に任せるとしよう」

「そうですね、ヤスノリ様はもう十分なほど戦われました。聖王国はもちろん、女神聖教からも感謝されるはずです」

「だと良いけど、それよりゆっくりしたいな」

召喚されてから、もう二ヶ月以上頑張りっぱなしだ。

さすがに体にも精神にもガタがきている。どこか静かな場所に家でも貰って、ゆっくりしたいな。

そんなことを考えていると、俺たちの話が聞こえたのかエーデルとルシアも起き上がった。

「ううっ、体が怠いよぉ……こんなに魔力を使ったのは初めてだ」

「取りあえず全員大きな怪我もなかったみたいで安心したわ。服も汚れてるし、みんなで湯浴みしないかしら？　湯船は無理でも、お湯くらいは魔法が使えればすぐ用意できるでしょうし」

エーデルの提案に俺たちは全会一致で賛成した。


10分ほど経ち、俺たちはたっぷりのお湯を用意して、体の汚れを流していた。

場所は前にも使った貸し切りの浴室だ。

「あぁ、気持ちいいぃ……目が覚めるねぇ」

金色のポニーテールをほどき、頭から温水を浴びているルシアが気持ちよさそうに言う。

「はい、もう憂いもなくなったので心の底から楽しめますね」

石鹸を泡立て、黒髪を丁寧に洗っているリーシェも嬉しそうに頷いた。

俺も彼女たちの横で石鹸でガシガシと頭を洗っている。

汚れと一緒に、戦いの緊張やら責任感やらがまとめて流れ落ちていくようで心も気持ちいい。

まさに心の洗濯ってやつだな。

自然と浮かんできた笑みを好ましく思いつつ、頭のてっぺんからシャワーを浴びる。

「ふぁぁ……」

気の抜けたようなため息をついていると、誰かに背後から抱きつかれた。

「ん……エーデルか」

残りふたりは、隣で会話しているんだから彼女しかいない。

「ふふ、大正解。ねえヤスノリ君、この後は二度寝しちゃうつもりかしら？」

耳元でささやくエーデルの声はうっとりするような甘さを含んでいた。

普段のクールな彼女は欠片も残っていない。完全な発情モードだ。

「……ああ、そうか。そうだよなぁ」

今の今まで魔王退治の興奮で忘れていた。

あれだけ派手な戦闘をして、さらにリーシェとルシアに至っては魔力を使い切って倒れるまで戦ってる。この状態で女性たちが発情しないほうがおかしいのだ。

気づけば隣で話していたふたりも黙り、熱い視線をこちらへ向けている。

彼女たちも、宿にたどり着いた直後は疲労でそれどころではなかっただろう。

それが泥のように眠って体力を回復し、押さえ込まれていた欲望が一気に燃え上がったらしい。

「ここで断るなんて出来ないよなぁ」

発情を軽減する魔法が使えるルシアはともかく、リーシェやエーデルにそんな酷なことはできない。

「あの、ヤスノリ様。まだお疲れのようですし、無理には……」

発情で顔を赤くしながらも健気にそう言ってくれるリーシェ。

「大丈夫だよ。それに、俺だってリーシェを抱きたいんだ」

「は、はいっ！　わたしは喜んでご奉仕させてもらいますっ！」

嬉しそうにうなずく彼女を見て、すっかり積極的になったなと思う。

最初の頃は控えめで受け身が多かったけれど、セックスに慣れてからはこの世界の女性らしく積極的だ。もっとも、プレイはこっちで一般的な騎乗位じゃなくて、正常位が好きなようだけど。

「頼もしいわね、期待しているわよヤスノリ君？」

エーデルはもう言うまでもない。

厄介な仕事も終わったことだし、今まで以上に容赦なく、満足するまで求めてくるだろう。

「……ルシアはどうする？」

「当然参加するに決まってるでしょ！　ボクひとりを除け者にする気!?」

「い、いやそんなことはないぞ」

予想外にも食い気味に参加すると宣言した彼女に思わずたじろいでしまう。

「まさかそんなに俺とセックスしたいとは……」

「仕方ないでしょ、まだ魔力が回復しきってないから発情を抑える魔法も使えないんだから。それに、ずっと魔法を使い続けるのも非効率だし」

あれこれと言い訳をしているけれど、チラチラ俺のほうを見て様子をうかがっている。

相変わらず素直じゃないなと微笑ましく思いつつ、彼女も歓迎することにした。

すっかりその気になった俺たちは肌着一枚で部屋に帰ると、そのままベッドになだれ込んだ。

「ヤスノリ様っ！　んっ、ちゅうっ！」

「ヤスノリ君、キスしてほしいなぁ」

「ボ、ボクにもわすれるなよっ！」

横になった俺の下に、一番に飛び込んできたリーシェとキスする。

エーデルとルシアも同じようにベッドに横になり、左右に陣取った。

「んぁ、はふっ……ちゅう、ちゅっ、れるっ……」

そんなふたりのことは気にせず、俺とのキスに熱中しているリーシェ。

美しい黒髪をしっとり濡らした彼女はいつもより色気があり、端的に言ってエロかった。

そっと両手を背中に回し、柔らかい肌の感触を楽しみながら抱き寄せる。

「あぅ、ヤスノリ様？」

「ん、なんでもない。そのまま続けて」

「はいっ」

小さく頷いたリーシェはまた熱心にキスを落としてくる。

抱きしめた美少女から積極的にキスされるシチュエーションに興奮していると、左右のふたりがいつの間にか全裸になっていた。

風呂上がりで火照った肌を俺に押しつけながら自分をアピールする。

「ヤスノリ君、せっかく四人でしているんだから、最初からふたりっきりの世界に入り込まないでほしいわねぇ」

「このボクを差し置いて、あまつさえ目の前でリーシェとイチャイチャするなんていい度胸だねっ！」

彼女たちはそう言って挑戦的な笑みを浮かべると、俺の股間に手を伸ばしてきた。

「おいっ、いきなり……」

「あら、いけない？　体のほうはそうは言っていないみたいだけれど？」

エーデルのしなやかな指が肉棒の根元に絡みつく。その言葉どおり、風呂場での触れ合いですっかりその気になっていた俺の体は、リーシェにキスされて完全にスイッチが入っていた。

わずかに刺激されただけでも肉棒が硬くなり、反り返るほど硬くなってしまう。

「こんなに硬くして言い訳なんてできないよね。まぁ、せいぜい上はリーシェとのキスに夢中になっていなよ。その間、ボクたちはこっちで遊ばせてもらうからさっ！」

「なにっ!? ルシア、お前、人の体を玩具みたいに……うっ！」

抗議しようとすると、肉棒の中ほどから上部にかけて絡みついた彼女の指に力が入る。

硬く敏感になったところを刺激され、思わず声が漏れてしまった。

そんな俺の様子を見たルシアは、さらに笑みを深くする。

「ふふっ、この調子でどんどんやっちゃうからね。覚悟するといいよ」

「はやくリーシェを満足させないと、手だけで何度も搾り取っちゃうわよ？」

ふたりはそう言いながらも、容赦なく手を動かし始めた。

「う、ぐっ……後でたっぷり仕返ししてやるからなっ」

こうまでしてふたりに焚きつけられては、俺も頑張るしかない。

まずはさっきからキスに熱中している、この神官少女からだ。

背中に回していた手を片方動かし、彼女の肌着の中に滑り込ませる。

向かわせたのは下半身だ。

「ちゅむ、はむっ……んんっ!? ひうっ！」

唐突に秘部を刺激され、目を丸くするリーシェ。

さすがにキスも一時中断し、目を細めてこっちを見る。

「い、いきなりされると驚いてしまいますっ！」

「ごめんごめん。でも、リーシェがあんまりにも夢中になってるからさ。嬉しいけど、ずっと俺を独り占めさせるわけにもいかないだろう？」

「あっ……」

その言葉でようやくエーデルとルシアの存在を思い出したのか、気まずそうな顔になった。

「ご、ごめんなさい……」

「そんな顔しないでくれ、別に責めてるわけじゃないんだ。けど、そろそろ俺もしていいかな？」

改めてそう言うとリーシェは頷いた。

「はい、どうぞヤスノリ様のお好きなようになさってください。わたしもその間、もう少しだけキスさせてもらってもよいでしょうか？」

「もちろんだよ。さぁ、おいで」

「はいっ！」

嬉しそうに笑みを浮かべた彼女が再度口づけしてくる。

今度は本能的なものではなく、自分で意識しながら加減を調節しているのが分かった。

思考力と同時に羞恥心も戻ったのか、少し顔を赤くしているのが可愛らしい。

「ん、はむぅ……はぁっ、んくっ！」

キスを続けるのと同時に俺も彼女を愛撫し始めた。

まずは指で優しく割れ目を撫で、マッサージしていく。

「はぁっ、ひうっ……わたしの大事なところ、ヤスノリ様に弄られちゃってますっ」

しばらく愛撫を続けていると、興奮が回ってきたのか熱っぽい表情でつぶやくリーシェ。

奥からも愛液が垂れてきて、順調に彼女の興奮が高まっているのが分かった。

「今度は指を入れるぞ」

充分に濡れたのを確認すると、次ぎは人差し指を挿入していく。

「やっ、ひゃぁぁっ！　ゆびっ、ゆびが入ってきますっ……んくっ、あぁっ！」

やはり挿入のときには激しい刺激が生まれるのか、俺の頭を抱くように手を回して体を震わせる。

ちょうど豊満な胸が顔に押しつけられ、その柔らかさに俺も興奮が高まる。

「あひっ!?　ダメッ、ダメですっ、強くしちゃっ！」

人差し指に加えて中指まで挿入し、リーシェの中を奥までかき乱す。

俺の頭に回された腕にさらに力が籠り、何度も嬌声が上がった。

「わたしっ、もうダメですっ……あっ、ああっ！　イクッ、ひゅううぅぅっ!!」

ギュウッと俺の頭を抱きしめながら絶頂するリーシェ。

膣からは大量に愛液が漏れ、腰はヒクヒクと震えていた。

「うぐっ、気持ちいいけど苦しいな……」

深い谷間にハマってしまった頭をなんとか脱出させ一息つく。

上を見れば、リーシェが蕩けた表情で俺を見下ろしていた。

「はぁはぁ、はぁっ……すみません、わたしだけ先に……」

「何言ってるんだ、リーシェのこんなに可愛いところを見せてもらったんだから十分だよ」

「ッ!?　うぅ……は、恥ずかしいです……」

顔を真っ赤にして目を逸らす彼女に、思わず笑みがこぼれる。

ただ、これでようやくリーシェの発情もひと段落したようだ。

彼女が俺の体の上から退き、待ってましたとばかりに左右のふたりが存在感を強める。

「なんとか先にリーシェをイカせられたわね、ヤスノリ君」

「でも、ギリギリだったみたいだねぇ。ほら、こっちも限界みたいだし」

エーデルとルシアはニヤニヤと笑みを浮かべながらそう言う。

リーシェを責めている間も彼女たちの奉仕は少しも休まらなかった。

ふたりの連携した手コキで絶え間なく肉棒が刺激され、先端からは先走りがダラダラと垂れている。

あと数分、リーシェがイクのが遅ければ暴発してしまうところだった。

「文句を言いたいのはこっちだよ！　まったく、容赦なくやりやがって……」

思わず吐き捨てるように言うけれど、彼女たちは気にした様子もない。

むしろ圧倒的な優位を楽しんでいるようだ。

「まあ、このままじゃ反撃もままならないわよね。大人しく一度イカされちゃったらどう？」

「今なら望みどおりの方法で搾り取ってあげるよ」

「このまま手がいいかしら？」

「それとも、前みたいに胸で？」

エーデルが根元に巻きつけた指に力を入れ、ルシアが横腹に柔らかい爆乳を押しつけてくる。

どっちも魅力的で選べないなぁ……けど、あまり迷っていると愛想を尽かされてしまいそうだ。

少し考え、第三の選択肢を提案することにした。

「せっかくだから口でしてもらえないかな。ふたりにしてほしいんだ」

「へえ、口で？」

「なるほど、そうくるんだ……」

ふたりは少し驚いたように顔を見合わせたけれど、すぐに笑みを浮かべて頷いた。

「じゃあ、お望みどおりフェラでイカせてあげるわ！」

「ふふんっ、気持ち良すぎて腰を抜かさないようにねっ！」

それぞれ体を動かすと、エーデルもルシアも先走り汁に濡れた肉棒へ躊躇なく舌を這わせた。

「れろっ、くちゅ……ちゅっ、ぢゅるるるるっ！　ヤスノリ君のおちんちん、美味しいわぁ」

「うわっ、さすがエーデル大胆だね……じゃあボクも！　まぶっ、じゅるっ、じゅぷるっ!!」

左右から顔を合わせ、中央の肉棒を挟み込みながらフェラチオするふたり。

根元から先端まで、余すところなく刺激してくる。

ときおり肉棒を挟んで彼女たちの唇が触れると、互いに目を合わせて笑みを浮かべていた。

「はぁはぁ……ぐっ！　ふたりともエロいよ、それに気持ちいいっ！」

エーデルは元々だけど、ルシアも最近テクニックの上達が凄い。

彼女のことを見ていると、エーデルが俺の視線から意図を感じ取ったのか笑みを浮かべる。

「ルシアもだいぶ上達したわよね。教えたのは私だけれど、飲み込みが早かったのはさすが秀才ってところかしら」

「よ、余計なことは言わなくていいんだよっ！　ヤスノリも、変なこと考えるなっ！　はむぅっ！」

「うひぃっ!?」

羞恥で顔を赤くしたルシアが肉棒へ噛みついてきた。

幸い甘噛みだったけれど、俺は急所への刺激に狼狽えてしまう。

けれど、悲鳴を聞いたルシアはそれで機嫌を直したのか笑みを浮かべていた。

「ふん、あんまりボクをからかうと痛い目をみるんだからねっ！」

「肝に銘じておくよ……」

急所を人質に取られている手前そう言ったけれど、後で絶対にひぃひぃ言わせてやると心に誓う。

そんなことを考えていると、いつの間にかリーシェが頭のほうにやって来ていた。

「ヤスノリ様、ふたりと話すのにわざわざ頭を持ち上げるのはつらくありませんか？　よろしければわたしの膝をお使いくださいい」

「あぁ、ありがとう！　助かるよ」

彼女の申し出をありがたく受け、膝枕してもらう。

女の子に膝枕してもらうっていうのは男なら一度は夢見ることだけど、実際やってもらうとかなり気分がいい。

頭の下にある太ももは柔らかいし、全裸だから上を向けばたわわに実った果実がある。思わず両手を伸ばし、下から持ち上げるように揉んでしまった。

指が吸いつくようなきめ細かい肌と、巨乳特有のずっしりとした重量。

そして何より、揉んでいると指が沈んでしまうような柔らかさが最高だった。

「んっ……ヤスノリ様、わたしにかまっているとまたふたりに怒られますよ？」

「大丈夫だよ、向こうは向こうで夢中になってるみたいだし……うぐっ」

彼女たちの奉仕はさらに激しさを増していた。

下半身からは絶え間なくいやらしい水音が聞こえ、刻一刻と快感が高まっていく。

リーシェの胸を揉んだのも、その刺激から少しでも気を紛らわそうという考えがあった。

しかし、その内小細工も通用しないほど興奮が高まってくる。

「……エーデル、ルシア。そろそろ我慢できなくなりそうだっ」

連携してWフェラを続けている彼女たちにそう言うと、ふたりはこっちを向いて口を開く。

「じゃあ、最後に思いっきり気持ち良くしてあげるわね！」

「ふふふ……ボクたちのテクニックでヤスノリをメロメロにしてあげるさ！　ああ、安心して。気持ち良すぎて腰を抜かしても、後はボクたちが上に乗って腰を振ってあげるよ」

エーデルは見る者の情欲をかきたてるような妖艶な表情で笑い、ルシアは相変わらず挑発的なセリフとともに笑みを浮かべていた。

「じゅるっ、れろっ……出してっ！　私たちの口にたっぷり精液をちょうだいっ!!」

「んじゅっ、れるるっ……一滴でも残していたら許さないからねっ！　ほらっ、ボクたちのフェラでイっちゃえっ!!」

最後にふたり揃って肉棒に顔を寄せ、先端に舌を這わせる。

「だ、出すぞっ！　受け止めろっ！」

その刺激が引き金になって欲望が噴出した。

「あっ、きゃうっ！　んっ、顔にたくさん……ひとりじゃ受け止めきれないわっ！」

「うぐっ、額にまで……ドロドロしてて、凄い臭いと味だよ。慣れてなきゃ酔っちゃいそう」

激しい射精を受け止めた彼女たちの顔はあちこちが白く汚れていた。

もちろん口の中にも飛び込んでおり、射精が治まったところでそれぞれ飲み込んでしまう。

「ふぅ、はぁ、ふぅぅ……」

ようやく一息つけるか。

そう思っていると、頭を預けているリーシェの太ももがわずかに揺れ始めた。

「リーシェ？」

「あっ!?　す、すみませんっ」

顔を赤くし、彼女は何かを堪えるようにキュッと口を結ぶ。

「……エーデルとルシアを見て、またしたくなったかな？」

「ッ!!　あの、そのっ……あぅ……」

一瞬目を見開き、すぐに恥じたように肩を縮こまらせてしまう。

どうやら図星なようだ。分かりやすい反応に思わず笑ってしまう。

「あぅ……わ、笑わないでくださいっ！　すごく恥ずかしいんです……」

「ごめん、悪かった！」

涙目になってしまったリーシェに急いで謝る。

幸いにも彼女はへそを曲げるようなことはなく、素直に謝罪を受け入れてくれた。

これがルシアだったら数日は口を利いてくれなくなるなと反省する。

俺は体を起こすとリーシェの手を握った。

「悪いことをした代わりに、しっかり満足させると約束するよ」

「は、はいっ」

頷く彼女に安心し、エーデルたちのほうに振り返る。

見れば、ちょうどタオルで顔の汚れを拭い終わったところだった。

「ふたりはどうする？　休んでいてくれてもいいけど……」

そう言うと彼女たちはタオルを放り出して近寄ってきた。

どちらも頬を上気させ、瞳の奥では欲望の炎がメラメラ燃えている。

「まさか！　もちろん一緒にしてもらうわ。あんなに濃厚な男の匂いを嗅がされて、発情しない女なんていないわ！　ルシアは？」

「決まってるよ。ボクに奉仕させた分はしっかり払ってもらわないとね！」

やはりというか、ふたりもやる気満々なようだ。

俺はもう一度気合いを入れ直し、三人まとめて抱き寄せる。

まず誰から始めようかと考えていると、隙を突いてエーデルが俺を押し倒してきた。

そして、俺の体に後ろ向きに跨《また》がると、そのまま肉棒を飲み込んでしまう。

ほとんど奇襲のように倒された俺は何もできず、そのまま彼女は腰を振り始めた。

普通の騎乗位と違って顔や胸は見えないけれど、スラッとした背中や燃えるような赤い髪、それに引き締まったお尻という光景はなかなかにいい光景だ。

「あふっ、あんっ！　たまには私が一番乗りでもいいでしょう？」

俺のほうを振り返った彼女はそう言い、赤い髪を振り乱しながら激しく腰を動かす。

彼女は女性陣では年長な上に、王宮との連絡役も兼ねていたので、いろいろ気を遣うことが多かったんだろう。

魔王を倒したことでようやく肩の荷が下りたに違いない。

そう思えば、多少の強引さは笑って受け入れるのが、男の度量の広さというものだ。

「エーデルはいつも周りのことを考えて助けてくれたからな。今日くらいわがままを言っても許されるさ。そうだろう？」

「はい。わたしもエーデルさんにたくさんお世話になりましたので」

俺がそう言うとリーシェが頷く。

「……まあ、仕方ないわね」

一番乗りを逃して仏頂面だったルシアも納得したようだ。

とはいえ、そのまま彼女たちを遊ばせておくのももったいない。

俺は手招きしてふたりを呼び寄せると、そのまま抱き寄せキスした。

「んっ、ちゅうっ……はふっ、ヤスノリ様ぁ」

「れろっ、ちゅむっ！　代わる代わる好きなだけキスなんて、んむっ、いい身分だね？」

リーシェの慎ましく柔らかなキスと、ルシアの強がるように押しつけてくるキス。

それぞれ個性の現れた素敵な感触で、俺の興奮を高めてくれる。

「あんっ、はぁっ……中のおちんちんがどんどん硬くなってるっ！　ふたりにキスしてもらっていい気分みたいねぇ？」

リズムよく腰を打ちつけながらも、まだ余裕のある表情のエーデル。

リーシェとルシアを抱き寄せて、よろしくやっている俺を面白そうに見下ろしてきた。

「んむ……半分以上はエーデルが教え込んだテクニックじゃないのか？」

「一部はね。でも、その子たちはヤスノリ君が好きだからそれだけエッチなこともするのよ？　いくら発情してしまう女たちだって、男ならだれでもいいって訳じゃないもの」

「それはわかってる。本当にありがたいと思うよ……くっ！」

急に締めつけが強まり、ぐっと歯を噛みしめて堪える。

仕掛けてきたエーデルは、変わらず笑みを浮かべていた。

「もちろん私もヤスノリ君が好きよ。だから、この気持ちをたっぷり受け取ってねっ！」

そう言うとエーデルは膝を立て、今まで以上に激しく腰を動かし始める。

「くっ、うぁっ……!!」

興奮で濡れた膣内をぎゅぎゅうっと締めつけられ、肉棒が悲鳴を上げた。

ふたりのWフェラで一度射精したはずなのに、もう腰の奥から熱いものがせり上がってくる。

騎士として鍛えられた体と、ベッドでのテクニックを持つエーデルだからこそだ。

「うふふっ、またビクビクってし始めたわね。もう一瞬たりとも休ませないわ！」

楽しそうに言ったエーデルは更に興奮を掻き立てるように腰を動かす。

「くっ、凄いっ……」

中の締めつけもそうだけど、目の間で跳ねるお尻も予想以上にエロかった。

鍛えられた筋肉とその上に纏った脂肪が、引き締まったスタイルと女性らしい柔らかい丸みを両立している。思わず手を伸ばしたくなってしまうけれど、生憎それはかなわない。

今の俺の腕の中にはリーシェとルシアがいるからだ。なら、やることは一つ……。

「んっ、ちゅぱっ……ふやぁぁっ!?」

「なに……ひっ、はうぅぅっ!!」

ふたりのお尻に手を回し、思いっきり鷲掴みにした。

「ひぃっ、いきなりダメですっ！　あむっ、んきゅっ！」

「あうっ、んっ！　ボ、ボクのお尻を揉みくちゃにするなぁっ！」

急な刺激に驚いた様子のリーシェたち。

しかし、俺は彼女たちの制止なんか聞こえないとばかりに、お尻の感触を楽しむ。さすがに軍人であるエーデルには引き締まり具合で劣るけれど、若さゆえの張りがあって素晴らしい揉み心地だ。

ふたりはもどかしそうに喘ぎ、反撃とばかりにキスの雨を降らせてくる。

寝室に嬌声が響き、雰囲気はますます熱くなる。

「あぁ、ほんとに最高だな……エーデルも、もっと声を聴かせてくれよっ！」

上半身はリーシェたちに押さえられているが、腰はまだ動かせる。

ベッドの反発を利用してエーデルを突き上げた。

「んっ、はうっ！　ヤスノリ君もやる気ってことね。いいわ、最後まで楽しみましょうっ！」

強く突き上げられながらも笑い、腰を動かし続けるエーデル。

互いに動くことで刺激も倍増し、湧き上がる欲望は今にも溢れそうだ。

「はぁはぁっ……また出すぞっ！　今度は中にぶっかけてやるっ！」

興奮で頭の中が熱くなったままそう声を上げた。途端に膣内がキュウッと肉棒を締めつけてくる。

「あふっ、んっ……私もヤスノリ君にイカせてほしいのっ！　あひゅっ、ひううぅぅぅうっ！」

「ぐあっ、締まるっ……!!」

「イって！　中にちょうだいっ、私もイクからっ！」

その言葉に誘発されるように、俺は腰を突き上げながら射精した。

「ひゃひっ!?　あっ、きゅううっ、あああぁぁあぁぁぁっ!!」

中出しされたエーデルが全身を震わせながら絶頂した。

イっている最中も膣内の肉棒を刺激し、最後まで精液を搾り取ってきた。

ようやく震えが収まると、彼女はそのままベッドに倒れ込む。

「はぁ、はぁはぁ……さすがにちょっと疲れちゃったわ」

体を転がして仰向けになったエーデルと視線が合い、互いに苦笑いする。

「ああ、しばらく休んでいてくれ。その間に俺は次の相手をしないとなぁ」

さらに視線を動かせば、腕の中のリーシェとエーデルが熱い目線をこっちに向けているのだった。


「はひっ、ひゃうんっ！　凄いっ、奥までハマって……ボクの中、いっぱいになってるよぉっ！」

次の相手はルシアだった。

辛抱溜まらない様子の彼女と、一度イって落ち着いたリーシェの意思が一致したのだ。

今、ルシアはベッドに仰向けに転がって俺に正常位で犯されている。

「あうっ、ひぃっ、はふぅぅっ……体の中から溶けちゃうっ！　熱いっ、気持ちいいよぉっ！」

「それは俺も一緒だ！　ルシアの中、グツグツのシチューみたいに熱いぞっ！」

このパーティーで、俺を除けば最も多く魔力を持っているのはルシアだ。

それだけの魔力を使い切って気絶したんだから、反動でくる発情はこれまでにないほど強いはず。

それがようやく発散されるんだから、内心は容易に察せられる。

「もっと、もっと突いてっ！　激しくしていいからっ！」

「言ったな、後悔するなよ!?」

俺はルシアの両足を掴み、大きく広げて激しく犯し始める。

「はひぃぃぃぃっ！　それっ、気持ちいいよぉっ！　ヤスノリのでボクの中、広げられちゃうっ！」

殆どぶつかるように激しく動いているからか、ルシアの目にも涙が浮かんでいる。

彼女のお尻も俺の腰も、後でかなり赤くなってしまうだろう。

けれど、それ以上に今得られている快感を楽しんでいるようだ。

「あうっ、あぁっ……！　こんなに気持ちいいの初めてだよぉっ！」

「気持ち良すぎて頭の中をぶっ飛ばすなよ？」

「うぐっ、はぁっ、ふぅっ……うるさいっ、ボクの頭がセックスで馬鹿になったらヤスノリの責任だからねっ!!」

「……プライドが高いっていうのも難儀だなぁ」

相変わらずなルシアに苦笑しつつも、最近はだからこそ愛おしく思えてきている。

急にリーシェのようにしおらしくなってしまったら、本当に頭が馬鹿になったのかと疑うくらいだ。

それに、彼女も我《が》が強いだけではなく、素直に言うことをきく場合も増えている。

これも旅の中で関係を深めた成果だと思うと嬉しかった。

「ヤスノリの、やっぱり凄く硬いね。はふっ、んっ、もう三回目なのにっ！」

「ルシアたちが相手なら何度だって出来るし、いくらしたって足りないよ！」

この三人となら、一晩中だって交わっていられる。

「それよりルシア、まだ言葉をしゃべる余裕があるみたいだな」

「へっ？　なに……？」

「普段生意気なその口から、喘ぎ声しか出てこないように犯してやるよっ！」

「なっ、待って……ひっ、ぎゅううううっ!?」

手で掴んでいるルシアの足を思いっきり前に持っていく。

俺自身も前のめりになり、ルシアに覆いかぶさるようになりながら腰を打ちつけた。

「あぎゅっ、ひゃうっ！　ボクッ、串刺しにされちゃってるよぉっ！」

「奥まで全部貫いてるだろ？　たっぷり種付けしてやるから、子宮も解しておかないとな！」

「なっ、あぁっ!?　種付けって……はひっ、あうっ!!」

目を見開いて驚くルシアに俺はニヤニヤと笑みを浮かべた。

やっぱりこうして驚く表情を見るのは楽しいな。

「なんだ、ダメなのか？　本気で嫌なら、今のうちに言っておかないと手遅れになるぞっ！」

「さんざん中出ししておいて今さら何だよっ！　うぐっ、でもっ、お腹の奥が熱くなってきちゃうぅっ！」

悔しそうに言いながらも、キュウキュウ膣内を締めつけてくるルシア。

相変わらず素直な反応をしてくれる体に嬉しく思いながら、さらに問い詰めた。

「で、どうなんだ？　できればはっきり言ってほしいな」

「くっ、こんなときに……卑怯だよっ」

ルシアはキッと俺を睨んできたが、数秒もすると視線から圧力が消える。

「……いいよ」

ルシアらしくない、蚊の鳴くような小さな声だった。

けれど、こうして彼女の口からその言葉を聴けたことに思わず笑みが浮かんだ。

「そうか……ふふ、いやぁ嬉しいなっ！」

「一応言っておくけど、ヤスノリに孕まされるんじゃなくてボクが孕んであげるんだからねっ！」

「ああ、分かってるよ。その気持ちだけでも十分だ」

実際できるかどうかは運に任せるしかないが、彼女とより心が近くになったのは実感した。

腰の動きにもさらに力が入り、俺を受け入れろとばかりに子宮口を突き解す。

「そんな、奥ばっかりぃっ！　はふっ、ひゃうんっ！　はっ、あぁぁぁっ!!」

さんざん刺激されて敏感になった奥を責められ、背を反らしながら嬌声を上げるルシア。

両手はシーツを力一杯握りしめ、ピストンのたびに大きな胸が揺れていた。

「ひうっ、はひゅっ！　も、もうダメッ！　ヤスノリ、ボクッ……！」

とうとう我慢できなくなったのか、快感でとろとろになった目を向けてくる。

膣内も一刻も早く子種を搾り取ろうと懸命に締めつけてきた。

「はやくぅ、はやくイってぇっ！　ボクも限界だからっ!!」

「ああ、一緒にイクぞっ！　望みどおりたっぷり中出ししてやるからなっ！」

覆いかぶさるようにしていた体を起こし、ベッドに手をついてラストスパートをかける。

「ひぎっ!?　激しいっ、こわれるっ、ボク壊れちゃうよぉっ！」

「イクぞっ、ルシアッ!!」

最後に俺は肉棒を膣の最奥まで突き込み、宣言どおり中出しする。

噴き出した子種がルシアの中を、瞬く間に白く染めていった。

「あっ、ひゃうっ、ひぃいぃいぃいぃいっ!!　イクッ、ふやぁぁっ、イックウウウゥウゥゥゥッ!!」

今までで一番大きく、ガクガクッと全身を痙攣させながら絶頂した。

肌を合わせている俺にもその震えが伝わってきて、彼女の体内をどれだけ激しく快感が駆け巡っているかがよく分かった。

「ひぃっ、はっ、はひゅぅっ……」

数分が立ち、ようやく落ち着いてきたルシアの中から肉棒を引き抜く。

すると、激しいピストンでぽっかり開いてしまった膣口からすぐに、中に納まりきらなかった精液がドロッと垂れてしまった。

「ううっ、お腹が重い……いくらなんでも出しすぎだよっ!」

「ごめん。でも、こればっかりは自分じゃ制御できないよ」

「……まあ、それだけヤスノリがボクに夢中だってことだよね。仕方ない、許してあげるよ」

俺の言葉に満更でもなさそうな表情になったルシアがそう言うのだった。

ルシアが少し休憩すると言って目を瞑るのを横目に、俺は後ろへ振り向く。

そこには、少し緊張した様子で座っているリーシェの姿があった。

俺は彼女に近づき、その手を取ってしっかりと握った。

「ずいぶん待たせちゃったな」

「いえ、大丈夫です。その……一度ヤスノリ様にしていただきましたので」

少し顔を赤くしてそう言いながらも、モジモジとした様子を隠し切れていない。

それを微笑ましく思いつつ、彼女を抱き寄せた。

「あっ」

「待たせた分、たっぷりするからな。嫌だって言っても止めないよ」

「あう……は、はい！　精一杯がんばりますっ！」

俺の言葉にさらに顔を赤くするものの、すぐに持ち直して元気よく返事をしてくる。

本当に素直で真面目だし、だからこそ思いっきり可愛がりたくなるんだと思った。

「リーシェ、そこで四つん這いになってお尻をこっちに向けてくれ」

「わかりました。ん、っと……」

俺の言うとおり、一糸纏わぬ姿で無防備にお尻を向けてくるリーシェ。

そのまま振り返った彼女は俺に向かって微笑んだ。

「ヤスノリ様、いつでもくださいね。お願いします、全部わたしに受け止めさせてくださいっ！」

その熱意と愛欲のこもった瞳に俺の気持ちも高まった。

「ああ、もちろんだ。手加減なんかしないよ」

リーシェのお尻に両手を置き、未だに硬さを失わない肉棒をその谷間へ押しつける。

「あうっ、硬い……凄いです」

うっとりした声で言うリーシェは、すでに秘部をたっぷり濡らしていた。

エーデルやルシアとのセックスを見て興奮を高めていたらしい。

完全に男を受け入れる準備が整っている。

「もう、完全に俺のための体になっちゃったなぁ」

男を犯すのではなく、男に媚びるようないやらしい体だ。

世界にひとりだけの最高の女性を前に、興奮が否応なく高まる。

「入れるぞ」

「はい、どうぞご随意に……んくっ、ひゃんんっ！」

「うくっ！」

肉棒を膣内に埋めると同時にリーシェの口から嬌声が漏れた。

待ちに待った刺激の訪れに、彼女の体が一斉に歓声を上げているようだ。

肉棒を受け止める膣もヒクヒク動き続け、絶え間なく刺激を与えてくる。

極上の名器に思わずため息が漏れた。

「ふぅ……動くぞっ！」

俺は気合いを入れるようにそう言って腰を動かし始める。

そうでもしないと気持ち良すぎて、そのまま限界を迎えてしまいそうだったからだ。

「あうっ、ひうっ！　いきなり激しいですっ、ふぇうっ、あぁっ！」

「くっ、動かす度に一番気持ちいい動き方をしやがる……ほんとに最高だっ!!」

素直な彼女の性格は体にも及んでいるようだ。

俺が腰を動かして刺激すると、向こうもそれに合わせて変幻自在に締めつけてくる。

リーシェにエーデルほどのテクニックはないから、全て反射的な動きだろう。

天性の肉体とその順応性に感嘆しながら、さらに腰を動かして責め続ける。

「あっ、ひゃぐっ、ふぁあぁぁっ……気持ちいいですっ、とけるっ、全部とろけちゃうぅぅっ！」

甘い甘い嬌声を上げながらギュウウッとシーツを握りしめるリーシェ。

責める度に耳に溶け込んでくるような甘い声に、こっちまで蕩けそうだった。

無意識に腰の動きも速くなってしまう。そんなとき、横から肩に手をかけられた。

「ヤスノリ君、リーシェとかなり楽しんでいるみたいね？」

楽しそうな笑みを浮かべているエーデルだった。

「よかったら私も一緒にしてもらえない？　こんなの見せられたら大人しくしていられないもの」

そう言う彼女の呼吸が若干荒くなっているのが分かった。

「分かったよ、ルシアも一緒にな」

「ひゃっ!?　な、なんだよ、ボクは別に……」

密かに起き上がり様子をうかがっているのは分かっていたので、声をかけると案の定驚いていた。

もちろん逃がすような真似はせず、腕を掴んで引き寄せる。

「はぁ、はふっ、ふぅぅ……ルシアも一緒に、ヤスノリ様に可愛がっていただきましょう？」

「うっ、ちょっと待ってよ！　あっ、ひゃんっ！」

さらには犯されているリーシェにまで掴まって、そのまま引っ張られてしまう。

こうして左からルシア、リーシェ、エーデルの順で三人のお尻が並んだ。

「……絶景だな。もう、言葉にできないくらい最高だよ！」

興奮の熱を吐き出すようにそう言いながら、彼女たちを犯し始める。

「ひぐっ、あんっ！　また思いっきり動いてくださいっ！　わたしのこと、全部犯してくださいっ！」

「ゆ、指が中にっ……はひっ、きゃうんっ！　やめっ、ひゅううっ！　ボクの中かき回さないでぇ！」

「はぁはぁ、ひふぅっ！　最高よヤスノリ君っ、メロメロになっちゃいそうだわっ！」

真ん中のリーシェをバックで犯しながら、左右のふたりも手で犯す。

元の世界はともかく、こっちじゃ美女三人を同時に相手にできる男はいないだろう。

興奮に優越感が混ざり、さらに俺の責めを激しくした。

「ひゃっ、あひっ！　ひぃんっ、あっ、だめぇぇっ!!」

リーシェの腰に思いっきり腰を打ちつけると、甲高い嬌声が上がった。

パンパンと乾いた音が鳴る度に艶やかな黒髪が揺れる。

背中に広がった髪の一部が汗で張りついているのも艶めかしかった。

「もうっ、そんなに激しくしちゃって……私たちのほうも忘れないでほしいわね。んっ、きゃうっ！」

「もちろん忘れてない。その証明に、エーデルだってしっかり可愛がってるだろっ！」

クールを装いつつしっかり濡らしている変態女騎士の中を、指でほじくり返すように責める。

「やっ、それダメッ！　中がかき回されちゃってるっ⁉　ひっ、あああぁぁっ‼」

情けなく腰を震わせる彼女の姿に満足し、反対側のルシアへの責めも激しくした。

「ほら、ルシアも一緒にな！」

「あぁっ⁉　待っ、いやぁっ！　なんでボクがエーデルの巻き添えにっ……ひぃっ、そこっ、お腹側っ、指でゴシゴシってしないでぇぇぇぇっ‼」

普段の高慢さはどこへやら。

膣内の震えと同時に顔を真っ赤にする彼女を見て、興奮が一段と高まった。

さっきルシアにたっぷり中出ししたはずなのに、もう欲望が湧き上がってきている。

「三人ともエロすぎだっ！　はふっ、くそっ……」

もう、そう長く我慢できそうにない。

不甲斐なさに苛立ってしまったけれど、リーシェたちはそんな俺に尚も愛するよう求めてくる。

「あうっ、中で硬いのが震えてますっ……だ、出すなら全部わたしの中にっ、子宮にお情けをくださいっ！　わたしもっ、ルシアみたいに孕ませてほしいですっ！」

興奮に満たされた中でも真剣な目でお願いしてきた。

「ああ、望みどおり中出しするぞ！　溢れるくらい出してやるからなっ！」

ルシアのときと比べても、遜色ないほど熱く滾った欲望がせり上がってくる。

「ん、はぁっ、腰の動き激しくなってるっ。こっちもきてっ、私たちも一緒にっ！」

俺の動きを敏感に察知したエーデルが、さらにお尻を押しつけてきた。

「はぁはぁっ、ボクもっ！　遅れたら許さないんだからっ！」

口調だけとりつくろい、顔を蕩けさせたルシアも同じように続く。

最後にリーシェが歓喜の感情を湛えた目で見つめてきた。

「ヤスノリ様っ、わたしにあなたの赤ちゃん、孕ませてくださいっ！」

「くっ……あぁ、何度でも種付けしてやるっ!!」

限界まで抑え込んでいた俺の欲望は一気に噴き上がり、破裂した。

「ひゃひぃぃっ！　イクッ、イキますっ、ヤスノリ様あああぁぁぁぁっ!!」

「はひっ、私もぉっ！　全部イクッ、頭ぶっ飛ぶっ！　イックウウウウゥウウウゥウゥッ!!」

「うぎゅうっ、ひゃぐっ！　イクイクッ、あううぅぅうぅぅぅぅうっ!!」

射精と同時に三人そろって絶頂を迎え、気持ち良すぎたのかリーシェは潮まで吹いている。

それでも中出しは止めず、最後の一滴まで子宮に注ぎ込んでいった。

どこにそんな精力が残っていたのかと自分でも呆れるくらいだ。

「はひっ、はぁっ、ううっ……お腹の奥、子宮にヤスノリ様の子種がたくさん……」

もう体を支えていられないのか、ベッドに突っ伏しながらうわごとのように呟くリーシェ。

左右のエーデルとルシアも同じように横になっていた。

「はぁはぁ、はぁっ……気絶しちゃうかと思ったわ」

「ううっ、腰に力が入らないんだけど……」

エーデルとルシアも相応に参っているらしい。

さすがにこの状態から連戦することはないだろう。

ふと窓のほうを見ると、すでに遠くの空が明るくなり始めていた。

「俺はもう寝る。さすがに限界だ。最低でも昼までは起きないぞ……」

そう言いながら彼女たちの横にバタンと倒れ込む。

複数の女性を満足させるのは男の甲斐性の見せ所だけど、今回は特別大変だった。

魔力も使い切ってしまったし、一歩も動ける気がしない。

「とても素敵でした、ヤスノリ様。ゆっくりお休みなさいませ」

最後にリーシェから頬へキスされたのを感じながら、俺は眠りに落ちるのだった。

エピローグ　逆転異世界でイチャラブスローライフを！

「キャー！　あれが勇者様よ！」

「魔王を倒してくれてありがとう！　これで平和になったわ！」

「勇者様万歳！　女王陛下万歳！　女神様万歳！」

馬車で王宮へ向かう俺たちを、大勢の人々が歓声とともに出迎えてくれた。

「凄い人ですね、何人くらいいるんでしょうか」

窓から外を見て驚いたリーシェが呟く。

「首都中の市民がヤスノリ君を一目見ようと集まっているもの、十万人は軽く超えるんじゃないかしら？」

「じゅっ、十万ですか!?　そんな数、想像も出来ません！」

「ふふっ、百年に一度の危機を退けた英雄のご帰還だもの、当り前よ」

具体的な数を聞いてさらに驚くリーシェと、それを見て微笑むエーデル。

ルシアは我関せずと真剣に魔導書を読んでいた。

なんでも魔王の魔法を打ち負かせなかったのがショックだったらしく、魔法の研究をいっそう進めていきたいんだとか。

いや、人の身で魔王と正面から魔法対決できるだけで十分だと思うけどな、俺は。

そうこう言っている内に王宮へ到着した。

俺たちはそのまま出発の前にも訪れた会議室に通される。

中ではすでに女王様と神官長のふたりが待っていた。

「勇者殿と仲間たちよ、此度の魔王討伐を成し遂げたこと、誠に大義であった」

「ありがとうございます。しかし、これも女王様の取り計らいがあってのこと」

俺に聖王国中から最高の教師をつけてくれたことはもちろん、最高の仲間を集めてくれたことにも感謝しなければいけない。

彼女たちはただ単にパーティーメンバーというだけでなく、今の俺にとってなくてはならない人たちだ。

「うむ。貴殿たちには最高の賞賛はもちろん、可能な限りの褒美を与えよう。特にヤスノリには一代限りだが聖王国伯爵の地位と、代々の勇者たちが受け継いできた領地を与える。先代の勇者が亡くなってからは余の直轄地となっているが、きちんと管理はしてあるので安心するがいい」

「は、はい。ありがとうございます！」

つまり俺はこの国の貴族になって、死ぬまで領地という食い扶持ももらえるということか。

領地がどんなところかは分からないけど、まさか国家の英雄に猫の額ほどの土地を与えるわけもないので、心配しないでおく。

「して、これとは別にもう一つ褒美がある。元の世界への送還だ」

「えっ、出来るんですか!?」

思ってもみなかった言葉に驚いて聞き返してしまった。

横にいるリーシェたちも驚いた表情をしている。

「すみません、無礼を」

「構わぬ。結論から言えば、神殿で大規模な儀式を執り行えばできる。記録では過去にも役目を終えた後、元の世界に戻った勇者は何人かいるようだ。通常なら不可能だが、立派に勤めを果たした者には女神様が家に帰る後押しをしてくれるようだ」

つまり、この世界で生きるにしろ元の世界に帰るにしろ、結局は魔王を討伐しないといけないってことか。

女神様もけっこうえげつないことするなぁ。

まあ、自分の信者がいる世界を救うためだし、それくらいはするか。

「して、どうする？　勇者殿が望むならば明日にでも儀式を執り行えるが……」

返答は考える必要もなく決まっていた。

「もちろん、この国に残らせてもらいたいです」

そう言った途端、リーシェたち三人の緊張が解けたのを感じた。

「ここに来たばかりの頃は元の世界に戻りたい気持ちもありましたけど、今は彼女たちと一緒に生きていく以外の未来はありません」

これは紛れもない俺の本心だ。

魔王を討伐したおかげで、地上は少なくとも俺が死ぬまで平和が保たれるだろう。

ここでの暮らしは現代日本より不便なこともあるけれど、リーシェたちの存在には代えられない。

返答を聴いた女王様も満足そうにうなずいている。

「うむ、そうかそうか。それは喜ばしいな。しかし、残るとなると今度はパーティーやら式典やらでなかなか忙しくなるぞ？　女たちとゆっくりするのは、もう少し我慢せねばならんな」

「えっ!?　あ、あぁ……ははは……」

最後の言葉に一瞬驚き、数秒後に理解して苦笑いする。

エーデルがしっかり報告していたみたいだし、俺と三人の関係は筒抜けか。

まあ、魔王を討伐するまでは仕方ないけど、これからは控えてもらうよう後でお願いしよう。

「うむ、まずは今夜の凱旋パーティーだな。多くの女たちが言い寄ってくるだろうから、覚悟せよ」

「大丈夫です、ヤスノリ様はわたしたちでお守りします！」

女王様の言葉にそう言って答えたのはリーシェだった。

「ほう、大人しいかと思えばなかなか勇気があるではないか。では、勇者殿に変な虫がつかぬよう頼んだぞ」

「はい、女王陛下！」

やる気満々なリーシェを見て、俺は苦笑いする。

それから俺たちは女王様の指示でメイドさんたちの協力を得て、凱旋のパーティーへ望むのだった。

† †

魔王を討伐してから半年ほどの時間が経つ。

王宮に帰ってきてからしばらくは女王様の言うとおり目の回るほどの忙しさだった。

ようやく与えられた領地に移動してゆっくりできたのは最近のことだ。

代々の勇者が受け継いでいる領地というのは聖王国の南部の海沿いにあった。

人口三万人ほどの土地で、気候も穏やかなので暮らしやすい。

領地の運営は直轄領のころからこの土地に慣れている代官の人に任せ、俺は領主の屋敷で日々をのんびりと過ごしている。

「へえ、歴代の勇者って全員日本人だったのか……」

今はちょうど自室で、歴代の勇者についてまとめられた本を読んでいた。

共通するのは、現代日本に暮らす男性で二十歳前後ということ。

なぜかは分からないけれど、そういう法則があるらしい。

不思議なこともあるもんだと思っていると、部屋にリーシェが入ってきた。

彼女は今、勇者である俺の健康管理のためという名目で屋敷に住んでいる。

実際のところはほとんど恋人みたいなものなので、時期を見計らって婚姻するつもりだ。

女王様や女神聖教の神官長も応援してくれるというので、滞りなく進むだろう。

「ヤスノリ様、またその本をご覧になっているんですか？」

「まぁね。昔の勇者たちの手記も載ってるから、こっちで暮らすときの注意点とか参考になるし。先輩たちの愚痴やら苦労話を読むのもなかなか面白いよ」

「わたしも一緒に見てよいでしょうか？」

「もちろん」

この部屋にはソファーがないので、代わりにベッドへ腰掛けて本を開く。

「これが歴史の節目ごとにこの世界を守ってきた勇者様たちなんですね。名前の雰囲気がヤスノリ様に似ています」

「同郷の人たちだからね」

「ヤスノリ様の暮らしていた世界、とても興味があります。よろしければお話ししてくれませんか？」

俺はもちろんリーシェの願いに応え、日本のことを話し始めた。

彼女は反転した社会の良い面はもちろん、ブラック企業みたいな悪い面も聞いて悲しそうな顔をしていた。

「魔王も魔物もいない世界ですか……まるで人の楽園ですね」

「俺にとってはこっちの世界が一番だよ。なにせリーシェがいるからね」

「ヤスノリ様……んっ」

少し顔を赤くしたリーシェに近づき、そのままキスする。

彼女も乗り気のようで、積極的に舌を絡めてきた。

「はうっ、んちゅうっ……ヤスノリ様、わたし体が熱くなってきてしまいましたっ」

熱っぽい息を吐きながら服を脱ぎ始めるリーシェ。

初めてのときとは比べ物にならないくらい、セックスに対して積極的になっている。

こっちとしてはまったく嬉しい限りだ。

俺も合わせて服を脱ぎ捨て、互いに産まれたままの姿になったところで彼女を押し倒した。

「あうっ、わたし……」

「何もしなくていいよ、俺に任せて」

「はいっ」

俺を受け入れるように体を開き、力を抜いていくリーシェ。

彼女へ再度キスしようとしたそのとき、ガタッと部屋の扉が開かれた。

「ヤスノリ、新しい魔法ができたよ！　さっそく試したいからリーシェと一緒に協力して……って、はぁっ!?」

興奮した様子で扉を開けたルシアは、俺たちのことが目に入った瞬間に大声を上げて驚いた。

彼女も、勇者の魔力を研究して女性でも魔王を倒せる魔法を開発する、という名目でこの屋敷に住んでいる。

こっちも実質的に恋人みたいなものだけど、お嬢様だし、婚姻はまだ少し先かな。

「あらら、タイミングが悪かったみたいねぇ……いや、逆に良かったかしら？」

さらにルシアの後ろからエーデルも顔を出す。

こちらはベッドの上にいる俺たちと、愕然としているルシアを交互に見て苦笑していた。

エーデルの場合は俺専属の護衛官として王宮から正式に派遣されている。

とはいっても、やっぱり恋人関係なのは変わらずだ。

「こ、こんな真昼間から何をやってるんだよ！」

ようやく再起動したルシアが顔を赤くして怒鳴った。

「だって、他にやることもないしなぁ。領地の運営は代官に任せてるから、放っておいても税金が入ってくるし」

俺のサインが必要な書類は午前中に全て片付けてある。

もともと一市民だった俺が、闇雲に領地経営に口を出しても良いことはないしな。

それに、どうせ俺一代だけの領地だから無理に発展させようとも思わない。

仕事といえば、何枚かの書類にサインすることと面会を求めてやってくる客人の相手だけだ。

そして今日は面会の予定もないので、午後からは完全にフリーだった。

「だからって、こんなだらしない……」

「いいじゃないルシア、子作りに励むのも勇者の役目の一つよ？」

エーデルは全く気にした様子がなく、それどころかこっちにやってきてベッドへ腰かけた。

さらにはそのまま上がってきて、俺に顔を近づける。

「ちゅむっ……ねぇ、私もご一緒していいかしら？」

「もちろんだとも」

頷くと彼女も嬉しそうな表情になり、その場で服を脱ぎ始める。

「ちょっ、エーデルまで!?　ボ、ボクは知らないからねっ!!」

「俺はいつでも参加歓迎だぞルシア。じゃあ、まずはリーシェとエーデルにしてもらいたいんだけど、いいかな？」

顔を赤くしながらも突っ立ったまま動けないルシアにそう言い、傍のふたりに奉仕を求める。

「はいっ、よろこんで！」

「ふふっ、女の子にさせるの好きねぇ。まあ、私も感じてる姿が好きだからしちゃうけど」

リーシェは素直に、エーデルはニヤニヤ笑みを浮かべながら頷く。

そして、座っている俺が軽く足を開くと、彼女たちふたりが並んで股間に顔を埋めた。

「んっ、ちゅむっ……はふっ、ちゅるるるるっ！」

「ちゅく、れるるるっ！　じゅれろっ……すごい、瞬く間に硬くなっていくわ！」

一心不乱に肉棒を舐めるリーシェと、数秒でガチガチに勃起する肉棒を見て笑みを深くするエーデル。

双方とも硬くなったものを前に、ますます奉仕に力を入れた。

「くっ、ふぅ……やっぱりふたりにしてもらうのは気持ちいいなぁ！　うおっ！」

俺も声を我慢することなく、気持ち良ければそれがそのまま口から出ていく。

始めは少し恥ずかしかったけれど、女性たちはこうして男が感じているのを実感するのが好きらしい。

実際、フェラチオを続けているふたりも興奮しているようで、本能的に目の前の肉棒を求めてお尻が揺れてしまっている。

男の股間に顔を突っ込みながら肉棒を舐め、興奮で尻を揺らしている美女ふたり……これで興奮しない男はいない。

「む、ううっ……」

一方、この状況を見ているルシアもだんだんと焦れてきているようだった。

本気で関わりたくないならとっとと出て行けばいいのに、未だに残っているのは興味があるから。

リーシェとエーデルが肉棒を取り囲むようにしながらフェラしているのを見て、両手を握り何かを堪えているように見える。

ただ、ここで俺が誘うようなことを言ってもかえって反感を招いてしまうだろう。

そう考えていると、エーデルが体を起こしてルシアのほうを見た。

「ねぇルシア、そんなところで立っていないでこっちに来たら？」

「うっ……ボ、ボクは別に……」

「あら、じゃあ今日は私とリーシェでヤスノリ君を囲っちゃってよいの？　今日はたっぷりするつもりだから、あと数日はその気にならないかもよ？」

すでに興奮を感じてしまったその体で、これから数日を悶々と過ごせるのか。

エーデルの言葉は意訳すればそのようなものだった。

これにはさすがのルシアもたじろぐ。

この世界の女性にとっては、一度興奮してしまったものはセックスしないと治められないからだ。

「そ、そんな言い方……卑怯だぞエーデルッ！」

ルシアもそれを分かっているのか苦い表情をしていた。

すると、エーデルが今度は俺のほうを向いて何か含んだような笑みを浮かべた。

「……？　あっ、そういうことか」

要するにここで俺にルシアを口説けということだろう。

飴と鞭、または北風と太陽という感じだろうか。

「ルシア、俺は四人で一緒にしたいな。ルシアが加わってもらえると凄く嬉しいし、満足してもらえるよう頑張るよ！」

俺はエーデルの容赦ない言葉とは逆になるように、優しい言葉で彼女を誘う。

すると、頑なだったルシアの態度もようやく変化する。

「……ヤスノリがそこまで言うなら、仕方ないかな」

そう言いつつも彼女の口元はわずかに緩んでいた。

大義名分を得た彼女はさっそくベッドに上がり、驚くような速さで衣服を脱いで近くに来る。

その態度の代わり具合に思わず苦笑してしまいそうになったけれど、なんとか堪えた。

ここまで来てまたへそを曲げられてはたまらない。

彼女は下半身がふたりに占拠されているのを見ると俺の横につく。

「ヤスノリ、まずはキスだよ！」

「わかったよ……むっ、はむっ」

積極的に押しつけられる彼女の唇を受け止め、ほどよく舌を絡ませる。

意地で押さえつけていた興奮が解き放たれ、ルシアの性欲は最高潮に達していた。

目は赤く情欲に染まり、こっちの口内を突っ込んだ舌で蹂躙してくる。

「んぐっ、はぶっ……！」

「はむっ、じゅるっ、じゅるるるっ！　ぷはっ、はふぅ、気持ちいいっ!?」

「ああ、最高だ。最高だよ……んぐっ！」

俺が答えるとルシアはまたすぐに唇を塞いでくる。

なんとか鼻で息継ぎするけれど、慣れていないと窒息してしまいそうだ。

けれど、これでお互いに興奮は十分高まった。

「はぁ、はぁ、はふぅぅっ……ヤスノリ、ボクもうっ！」

ルシアが熱っぽい目で間近から見つめてくる。

「はふっ、んじゅるるっ……あう、ヤスノリ様ぁ」

「私たちも忘れないでよね？」

リーシェとエーデルも顔を上げ、興奮した顔を見せた。

ふたり揃って限界まで硬くなった肉棒を握り、継続的に刺激してくる。

「あぁ、俺も限界だよ！　三人ともこっちに来てくれ」

俺の言葉とともにリーシェたちがやって来て、傍にいたルシアが仰向けで横になる。

「ヤスノリッ！　はやく、はやくっ！」

彼女は、もう恥も外聞もなく俺だけを求めていた。

隠すこともなく開かれた足の間には明らかに濡れた秘部がある。

俺は彼女の両ひざを持つと腰を前に出し、躊躇なく貫く。

「ひゃうっ!?　あぁっ、はっ、うぅっ……!!」

一気に奥まで挿入され、動揺して声を漏らすルシア。

だが、俺はそれに構うことなく腰を振り始めた。

「くっ、ふぅっ！」

「あうっ、ひぃんっ！　やっ、待って、もっとゆっくりぃ！」

「悪いけど無理だな！　ルシアの中が気持ち良すぎるのが悪いっ！」

リーシェとエーデルのふたりにたっぷり興奮を高められた俺は、そう簡単には止められなかった。

「待って、ほんとに……ひぎっ、あうぅぅぅぅっ！　ダメッ、激し過ぎるからぁっ!!」

一方のルシアも必死な様子だった。

彼女もだいぶ溜め込んでいたようだから、いきなり刺激されて一気に快感が噴出したんだろう。

けど、何をどうしても止められない。少なくともルシアを一度イカせるまでは。

そう考えていると、近くに来たふたりが俺の体に腕を回してきた。

「これはまた激しいわねぇ、ルシアの顔がすっごく恥ずかしいことになっちゃってるわぁ」

「うう、次はわたしもこんなふうに……ドキドキして、心臓が破裂してしまいそうですっ」

左右に侍るふたりから抱きつかれ、その柔らかな女体の感触にますます興奮が強まる。

「いひゃあっ!?　また強くっ……もう無理っ、助けてっ！」

とうとう目に涙を浮かべ始めたルシア。

だが俺は容赦せずに腰を動かす。

「ルシアにはいつもいつも手を焼かされるからな、お返しだっ！　そら、もう限界だろう!?　イっちまえっ!!」

ぐっと腰を突き出し、肉棒を深くまで押し込む。

すると、直後に彼女の体が震えた。

「あっ、ひぁっ……イクッ、いやっ、ああああっ！　イっちゃうっ、イックウウウウゥゥッ!!」

背を反らしガクガクッと、全身を震わせて絶頂するルシア。

「うぐっ、締まるっ……！」

膣内の締めつけも相当なもので、ここまで堪えていた俺も限界を迎えた。

「くそっ、エロ魔女め……出すぞ、中をいっぱいにしてやるっ！」

手で掴んだ膝を彼女胸の前まで持っていき、逆に持ち上がったお尻へ腰を押しつけるようにして射精した。

「あひゅっ、あっ、あぁぁあぁぁっ……熱いっ、奥まで流れ込んでくるよぉ！」

イっている最中に容赦なく中出しされたルシアは、うわごとのように呟きながら体から力を抜く。

俺が彼女の体を放すと、そのままだらんとベッドの上へ手足を投げ出してしまった。

「ふぅふぅ……まだだ、まだ終わらないぞ……！」

息を荒くしながらも俺は続いてリーシェに手を伸ばす。

「あっ、ヤスノリ様……きゃあっ！」

いきなり腕を掴まれ、驚いた顔をした彼女をそのまま押し倒した。

そして、足を割り裂くとその間に腰を入れて間髪入れずに挿入する。

「んっ、ぐふっ、あっ！　い、一気に全部、入りましたっ」

突然のことにまだ混乱は治まっていないようだが、俺のものを体の中に感じて笑みを浮かべる。

「あぁ、リーシェの中も気持ちいいよ……お前はいつでも俺をしっかり受け入れてくれるな」

「はい、もちろんです。初めてお会いしたときから、この方にずっと仕えるのだと覚悟していました。でも、今ではそんなことも蕩けてしまって、いつもヤスノリ様のお傍にいることだけ考えてしまいますっ」

うっとりした表情でそう言った彼女に俺も微笑む。

「ああ、それでいいんだよ。もう大事な役目は終わったんだから、仕えるようなことはしなくていい。その代わりずっと傍にいてくれ」

「はいっ！　ヤスノリ様の思うままに……んっ、きゃうっ！　あっ、はぁあっ!!」

リーシェの言葉を聞いた直後、気持ちが高ぶって本能的に腰を動かしてしまった。

でも彼女はそれこそが嬉しいとばかりに俺のほうに手を伸ばしてくる。

激しい快感で震える手を掴み、自分のほうへ引き寄せるとそのまま犯し続けた。

「きゃっ、あああぁぁっ！　すごいっ、奥の端っこのほうまでヤスノリ様でいっぱいになってますっ！　わたしの体、ぜんぶヤスノリ様にぃぃっ!!」

彼女の嬌声に応えるように腰を打ちつける。

その激しさに、腕を引き寄せたことで強調された豊満な胸が揺れ、さらに俺の目を楽しませる。

そのとき、背中に温かく柔らかい感触が広がった。

「すごい激しさね、見ているだけで燃えちゃいそうだわ」

「エーデルか、次はお前だからな」

「ふふ、期待しているわね。でも、その前に少しリーシェのお手伝いをさせてもらうわ」

目を細めた彼女は俺の背中に爆乳をつぶれるほど押しつけ、腕を前に回して胸を弄ってくる。

「うぐっ!?」

「男の子も乳首は感じるんじゃない？　あまり強くしすぎるとダメだけど、優しく撫でるように……」

さすがにテクニック自慢のエーデルだけあって、ここぞというときにとんでもない手を仕掛けてくる。

新たに加わった胸からの刺激に、また腰の奥から熱いものが滾ってくる。

ただ、ここはぐっとこらえてリーシェの性感を高めることに集中する。

「いひゅっ、あっ、ああっ！　溶けるっ、からだ溶けちゃいますっ！　ひゃうぅぅ、ひぃぃんっ！」

「イけっ！　このままイカせてやるっ！　もっと可愛いところを見せてくれっ！」

「はいっ、イキますっ！　ヤスノリ様にイカされちゃいますっ！」

こうして言葉にすると素直な彼女は体までそのとおりに反応してしまう。

ビクビクッと膣内が震え、次の瞬間ぎゅっと締めつけられた。

「はぁっ、はぁはぁっ！　イクッ、イクイクイクッ、あっひぃぃぃぃぃぃぃぃっ!!」

絶頂で全身を震わせるリーシェ。

目元は蕩けきり、だらしなく開かれた口からは中のピンク色の舌がうかがえる。

そんな緩んだ姿でも、俺には最高のご褒美だった。

「あぁ、リーシェ。最高だよ……」

「ヤスノリ様、わたしも幸せですっ……」

息を荒くしながらも嬉しそうな彼女を横目に、今度は振り返ってエーデルのほうを向く。

彼女はふたりと違って、逆に俺の肩を掴んでベッドへ転がった。

「うおっ!? リーシェとルシアも寝てるんだから危ないって！」

「大丈夫よ、そのあたりはちゃんと避けるから。それより、私にも欲しいわぁ……」

エーデルの目が俺の下半身、リーシェの中から引き抜いたばかりでビクビクと震える肉棒に向かう。

「そんなに欲しいか？」

「……ふたりには間髪入れずに突っ込んだくせに、私にはくれないの？」

「もちろんあげるさ。でも、エーデルの口からお願いされたい」

改まってこう言われると、さすがの彼女も少し恥ずかしいのか、僅かに目を反らす。

それでも合理的な考えをするのは彼女の得意技だ。

自分の羞恥を押し殺し、目の前の快感の為に口を開く。

「ヤスノリ君のおちんちん、私の中にねじ込んでちょうだい！ さっきから濡れちゃって、欲しくて欲しくて仕方ないのっ!!」

「その言葉が聞きたかった。いくぞっ！」

彼女の腰を両手で掴み、ぐっと腰を前に出す。

グチュッという激しい水音と同時に、肉棒がエーデルの中に沈み込んだ。

「ふぇうっ!?　あっ、ひゃああっ！　ダメッ、これ凄いいいいっ！　一気に奥まで来て、私の中全部広げられちゃうのぉっ!!」

普段の冷静さの欠片もなく、赤く長い髪を乱れさせて嬌声を上げるエーデル。

ここまでたっぷり焦らされたからか、その体の反応は三人の中でも一番だった。

「はっ、ふっ……凄いぞ、エーデルの中がグニグニ動いて……ぐっ！」

女性として成熟し、さらに騎士として鍛えられた肉体が存分に牙をむいてくる。

大きなヒダが肉棒に絡みつき、腰を動かす度に痺れるような快感が走った。

膣内全体もビクビクと震えながら肉棒を締めつけてくる。

これは、もしかしなくても軽くイってるんじゃないか!?

「ああくそっ、たまらないなこれは！」

全身を駆け巡る快感に歯を食いしばって耐えながら腰を動かす。

「ひうっ、ひぃぃぃぃっ！　イクッ、イってるっ！　もう何度もイってるのぉ！　気持ち良すぎてあたまおかしくなっちゃうっ!!」

頭上に投げ出した手でシーツを握りしめながら、ひぃひぃと声を上げるエーデル。

普段、三人の中では年長でお姉さんらしい態度の彼女が、俺の与える快感でここまで情けない姿になっているのは最高の嬉しさがあった。

「はぁっ、ふぅっ、気持ちいいな！　俺だって頭が溶けそうだ！」

「ほんとにっ、ほんとに溶けちゃうからっ！　もう無理っ、これ以上イカせないでっ、馬鹿になっちゃうぅぅっ！」

だが、エーデルは涙を浮かべて懇願《こんがん》してきた。

さすがにそうまでされると、このまま続けて犯すことはできない。

では、どうするか？

視線を左に動かすと、少し落ち着いた様子のルシアと、そのまた向こうにリーシェが見えた。

「……なら、最後は三人で受け止めてもらおうか！」

「はふっ、きゃうんっ！」

肉棒を引き抜いた刺激で悲鳴を上げるエーデルから離れ、まずはルシアの下へ。

「へっ？　ヤスノリ？　あなたリーシェとエーデルと、……」


「そのエーデルがギブアップしたんだよ。今度は全員にまとめて注ぎ込んでやる！」

「あっ、うぎゅっ！　待って、さっきイったばっかりなのに……ひうっ、きゅふううぅっ‼」

中出ししたばかりの精液を掻き出すように、ぐっと腰を動かす。

自分の子種だろうが容赦はない。子宮に入ってる分はこれくらいじゃ漏れないだろうしな。

「あうっ、はっ、ううっ！」

ルシアの中から肉棒を引き抜き、今度はリーシェへ。

「んぐっ、ひきゅうっ！　はふっ、い、いくらでもイカせてくださいっ！　わたし、ヤスノリ様のためにっ、ひゅぐうううっ!!」

「あぁ、リーシェにもそんなに激しく……えっ、私は無理だって言って……あひぃっ！」

「ま、またボクにもっ、ダメだって！　ふぇあぅ!?　イクッ、またイクゥ!!」

揃ってトロけきった顔を見せる彼女たちに、俺の興奮も再度限界を迎えた。

「三人とも愛してる！　出すぞっ、孕めよっ!!」

その想いを興奮に乗せるようにして、彼女たちに叩きつけた。

「うぎゅっ、ひゃわっ！　ああっ、また出てるっ！　ボ、ボクも大好きだからっ！　全部受け止めるからああああっ！　ひゅぐっ、ひゃあああぁぁっ!!」

「つあぁぁ！　ヤスノリ様の子種ッ！　孕みますっ、何人でも赤ちゃん孕みますっ！　一緒にイクッ、イックウウウゥゥゥウウゥゥゥッ!!」

「イクッ、あぁっ！　もう何度もイってるのに、またイクのっ！　今度はっ、ヤスノリ君に孕まされてイっちゃうううぅぅうぅぅぅぅっ!!」

ルシアに、リーシェに、エーデルに、それぞれ中出ししていく。

最近使いどころのない魔力をフル活用して身体能力を強化したので、注がれる子種の量は圧巻だ。

けれど、俺は彼女たちの中を自分のもので満たした達成感の余韻を楽しむこともなく、そのままベッドへ倒れ込む。

「うぐっ、ふぅぅ……興奮しすぎた、疲れたぁ……」

体はまだ動けても、頭がオーバーヒート気味だ。

「はぁ……無茶するなぁ、ヤスノリは」

「でも、それだけわたしたちのことを愛して下さってるってことです」

「そうね、これからも私たちの勇者様に期待しましょうね」

三人の穏やかな声を聞きながら、俺は意識が遠くなっていくのを感じる。

ふと誰かに頭を抱かれた感覚がした。

それが誰かは分からなかったけれど……。

これからも今日のような日常が続く日々であってほしい。

そう願いながら、俺は眠りに落ちるのだった。

あとがき

こんにちは、成田ハーレム王と申します。

始めましての方はよろしくお願いいたします。過去作から読んでいただいている方はお久しぶりです。毎度手に取っていただいて、本当にありがとうございます。今回は書下ろしということで、「逆転異世界で最強勇者が無双ハーレム！」を書かせていただきました。

逆転ものというのは凄く興味があったのですが書くのは初めてで、上手い具合にできているか、あとがきを書いている段階でも不安に思うことがありますが、どうか楽しんでいただければ幸いです。


さて、今作の一番のポイントは、なんといってもその世界観です。

男女の関係があべこべという作品は数多ありますが、今作の異世界人は女性の魔力保有量が極端に多く、それが理由で女性中心の社会となっている設定です。

お楽しみのエッチな要素として、豊富な魔力を使っている女性たちは副作用で発情し、男性を求めてしまうというものを入れてみました。

現実世界なら男性にとって夢のような楽園ですが、異世界の男性にとっては精力旺盛で枯れるまで搾り取ってくる女性は恐怖の象徴。ますます女性上位の社会になり、男女逆転の世界が加速していくというわけです。しかし、そんな世界に現代日本から主人公が召喚されてしまいます。

性欲旺盛な女性たちと、これまた性欲を持て余した若い男……どうなってしまうかは説明の必要もないかと思われますが、ぜひ本編で楽しんでいただければと思います。

もちろん、今回もハーレム仕様で主なヒロインも三人登場します。

まずは清純な雰囲気の神官少女リーシェ。幼いころから神殿で暮らしていたため、男女逆転した異世界では貴重な、素直で従順な性格です。認識の違いに驚きながらも健気につくしてくれます。

さらに、一見真面目でも実はセックス大好きな変態騎士のエーデル。

彼女は性欲逆転世界の女性のテンプレートらしく、どんどん主人公を誘惑してきます。

最後に、自らを大魔法使いと言ってはばからない自信家のルシア。

女尊男卑の意識丸出しな彼女がどうなるのか、ご期待ください！


それでは、謝辞に移らせていただきたいと思います。

編集様、毎度毎度のご指導ありがとうございます。

挿絵を担当してくださったアジシオ様。可愛らしくも淫らなヒロインたちのデザインや挿絵、本当にありがとうございました！

発行にたずさわってくださった皆さんも、ありがとうございます。

そしてなにより、この本を手に取ってくださった読者の方！

まだまだ新人の身ですが、これからも作品を出し続けられるよう頑張ってまいりますので、どうぞよろしくお願いいたします！

二〇一八年一〇月　成田ハーレム王

キングノベルス

逆転《ぎゃくてん》異《い》世《せ》界《かい》で最《さい》強《きょう》勇《ゆう》者《しゃ》が無《む》双《そう》ハーレム！

2018年 11月 13日　初版第1刷 発行

■著　　者　成田ハーレム王
■イラスト　アジシオ

発行人：久保田裕
発行元：株式会社パラダイム
〒166-0011
東京都杉並区梅里2-40-19
ワールドビル202
TEL 03-5306-6921

印 刷 所：中央精版印刷株式会社

KN060

KiNG novels
好評発売中！
日常男爵
Nichijyou Danshaku
イラスト 218
剣の世界で俺だけ魔法使い
範囲魔法がチートすぎて無双し放題！
感情が薄れるほど仕事に疲れ果て、趣味の本の世界に没頭する恭二。しかし突然、異世界に転移してしまい、魔法が失われた世界で唯一の、魔法使いになってしまった。賢者が残した最強魔法で、おてんば姫のお願いに応えていくと!?